郁金香书系

余情别叙
Endless Emotions

董之林 著

南京师范大学出版社
NANJING NORMAL UNIVERSITY PRESS

目录

一辑

"窃火者"的路
　　——董秋斯与翻译 / 3

京粤华章情未了
　　——读《高门巨族的兰花——凌叔华的
　　一生》/ 17

我心目中的父亲与沈叔叔 / 32

与时弊同时灭亡的文字
　　——对《热风时节》的一些补充说明 / 43

"史记":为记忆塑形 / 52

沉醉于感受 / 55

二辑

无法还原的历史
　　——"十七年"文学研究的历史症结 / 61

个人文学史的视角与方法
　　——关于顾彬《二十世纪中国文学史》的当代
　　叙述 / 71

当代小说的传统延伸
　　——论赵树理、张爱玲小说的两重文化
　　向度 / 79

韧性坚守与"小调"介入
　　——赵树理小说再分析 / 111

由历史小说看五四时代的延续

　　——论《李自成》研究再度兴起 / 124

"旁生枝节"对写实小说观念的补正

　　——以《腹地》再版为关注点 / 140

三辑

以写作反抗幻灭与虚无

　　——有感于《王蒙自传》/ 177

"另类"引力

　　——关于以色列女作家柯利尔·津萨贝尔

　　的小说《另类戒指》/ 193

"平常心"看家国事 / 205

司徒雷登：一处有力的历史标识(上) / 219

司徒雷登：一处有力的历史标识(中) / 234

司徒雷登：一处有力的历史标识(下) / 258

后记 / 282

一辑

"窃火者"的路
——董秋斯与翻译①

(一)

鲁迅曾把翻译比作希腊神话中的普罗米修斯为人间窃火;那么,当年那些为西学东渐推波助澜的翻译家便是名副

---

① 这是我代母亲凌山所作的一篇序言。2002年夏秋之交,人民大学出版社决定出版《董秋斯译文选集》(2003年5月出版),约母亲作序。母亲年事已高,身体欠佳,便和哥姐商议,父亲译文选集的序言由我代笔。母亲的要求无以推托,她四个孩子里只有我毕业于中文系,又工作在文学所,只好勉为其难。2007年5月,中国社会科学院老专家协会编辑出版《学问人生——中国社会科学院名家谈》,其中关于父亲一篇,再由我从《董秋斯译文选集·序言》基础上改写而成,并更名为《"窃火者"的路——董秋斯与翻译》。去年,又有中央编译出版社打算出版父亲的译作《战争与和平》、《大卫·科波菲尔》等,收在这里的,即我代母亲完成的再修订稿。完稿那天,2010年6月14日,正是母亲九十四周岁生日。——作者

其实的"窃火者"。上世纪初,受五四新文化运动影响的文学青年,几乎都做过创作的梦:以手中的笔唤醒民众。但从这里开始,他们却戏剧性地走上不同的路。据秋斯回忆,他也有这种经历。

父亲在读书

20世纪30年代,左翼文学在上海文化界兴起。当时文化界流行一种见解:应该用文艺的形式表现社会运动;要实现这个主张,非有像鲁迅这样杰出的人才不可。因此冯雪峰便动员一群血气方刚的年轻人,时常去鲁迅先生处"唠叨",希望鲁迅写反映革命斗争的作品。秋斯也是他们中一员,遂被动员去对先生说:"只要先生肯写,我们有一般朋友,可以替先生搜集材料。"鲁迅的回答大意是,写文艺作品不同写论文,专靠别人供给的材料是不行的。关于劳动阶级的生活,他只知道几十年前绍兴乡间的农民。离开故乡以后,一向在教育界作事,所接触的限于学校里的同事和学生。别的方面知道得很少,不知道所以不能写。鲁迅对创作严肃认真的态度,给秋斯留下深刻印象。秋斯曾借用陶渊明的诗句形容自己当时的个人生活:"本既不丰,又忧病继之",对许多事不了解,就"自己取消了创作的资格",转向翻译。他决心"不管别人怎样看不起翻译和弄翻译的人,我还是要翻译,而且一直翻译到拿不动笔的时候。鲁迅先生最后一件未了的工作,是《死魂灵》的翻译,可以说,他是用翻译工作来结束了他的写作生涯。这件事虽然是偶然的,却增加了我不少的勇气和信心"。

当年秋斯"自己取消了创作的资格"转向翻译。不过,这与他后来几十年间笔耕不辍的几百万字译文劳作相比,也未尝不可以看作是他遵从鲁迅先生的教诲,保持一个文人应有的自律与自谦。秋斯对外国文学给中国新文化带来的巨大影响有非常深刻的体会。1931年,上海文化界为鲁迅举行五十岁生日庆祝会,秋斯充任鲁迅与美国小说家兼新闻记者史沫特莱女士的翻译。开会前几分钟,大家在院子里闲谈,史女士问秋斯,中国文化人为什么把精力和时间用于翻译外国作品,不多从事自己的创作呢?秋斯回答:"中国的文学传统与我们所要求的新文学,中间有一段很远的距离,不多介绍先进国家的名著,供中国青年作家取法,中国的新文学不会凭空产生出来;就是在政治方面,我们也有很多地方要取法先进国家,道理是一样的。"随后秋斯把这一番谈话告诉鲁迅,先生点头道:"政治也是翻译。"从政治变革的角度肯定翻译的重要。后来秋斯在《鲁迅先生对我的影响》一文中又做说明:一般谈文艺和政治,都把模仿看作最要不得的行为,"诚然,世间没有哪一种名著是模仿得来的,没有哪一个国家的政治是模仿成功的。不过这是论结果,不是论过程"。"落后国家若想追上先进国家,不能不先之以模仿,追到一定的程度,然后才能清算这个模仿阶段,从一般性到特殊性"。秋斯比喻说,这就像"供模仿的仿影和字帖,在初学时期显然是不可少的"。

(二)

秋斯每译一部作品,都要在叙言或译后记中说明自己为什么要翻译这部作品,以便读者对它的来龙去脉有更多了解。总括这些文字,秋斯赞同鲁迅的文艺观,主张为人生的文艺。这也是他鉴别作品和选材的尺度。秋斯在加德维尔等作家的短篇小说集《跪在上升的太阳下》的译后记中,明确地说过他的这种想法:"假如有人觉得我这个看法太近功利主义,就是说,太富于社会倾向性,我只好说一声'对不起!'因为我原就是一个俗人,从来不懂什么叫'为艺术而艺术'。在我眼中,文学和艺术也是一种工具。它可贵,因为它有用,因为它能指导我们趋吉避凶,活得更好一点。否则就一钱不值。"但正如世界上有人吸食毒品和贩卖毒品一样,也有人欣赏和推销有害的作品。对于这种人,秋斯不客气地说:"我绝对不希望他们来翻一翻我这个译本。"

秋斯于1926年毕业于燕京大学文理科,应聘到广州协和神学院教书。当时的广州到处弥漫着革命气氛,在这里,秋斯能阅读公开出版的宣传马克思主义的书刊,使他对西方现代文学的思想和历史背景有比较深入的了解。对西方文学十九世纪以来发生的变化,秋斯后来在《马背上的水手——杰克·伦敦传》的《译者叙》中谈到,十九世纪最后十年间,科学的社会主义,写实主义的文学,进化论的生物学,这三种现代文化"在欧洲已经有了长足发展"。秋斯把写实主义文学看作现代文化的重要部分,也比较推崇这一流脉的作品。他认为,其时"维多利亚朝的风尚已经僵化成一定的模子,更加上(十九世纪末的美国)中

西部道德的束缚,文学家写不出有创见的作品。他们所写的对象,限于可敬的中等阶级或富人,善行永远受赏,恶行永远受罚。他们主张看人生的愉快面,避免一切粗暴的、严厉的、真实的东西"。秋斯看中杰克·伦敦,正因为他是这种缺乏生命力的文学传统的叛臣逆子,因此"他在小说中写社会主义,写进化论,写实实在在的人生,写贫血的、纤巧的、怯避的、伪善的十九世纪文学所不敢正视的一切东西。由于他那长于说故事的天才,也由于他学习前辈大家的努力,他锻炼成一种文学技巧,足以攻下顽固分子的森严壁垒,也侵入了暖室一般的太太小姐的深闺。这在美国,确乎是一种前所未有的成就"!

秋斯对杰克·伦敦文学成就的评价,可说是译者在选材上的夫子自道。但这里需要说明的是,无论美国的杰克·伦敦、加德维尔、斯坦倍克、德莱塞、海明威,还是英国

的狄更司或俄国的托尔斯泰,他们的写实主义小说都是秋斯后来的译作。在当时的社会主义思潮影响下,秋斯开始翻译的是一部反映社会主义前途的小说《士敏土》。苏联作家格拉特珂夫的长篇小说《士敏土》是秋斯与蔡咏裳早期合作的译本,作品描写苏联内战结束后向社会主义建设过渡时期的生活。正如鲁迅为《士敏土》作图序所言,小说中"有两种社会底要素在相克,就是建设底要素和退婴,散漫,过去的颓唐的力"。然而,"和这历史一同,还展开着别样的历史——人类心理的一切秩序的蜕变的历史。机械出自幽暗和停顿中,用火焰辉煌了昏暗的窗玻璃。于是人类的智慧和感情,也和这一同辉煌起来了"。

(三)

《士敏土》翻译出版后,秋斯陆续翻译了一些现代欧美和俄罗斯作家的作品。在三四十年代的上海,靠稿费生活的文化人不可能愿意译什么就译什么;就是不靠稿费生活,也必须考虑译出来的东西能不能出版。所以秋斯慨叹当时的文化人生活在一个"打杂的时代",并希望这"打杂的时代"赶快过去。

在这种环境,秋斯并不放弃做事的原则。他每决定翻译一部作品之前,都反复研读原作,尽可能搜集有关这位作家和作品的资料。这样做,一是为确定作品的价值,二是为更准确地传递"作者的特殊风格"。比如动笔翻译美国作家斯坦倍克的小说《相持》之前,秋斯一连好几个月踌躇不决,据美国批评家杰克生的文章介绍,美国左右两派都不喜欢《相持》这本书。秋斯反复读了两三遍这部小说,他认为,关于美国西部农村劳资之间的斗争,"这部书使我开了眼界;我相信它提供的材料是有真实性的。尤其使我不忍释手的,是这本书的表现方法。它对每一个人和每一件事的特征,把握得恰到好处:寥寥几笔,已经应有尽有。我读过以后,仿佛觉得,这不是一部书,这是一套电影。我所接触的,不是文字,是具体的动作和形象。这成就说起来简单,但不是每一部有名的小说都作得到呢"。至于美国左右两派的意见,秋斯说,右派不喜欢它,可以说是当然的;左派因为"书中没有充分的宣传,所以失望",但"文学究竟不同普通的宣传文字。若有人要从斯坦倍克的书中寻出很多标语口号来,只好由他们去失望了"。秋斯终于译出这本书,还把杰克生为斯坦倍克的另一部作品《鼠与人》所作的叙《记斯坦倍克》也一并译出附在小说后面,供读者参考与印证。

当他准备翻译介绍狄更司作品时,二战结束后的上海有一种论调:"作为文学作品",狄更司的"这些书似乎没有一点价值,翻译它们简直是多事"。于是秋斯把翻译《大卫·科波菲尔》前后搜集的关于狄更司的资料一一整理,写成《从翻译狄更司说起》。文章说,贬低狄更司作品的论调"并不希奇。远在一百来年前,俄国就有类似的说法,并且得到名作家屠格涅夫的同意。但是,托尔斯泰

说道：'屠格涅夫情愿上当。狄更司是百年一遇的天才,他的批评家却早已被人忘却了'"。秋斯对俄罗斯和苏联翻译出版狄更司作品的数量也做了详细的统计,根据统计资料他分析说,之所以"狄更司作品的英国特征一点也未减低他在俄国的盛名",是因为"人道主义者和民主主义者的狄更司,与十九世纪的俄国文学和俄国读者,实在太接近了",用车尔尼雪夫斯基的话来说,狄更司是"反抗上层阶级压迫的下层阶级保卫者,谎言和伪善的指斥者"。秋斯还引述高尔基在小说《在人间》中对狄更司的评价："这个人在'人类爱'这个最艰难的艺术问题上有了奇妙的成就。"

秋斯对狄更司自认为"最心爱的"这部长篇小说也有自己的见解："狄更司是真正通晓人情的,但他的人道并非浸入悲天悯人的嘲讽的单纯的人道主义。他的力量乃存在于他散布幸福、快乐、善良思想的灵魂中。"这是秋斯对大量作品的分析和比较得出的结论。秋斯经常为翻译一部作品,花许多时间和精力阅读大量的中外文资料,但我几乎听不到他的怨言。用他自己的话说,就是做事情"一定不要怕麻烦","要耐烦",也许惟有这样,才能达到他认为一个好的译者应该做到的：真切地表达作者的风格。

另外,为"增加读者对那个译本的理解",秋斯的每一种译本,都有他对作者及其作品的意见。他说："一部外国作家的作品,对于中国一般读者,在生活和思想的背景方面,总有若干距离。我希望用我附加的说明把这个距离减缩下去。"秋斯并不是专职的翻译,但他始终把翻译当作一项事业,从对相关资料的熟悉和了解,可见他对译文认真之一斑。

自19世纪末叶开始,西学东渐的潮流在中国一浪高过一浪,其中翻译扮演了第一重要的角色。但至半个多世纪前,翻译的景况却不容乐观。秋斯曾引英国诗人邓安的诗句:"骄傲愚蠢或命运,译事多付无文人",大意是形容当时流行的译文有许多不可取。针对这些问题,秋斯在40年代接连发表《翻译的价值》、《翻译者的修养》、《我们需要这样一个刊物》等文章,他说:"马马虎虎是农业社会一种传统风气。这种风气不革除,中国永远不能成为一个现代国家。"他呼吁出版界出版一个提供高质量译文的刊物;翻译界应建立翻译"理论的体系"和"公认的标准"。凡事都说来容易,做起来难,而且秋斯相信"教育者先受教育",与其说他向社会呼吁什么,推荐什么,不如说那是他向自己挑战。无论在动荡的年代,还是在贫病交加的境遇,或者是在上海挥汗如雨的亭子间,秋斯都手不释卷地工作着,"一名未立、旬月踟蹰",秋斯在翻译中所下的苦功,真可以说是启蒙时代赋予他的宿命。

(四)

我始终担心,秋斯认真的性格会给他招来麻烦。"文革"时期,他的翻译受到"宣扬资产阶级个人奋斗思想"的批判,这些就不必说了,因为当时周围的朋友们都遭遇各种各样的"麻烦"。我主要指的是秋斯看到问题就要发表议论的习惯,尽管这些问题都非出于个人恩怨,而集中在吸收和借鉴外国文化方面的分歧。秋斯总是用他认真研读、反复思索得来的知识,予以有理有据的辩驳和阐释。在翻译方面,秋斯毕竟不是一个匠人。

例如,关于文学翻译的必要性,秋斯说:"我们为什么翻译文学作品呢?……主要的是通过翻译,学习外国的文学,以滋养我们自己的文学。事实上,现代各国文学,都或多或少地受了别国文学的影响,而这一种影响,主要的是由读翻译文学作品得来的,不是由读原作得来的。"他举例说:"英国民族是很骄傲的。但是他们不得不承认",莎士比亚以来的英国"文学基础是靠'新旧约全书'的译本来奠定的。他们不得不承认,昭厄特翻译的柏拉图,茅德翻译的托尔斯泰,以及一些别的译本,已经成了他们重要文学遗产的一部分"。既然外国文学翻译在一个国家和民族的文化发展中如此重要,就不可以随随便便。"翻译也需要天才",但"关于天才的解说,一向很分歧。相信轮回的人,以为天才由于前世智慧的积累。总之,是一种不可思议的玩意儿。但是,有人却说,天才不过是长久不懈集中意志来做一件事的能力。前一种说法起于宗教信仰,后一种说法则是由于事实的考验。我们认为天才的可贵处,不在于炫众取宠的小聪小慧,而在于它能在利用后生方面有更大的贡献。这样看来,我们自然支持后一说了。翻译工作所需要的正是这样一种天才"。

当时对翻译有许多误解。对此,秋斯说:"决定翻译价值的高低,不在与其他文化部门比较,乃在它自身成就的好坏。坏的翻译没有价值,正如坏的创作也是没有价值的。"不过当时呼吁提高翻译质量,也不是众口一词都赞成的,相反,有些人从谋生的角度,觉得那不过是"不切实际的高调"。"但是,我的看法是,我们翻译出来的东西不是给自己看的,是给众多的读者(尤其是青年学生)。想到一种错误的歪曲的翻译所能发生的坏影响(使人憎恶翻译是其一端),我们不能不对潦草的不负责任的态度提出控诉。"秋斯特别反感随意删节原文的做法。他提出:"应当树立一个最根本的原则:不值得译的东西干脆不译。既然要译,那就绝对忠实。译者不同意原作时,可以在篇前篇后写出自己的见解,他绝对不得删节或歪曲原作。这样,不但对得起原作者,也是尊重读者。每一个够资格的读者,都希望自己保留最后选择和判断的权利。"译者删改原作,即使"他的态度是大公无私的,他的学识修养是相当老到的,也将被认为剥夺了读者的权利,而使认真的读者异常感觉不快的"。

(五)

秋斯早年接受马克思主义,20世纪30年代曾翻译列宁的《卡尔·马克思》、拉法格的《忆马克思》、李卜克内西的《星期日在荒原上的遨游》和《马克思与孩子》。这些译文和何封、蒋天佐、林淡秋、罗稷南等译的其他有关马克思生平的中短篇佳作,一同收入读书

出版社1939年出版的《卡尔·马克思——人·思想家·革命者》一书中。在宣传马克思主义方面,秋斯不是教条主义

者,他翻译和介绍有关书籍,也是悉心学习和研究的过程。因此他能不囿于成见,翻译作品题材的范围比较宽。

他的译作中有描写"青春的化身"的《马背上的水手——杰克·伦敦传》,有批判现实主义的杰作,也有浪漫而温馨的《红马驹》(斯坦倍克著)。关于这部翻译于20世纪40年代的"田园诗一样的书",秋斯说:"莺飞鱼跃、花谢水流何一不是神妙的呢?"从这部1948年出版的译本推想未来的文艺,他说:"推广开来说,我们现在提倡人民的文艺,断乎不是从高处喊几声就算完事,也不是说,混到大众中生活一下,便可以创作。一种虚怀体验的态度应当是最重要的。《红马驹》中的写作对象是一些小人物以至狗和马的喜怒哀乐,没有英雄豪杰,没有惊心动魄的大场面,平凡是平凡极了,但看他娓娓写来,何等令人神往!这里不仅看出高妙的艺术手腕,也看出平心静气地体验工夫。后一点是我们民主世纪的作家们格外应当学习的。"经历过后来生活的人们,一定会觉得秋斯当时对文学未来

的想象太理想化了,但对于他一生格外珍重的"窃火者"的事业来说,他只觉得自己应该这样做。1963年,秋斯翻译出版的最后一部小说,是以色列女作家罗丝·吴尔的儿童

文学作品《安静的森林》,其中拟人化的描写与神奇的想象,依然与时代"不大调和"。这是秋斯送给还在小学读书的女儿和小朋友们的一份礼物,也可以看作是他在实践"民主世纪的作家"应尽的最后努力。

从秋斯30年代去鲁迅先生处"唠叨",到他在"文革"中去世,他实现了近四十年前说的"一直翻译到拿不动笔"的志向。今天,社会已经发生了翻天覆地的变化;当年秋斯翻译或从英文转译的作品,今天也有了新的译本。秋斯若地下有知,一定感到十分欣慰。多半个世纪以前他曾说:"读书界要想从译本认识一种世界名著的真面目,那么,一个以上的译本不但不是多余的,而且是必需的";对于那些伟大的文学作品,"假如此后有人根据原文或别种文字再来译一道,我一定站在读者的立场表示欢迎"。

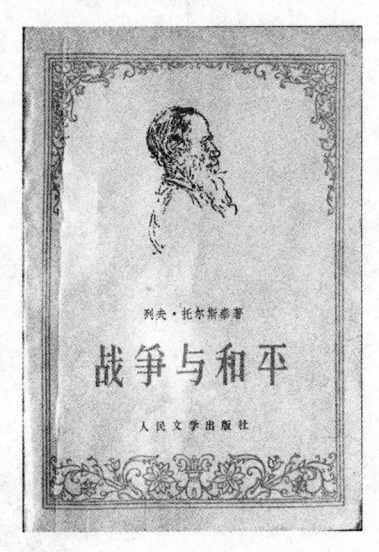

秋斯当年翻译托尔斯泰的《战争与和平》,便是从英国著名翻译家茅德(也有称"毛特")先生的译本转译的。秋斯的译本曾得到茅盾先生的好评,他说:"此书(指《战争与和平》)有董秋斯据毛特英译本转译的中译本,比直接译自俄文者为佳。一因毛特为托翁多年老友,他的译本是托翁审定的;二因董君于英文精通,而中文之修养亦正

足达旨传神。……解放后见董译,认为后虽有人再从原文精译,而董译终不可废。"(见《茅盾姚雪垠谈艺书简》人民文学出版社2006年版,第41页)

与其他事业一样,翻译工作也像长江后浪推前浪,不断发展。秋斯说:"一个负责的译者,不但要通晓语文,还要具有与原作者同等的或详尽的想象力或表达力。就这一点来说,翻译就是创作。因为生活经验或文学修养因人不同,尽管两个作家写完全相同的事物,写出来的东西也会很不相同。"在此意义,今天的读者或许能通过秋斯译文,了解那个时代的译者对国外作品的理解,从中发现历史演化的轨迹,以丰富今天社会的文化建设。

2010年6月14日

京粤华章情未了

——读《高门巨族的兰花——凌叔华的一生》[1]

一个人在茫茫人海、万千世象中,究竟会遇到哪些人,使原以为旁人的陈年旧账,突然与自己有了千丝万缕的瓜葛。这真的是一种缘分。

我见到陈学勇先生,是在2009年8月下旬的上海,为参加华东师大中国现代文学资料与研究中心和上海书店出版社合作召开的一套丛书的研讨会。这套现代文学研究丛书由上海书店出版社出版,华东师大中文系陈子善和罗岗先生主编。陈学勇先生编撰的《中国儿女——凌叔华佚作·年谱》,还有我写的那本《热风时节——当代中国"十七年"小说史论(1949—1966)》均为丛书一种。同为丛书作者,当时我们都参加了题为"当代中国文学六十年"研讨会。

---

[1] 陈学勇:《高门巨族的兰花——凌叔华的一生》,人民文学出版社2010年12月出版。

8月23日,我从上海虹桥机场到华东师大逸夫楼报到,当天下午子善兄介绍我认识了陈学勇先生。学勇先生告诉我,他编撰凌叔华佚作和年谱同时,还写了一部凌叔华传记。2010年底,《高门巨族的兰花——凌叔华的一生》(以下简称《一生》)由人民文学出版社出版,学勇先生随即寄送一册给我,以后又有邮件往来,使我对凌叔华有更多了解。这是我要特别感谢学勇先生的。

北方姓凌的人不多,但过去在广州番禺一带,凌姓却是颇为显赫的家族。我的母亲凌山是广东番禺人,她二十多岁到北方生活,渐渐与番禺没了联系。母亲今年95岁,别说她的长辈,就连番禺老家与她年龄相仿的人也都不在了。以前我很少听她说故乡的生活,直到上世纪80年代她退休,我们有时间、也可以坐在一起闲谈了,她才陆续把广东家乡的一些事讲给我听。我外婆去世时母亲还不记事,是

2009——母亲93岁

她的祖母在番禺老家把她一手带大。母亲的祖父凌孟征是晚清进士,他中了进士,却不做官,只在广州开办学馆,以教书为业;我的外公凌骥早年留学日本,在早稻田大学学习金融,毕业回国后从事银行业。当时考取了功名却不做官,不知是否有家训?总之父子俩都  不涉足官场。不过,同一家族人各有志,凌孟征众多叔伯兄弟中有一位凌福彭,与康有为同年名列金榜第二甲进士,授"末代王朝的翰林院庶吉士以后,担任过若干重要的官职,户部主事、军机章京、保定知府、天津知府、顺天府尹、直隶布政使,这些岗位无一不在要津"①。凌福彭是凌叔华的父亲。论辈分,凌福彭与凌孟征是叔伯兄弟,他女儿凌叔华与我外公凌骥是叔伯兄妹。凌叔华1900年3月25日生于北京,长我母亲十六岁,是母亲的一位本家姑姑。

世上的事说远不远,说近也不近。就拿我母亲的家族和她这一门亲戚来说吧,实在与我的生活隔着千山万水。以前我读凌叔华的小说,完全置身其外:作者是一个和自己毫不相干的人,她写的也是与我八竿子打不着的事。现

---

① 陈学勇:《高门巨族的兰花——凌叔华的一生》,人民文学出版社2010年版,第5页。

在我知道凌叔华与母亲有姑侄辈分的血缘关系,按照北方习俗,我还应该叫她一声"姑姥姥",但还是"远"的缘故吧,学勇先生来信说,传记有关凌叔华私生活的文字,或有冒昧之处,请多包涵……我却没觉得有哪些过意不去。其实道理也简单,一旦人物进入历史,就不再属于她的家族和亲朋好友。传记披露了许多鲜为人知的材料,但由于来龙去脉都交代得清清楚楚,使那些看上去相互龃龉的人物所为,都有曲折的、不那么一目了然的逻辑线索。也由于有这种叙事功力,《一生》把一位著名的现代女性展示在读者面前,并由一个人推及一个时代,生动地映现出20世纪社会生活交割期的历史场景和世态人情。

现代社会,科学至上,一切都要经过科学验证,条分缕析,泾渭分明。这与传统农业社会马马虎虎的习惯大相径庭。马马虎虎,对事物不求甚解,甚至迷信盲从,这些自然都是要被现代人摈弃的陋习。但把一切都看得黑白分明,就像眼里容不得沙子,这种现代思维方式也成问题。特别是在一个有以德行彪炳天下传统的国度,由于价值判断简单化造成的意识形态缺陷,大的方面就不必在这儿说了;文学上编不出好故事,写不出性格丰满的人物,这样的问题比比皆是。由简单的道德评断给人造成的压抑、精神疾患,更是精神分析学家认为不可小觑的现代生存问题。

西方精神分析学认为:"自我总是像一个不可靠的代

理处,其职责是把缺乏统一性这一令人不安的事实掩盖起来。"① 反过来说,如果自我看起来是统一的,那么造成分裂的原因是自我以外的不协调的肉体,并由此产生灵与肉分裂的精神疾患,甚至压制欲望,误以为只有消灭或强迫肉体,才能完成这种统一性。这正是想要把自

凌叔华

我本身缺乏统一性的"事实掩盖起来"的结果。② 从《一生》传记的主人公来看,凌叔华可谓是一位缺乏"自我统一性"的人物,她一生致力于追求现代女性的人格独立,但与中国传统文化又有无法了断的情缘,甚至在特别能展示内心冲动的文学写作中,她也从未做出一刀两断的姿态;而这种姿态,在她所经历的五四时代乃至后来,都是一种时尚的风气。

凌叔华出生于传统世家,父亲凌福彭效忠清代王室,颇得时任直隶总督袁世凯赏识,并屡屡升迁;辛亥革命后袁世凯复辟帝制,他曾配合"筹安会"在广州成立"集思广益社",拥戴洪宪皇帝,甘心做帝王政治的殉葬品。凌叔华受教育的经历,与父亲的朝廷地位及其保皇立场有直接的密切关

---

① 参见 Darian Leader and Judy Groves: *Lacan*,《拉康》(中译本),张君厚译,外语教学与研究出版社 2000 年版,第 21 页。
② 同上。

凌叔华画作——《王者之香》

系。第一位赏识凌叔华绘画才能的是凌福彭的好友、宫廷画师王竹林,并收她作了徒弟,使凌叔华六七岁便可以进宫欣赏历代绘画珍品。后来她又拜宫廷女画师缪素筠为师,缪素筠深得慈禧赏识,曾多次为慈禧捉刀。更有趣的是凌叔华七岁时,在"凌家宅院对面的小椿树胡同"住着"怪杰辜鸿铭",凌叔华学画同时,也向辜鸿铭学习英文,是辜鸿铭为她日后的翻译和英文写作打下良好基础。① 辜鸿铭"精通近十国文字,英语水平被孙中山、林语堂誉为中国第一"②,但他的思想极端保守,力挺君主制,盛赞慈禧有一颗"赤子之心",主张辫子、纳妾和"三寸金莲"。由这些人实行文化启蒙,使凌叔华一生的成就和局限都与中国传统息息相关。她后来不仅有英文小说面世,特别在传统文人画领域有不俗的表现。朱光潜评价凌叔华的画说:

---

① 陈学勇:《高门巨族的兰花——凌叔华的一生》,人民文学出版社2010年版,第20、21页。
② 辜鸿铭:《中国人的精神》,扉页"简介",海南出版社1996年版。

作者自言生平用工较多的艺术是画,她的画稿大半我都看过。在这里我所认识的是一个继承元明诸大家的文人画师,在向往古典的规模法度之中,流露她所特有的清逸风怀和细致的敏感。她的取材大半是数千年来诗人心灵中荡漾涵咏的自然。一条轻浮天际的流水衬着几座微云半掩的青峰,一片疏林映着几座茅亭水阁,几块苔藓盖着的卵石中露出一丛深绿的芭蕉,或是一湾谧静清莹的湖水的旁边,几株水仙在晚风中回舞。这都自成一个世外的世界,令人悠然意远。看她的画和过去许多人的画一样,我们在静穆中领略生气的活跃,在本色的大自然中找回本来清净的自我。①

凌叔华绘画先于写作,但她却因在现代文学史上与冰心、庐隐、沅君、丁玲等女作家"联袂登场"而闻名。研究现代文学的人一般都不把她看作旧文化的传承者,而视为新时代的弄潮儿。事实也正如此,受现代革命思潮影响,她的第一篇作品写于燕大初期②,堪称一篇女权运动发刊词,而且矛头所向,竟然是批评那些已然十分激烈的"新文化的领袖"人物,嫌他们反传统还不够彻底:"我还要诚恳的告诉新文化的领袖,或先进者,请您们千万不要把女子看作'无心前进的可以作诗就算好的,或与文无缘的'一路人,更祈

---

① 朱光潜:《论自然画与人物画》,转引自陈学勇:《高门巨族的兰花——凌叔华的一生》,人民文学出版社 2010 年版,第 61 页。

② 陈学勇认为,"这是迄今能见到的凌叔华最早的文字,有股初生牛犊的气概,也见出她所抱的志向"。同上,第 52 页。

求您们取旁观的态度,时时提携她们的发展,以您们所长的,补她们所短的。不受栽培,加以忠告,忠告无效,不妨开心见诚的指摘,可是千万不要说:'她们又回到梳头裹脚、搽脂弄粉的时期,女子们是没有希望的了!'咨嗟叹息是袖手旁观态度,是不该对本国人用的。"①20年代她的小说出手不凡,对女性生活及其命运的题材涉猎较多。《花之寺》(1928)汇集了凌叔华1924至1928年间的短篇小说,夏志清认为其中最动人的作品是《中秋晚》,"它给一个心胸狭窄,令人怜悯的旧式女子描绘了一幅阴惨的画像","在揭发旧传统的某些愚蠢观念上,《中秋晚》是可以跟鲁迅的《祝福》相媲美的"②。从这篇作品可以看出凌叔华与一般站在女性立场的写作者不同,她采用写实笔法,发微烛隐,力图客观呈现旧式女子既可悲可叹、又可恨可怜的两面情状。在写作观念上,她显然不赞同以全是赞美和同情的笔调,迎合一种被简单化了的妇女解放潮流。鲁迅从1925年北师大学潮后与陈西滢多有笔仗,当时凌叔华与陈西滢正从热恋到成婚,但后来在《中国新文学大系·小说二集·序》中,鲁迅对凌叔华小说的评价今天读来依然十分客观而中肯,展现了一位真正文学家的见地:

> 《现代评论》比起日报的副刊来,比较的着重于文

---

① 凌叔华:《读了纯阳性的讨论的感想》,转引自陈学勇:《高门巨族的兰花——凌叔华的一生》,人民文学出版社2010年版,第51页。
② 夏志清:《中国现代小说史》,复旦大学出版社2005年版,第60页。

艺,但那些作者,也还是新潮社和创造社的老手居多。凌叔华的小说,却发祥于这一种期刊的,她恰和冯沅君的大胆,敢言不同,大抵很谨慎的,适可而止的描写了旧家庭中的婉顺的女性。即使间有出轨之作,那是为了偶受着文酒之风的吹拂,终于也回复了她的故道了。这是好的,——使我们看见和冯沅君,黎锦明,川岛,汪静之所描写的绝不相同的人物,也就是世态的一角,高门钜族的精魂。①

通过描写"高门巨族"太太、小姐们的婚恋,以及吃茶、绣枕等日常生活,表现旧式家庭如一潭死水,酝酿着陈腐、令人窒息的悲剧。可以看出,凌叔华小说对传统是充满了讥刺与谴责的。然而她的小说旨在描写某个特殊阶层的女性,其中每一位小姐和太太对于异性,无论是想入非非的,还是工于心计的,都掩藏在柔顺的外表下,即使内心快疯掉了,死掉了,也别指望她们能从千百年赋予女人的温柔贤淑的壳子里破茧而出。她们命运中的变故虽不是生离死别的煽情故事,但使你最终得出的结论,却与当时标语口号倾向的作品大相径庭。对那些常年生活在社会大屏幕背后、老派旧式的深闺淑女们而言,选择普遍为之欢欣鼓舞的现代生活,很难说是一件好事。一旦她们摆脱家庭或男性附庸的地位,也就失去了经济来源和社会身份,等待她们的悲剧结局必定远远胜过了喜剧。

---

① 鲁迅:《中国新文学大系·小说二集·序》,《且介亭杂文二集》,《鲁迅三十年集》之二十九,鲁迅全集出版社1947年版。

写什么、怎样写,一般看来全凭作家兴趣,在"政治挂帅"的年代又被说成是左或右的观念使然。不错,其中的确有个人的文化立场,但是无论作画还是写作,凌叔华的初衷却都是要以职业妇女的身份介入社会生活,也就是她要通过作品参与社会,取得独立的经济和社会地位。凌叔华的母亲李若兰是凌福彭的姨太太,凌叔华既是庶出,又是女孩,却能得父亲宠爱,获得良好的早期受教育机会,与母亲对女儿的教诲,以及她认为女人必须自立于世才能改变自身命运的见识分不开。凌叔华从小听母亲讲孟丽君,使她"有多少个早晨,我都梦想着像过去爸一样,去参加科举考试。如果考取了,我妈有多高兴,她会向家里每个人夸耀自己的女儿,那时没人敢说,她没有儿子"[1]。但科举制度已经被废除了,要想成为在社会中站稳脚跟的现代女性,凌叔华很早就敏感地意识到,女子只有较高的、为社会包括男性同行所认可的职业水准,才足以支撑她的意愿,实现她的理想。这一点,甚至对她后来所形成的文学观念也不无影响,也就是把文学自身的价值看得至高无上:"我们觉得文学的主张应从作品本身表现出来,而且文学的范围也如人生一般广大,若拿一种主义或几个条件代表它,不唯顾此失彼,而且也怕蹈买椟还珠之弊。"[2]

传统文人画细腻而浓淡有致的点染方式对凌叔华小说

---

[1] 陈学勇:《高门巨族的兰花——凌叔华的一生》,人民文学出版社2010年版,第14页。

[2] 1934年,凌叔华为《武汉日报》副刊"现代文艺"撰文《答向培良先生》。同上,第179页。

艺术风格有很大影响。眼看着旧日的一切在现实一寸寸流失，一种与个人命运休戚相关的文化正逐渐衰亡，作家对传统既厌恶又有所保留，就像生命本身由各种元素组成，它们原本相互依存，现在就要随着一部分元素的消失而宣布那生命彻底结束。对于那种不得不舍弃的复杂感受，凌叔华采取细密而不乏节制的表现方式，真是再恰当不过。而且凌叔华不是耽于冥想的人，她很努力，每日伏案，孜孜以求，这种生活方式陪伴她度过一生，也结出了丰硕的果实。她的小说因敏锐地"观察在一个过渡时期中中国妇女的挫折与悲惨遭遇"，被认为"成就高过冰心"①。1928年《花之寺》在上海新月书店出版，徐志摩评价凌叔华的小说："作者是有幽默的，最恬静最耐寻味的幽默，一种七弦琴的余韵，一种素兰在黄昏人静时微透的清芬"，并由她的小说引申出一段作小说的哲理：

> 写小说不难，难在作者对人生能运用他的智慧化出一个态度来。从这个态度我们照见人生的真际，也从这个态度我们认识作者的性情。这态度许是嘲讽，许是悲悯，许是苦涩，许是柔和，那都不碍，只要它能给我们一个不可错误的印象，它就成品，它就有格；这样的小说就分着哲学的尊严，艺术的奥妙。②

---

① 夏志清：《中国现代小说史》，复旦大学出版社2005年版，第61页。

② 韩石山：《徐志摩散文全编》，转引自陈学勇：《高门巨族的兰花——凌叔华的一生》，人民文学出版社2010年版，第121页。

当时环境也为凌叔华温婉而不失讥讽的写作风格,提供了接受契机。1911年辛亥革命爆发,王朝崩溃,社会转型,文化革新运动激烈得使传统与现代到了势不两立、生死相搏的地步。特别是女子,似乎面临社会转型期更严峻的考验:要么听凭父母之命、媒妁之言,承受旧式婚姻的一切苦难;要么摈弃婚姻,离家出走,最终飘落到社会哪个肮脏的角落……在时代风潮鼓动下,人生几乎没有骑墙的可能。当时的文化亦如政治,都处于急剧变更期的对立状态。值得留意的是,开始反对传统,发誓与传统一刀两断的人,当传统即将一去不返,却又恋恋不舍地不时回眸。他们不是要再回到传统中去生活,回也回不去了;而是像欣赏墙上一幅古旧的画,画面泛出发霉的印渍,又像站在山顶的平台一侧,观看日暮浮云下依稀可辨的山水剪影,以慰藉自我心灵的一处空缺。

当一般人还处于激进的状态,新文化领军人物对现代人难以割舍传统生活稳定而幽雅的一面却意识到了,并有出色的描写:

> 在七八年前,要是你高兴在暑假内陪我到北平府右街一个朋友家去,你会发现在一条小胡同中有一所幽静的房屋。进了大门便是一格宽广的庭园,里面的花树果树在阳光中绿油油的,五色鲜明的,欣欣向荣。檐前好多牡丹,枝干高大,此时当然没有花了。凉棚下面是几只金鱼缸和盆栽的荷花,鸟笼中有不同的鸟在上下跳跃。一排前后很深的正屋,宽阔的走廊上又挂

了芦苇帘子,骤然走进去,黑越越的几乎看不见东西了。屋子里很素雅,也有不少盆花,尤其是主人远远的从福建亲自提回来的一盆名贵的剑兰。书桌很大,也许该说是画桌。你进去时也许主人在画画,也许主妇在临帖,或为人写屏条。但是她时时走出去,照料在间壁屋中三个不同年龄的孩子。有时主人也走去了,你可以听到儿童们的欢愉的笑声。你走的时候,这一个和悦的家庭,免不了在你心中留下不易磨灭的印象。你欣赏他们的幸福,以后时时会想起这人家来。

简洁生动的文字,记述了一所传统四合院里文化人向往的幸福生活。但陈西滢这篇为《灯光》所作序言,其实是描写一个伤心的故事。上面那一段写的是夫妇离婚前的生活,下面还有离婚后的景象:多年后,"我"又访问这一家人,但只有主妇一人"养活这一家人"了。表面看"还是一个和悦的家庭。可是在笑乐的底下似乎蒙着一层抹不下的悲哀,你感觉得,也许笑声止,眼泪便会突眶而出了","知道这主妇明天一早还得出去做事",客人也"不敢久坐"。离婚几乎是标志现代人生活的一道风景线,不爱就分手,仿佛问题从此便可以解决。但陈西滢的序言,确切地说应是一篇散文,却以铺陈和比兴的手法印证离婚这种快刀斩乱麻的现代方式,并不能使人得以解脱。他不动声色地描绘这所宅院的主人离婚前后的两种情景,没有大悲大恸,却让一种酸辛沁入心底。对于传统和现代的选择绝非彻底的人生观;不从既定观念出发,把写作建基于对生活细节敏锐的察觉;采取含蓄的表现手法,不瘟不火,款款道来……这些彼此相通的艺术追求表明,陈西滢和凌叔华结为夫妇并非偶然,同为文苑痴迷的写作者,他们互相欣赏,在艺术见解上可谓珠联璧合。

从艺术取向方面来看凌叔华的现代职业女性心理,她与父亲凌福彭的确是截然不同的两代人。她眷顾传统的目的不是抱残守缺,而是因为传统为她的写作和绘画提供了有利的条件,使她的作品能得到现代读者青睐。传统与现代在这里有了奇妙的结合。传统艺术讲求适度,所谓哀而不伤,怨而不怒,乐而不淫。凌叔华的艺术表现不属于追随角色放情歌哭的一类;而属于更为上乘的那种,就像她是一个演员在舞台演出,但演出同时也在冷眼打量着自己所演的角色,角色和自我不容混淆,自我总是把握着角色,是角色的操控者。在一定程度上,角色与演员分离,也可以比喻凌叔华作为职业女性,其现代观念与艺术上保持传统范式的一种张力。角色要想演得好,赢得现代观众欣赏,传统文化的韵致是不能丢弃的,而凌叔华享用这一份文化遗产可谓得天独厚,她是描绘和反映中国社会从传统向现代转变中世态人心的绝佳人选。因此她的职业生涯也赢得这样的荣耀:"凌叔华是值得引为骄傲的优秀女性,她的才华和成就,学界已多有较深入的研究,其历史地位大体成了定评",无论文学成就,还是美术方面的建树,她都已享誉海内外。[①]

最后一点老生常谈,做女人难,做出了名的女人更难。

---

① 陈学勇:《高门巨族的兰花——凌叔华的一生》后记,人民文学出版社2010年版,第362页。

特别是凌叔华生活的年代,革命一场连着一场,战争一个接着一个,虽然她绝不是下层社会的妇女,过着衣不遮体、食不果腹的悲惨生活,但为追求她心目中的艺术,也不得不付出许多。比如对家人照料不周;我行我素,淡漠了亲情;经常封闭在自己的房间里,不与人交往……不过,我听我母亲曾经说,番禺是著名的侨乡,早年祭拜妈祖,从虎门出海闯荡世界,几乎是家乡传统。年轻人纷纷外出做生意,甚至自己把自己卖了,做"猪仔"乘闷罐船,远洋美国当华工、修铁路,一辈子缩在家里是要被人耻笑的。与北方那种"两亩地一头牛,老婆孩子热炕头"的生活期待完全不同,番禺同乡会遍及东南亚、欧美各地。凌叔华是番禺人,传记里写她的付出,写她的人生缺憾,写她温婉外表下敢于闯世界、顽强的个性,是否与这一方水土有关呢?无论如何,从这本传记,还有我母亲说的家乡事,我感受到了一些。

母亲凌山(20世纪40年代)

2011年5月18日

我心目中的父亲与沈叔叔[①]

沈从文叔叔1902年生于湖南湘西,我的父亲董秋斯1899年生于河北静海,长沈叔叔三岁。上个世纪20年代,他们天南地北地相识于燕京大学,离我出生差不多还有三十年。以我的浅薄,他们的人生实在是一本读不尽的大书。

父亲和我

1969、1988年,父亲与沈叔叔先后黄鹤西去,留给我梦一般的记忆。那些梦境

[①] 2002年是沈从文先生诞辰一百周年,该文应《水》杂志主编沈红女士之约而作。沈红女士为沈从文的孙女。

恰如七宝楼台,不成片段格局,却随时光流逝,越来越清晰可鉴,就像电影的蒙太奇,在心目中不断闪回。

60年代初,我从家里书橱中的《沈从文小说选集》知道了沈叔叔。小时候我家住北京东城区大牌坊胡同52号,那是一座没有东厢房的四合院,我家住后院,有两间坐北朝南的正房,还有一溜带卫生间、厨房的西厢房,前院住的是在世界知识出版社工作的梁家。我和哥哥姐姐们住里屋;外间一进门,右手是一排非常高的书架,隔开了父母亲的卧室、工作间和接待客人的地方。这排书架放父亲的书,像《资治通鉴》、《二十四史》、《孟子》、《庄子》、《鲁迅全集》……当时我觉得这些书莫测高深,不是我这个小丫头能看懂的,所以碰都不碰。靠北墙有两个镶玻璃门的书橱,右边书橱放外国文学作品,其中有法捷耶夫的《青年近卫军》,伏尼契的《牛虻》,托尔斯泰的《复活》,有父亲译的《战争与和平》、《大卫·科波菲尔》,傅雷先生译的巴尔扎克小说,还有像《叶尔绍夫兄弟》、《你到底要什么》等苏联小说;左边书橱是国内作家的作品。这两个书橱才是我童年经常光顾的地方。沈叔叔的小说集就摆在左边书橱第二层,打开橱门,50年代出版的《沈从文小说选集》赫然在目。

我对小说发生兴趣,是从听评书开始的。上小学的时候,我每天把作业写得飞快,就为能一心一意地坐在收音机旁听评书节目。像《烈火金刚》、《平原枪声》、《野火春风斗古城》、《林海雪原》这些小说都是评书节目日复一日、年复一年的播放内容。每听到紧要关头,说书人便来那么一句:"欲知后事如何,且听下回分解。"我顿时像只泄气的皮球。后来我发现,原来家里的书橱就摆着这些书,于是忙不迭地跑去,把那些小说抽出来。小学生看书,常遇到不认识的字和不理解的词,这时我要想一想评书是怎么说的,再根据上下文的意思猜,实在猜不出来,就去问父亲,所以父亲很清楚我看过哪些书。就这样翻来翻去,我几乎把书橱里的书都翻遍了,自然也翻了沈叔叔的小说集。说"翻",是因为我小时候热衷于故事,看小说的耐心只限于十几页,看了开头,就翻结尾,把许多人物或景物描写都跳过了。

父亲读书或写作累了,倒背着手,在屋子里踱来踱去,看我常坐在书橱旁翻书,就问我究竟看到些什么。女孩子自尊心强,生怕说不出来没面子,就连蒙带编地说一气,倒也能把故事说出个一二。但当他问起沈叔叔的小说,我就"卡壳"了。沈叔叔的小说和那些改编成评书的小说不一样,我说不清里面谁是好人,谁是坏人,湘水的寂寥,吊脚楼上妓女和水手的故事,似都笼罩着淡淡的哀愁,看得人心里怅怅的。我当时说不出"惆怅"这个词,沈叔叔的小说让童年无忧无虑的我,沉浸在一种陌生的感动里。也许这是沈叔叔在序言中写"我和我的读者都行将老去"这句话时,未曾想到的。

父亲欣赏沈叔叔的小说。他大概觉得我那时还小,无法理解其中的生活与人情世故,见我支吾着说不出来,就对我说,天下大得很,要多看看。"文革"前的某一天,父亲让我到南小街文具店买两卷裱糊用的彩纸,记得那纸是淡绿色,仔细裁剪后,衬上我的手工剪纸,贴在书橱透明的玻璃门上,十分雅致。当时社会上已是山雨欲来,而我却浑然不知;父亲那样做,大概是希望他的老朋友的作品,还有孩子们这一方读书的小天地不受侵扰吧。后来我真的应了父亲

"要多看看"的话,不是读了"万卷书",而是行了"万里路"。我十六岁到黑龙江农村插队,经历了许多见所未见、闻所未闻的人和事。现在回想起来,50年代出版的《沈从文小说选集》,父亲翻译狄更司的《大卫·科波菲尔》,还有高尔基的《我的大学》,应是我这段生活的启蒙读物。

中国自古文人相轻,父亲与沈叔叔却是情义相投的好朋友。80年代初沈叔叔发表在《新文学史料》的《忆翔鹤》文章中说到父亲:他刚来北京的时候,父亲正在燕京大学读书,沈叔叔经人介绍与父亲相识,曾在父亲的宿舍聊了"三天三夜","几乎把他拖垮"。或许沈叔叔的湘西故事打动了父亲,或许他的经历和生动的表述才能让父亲惊奇、赞叹不已,或许他"乡下人"的执著与父亲的性格发生共鸣,总之,他们的友谊从那时开始,直到父亲辞世,延续了四十多年。

1998年秋天,我到湖南湘西参加"沈从文作品国际研讨会",结识了沈虎雏先生。会议一行人走在沱江边的石板路上,虎雏先生告诉我,他家还保留着1924年初我父亲在燕大读书时写给沈叔叔的信……沱江静静地流向天际,江水在阳光下闪闪烁烁,我却仿佛身在梦里:这七十多年,生活都被颠荡碎了,区区一封平信,怎么保存得下来?回北京不久,我真的收到虎雏先生的信!而且他当时为编沈叔叔的作品全集,正"一头扎进稿堆里出不来"。我急匆匆地打开信封,里面竟夹着两页复印的信笺,竖排格式,算上落款,每页刚好八行,是父亲用毛笔写的:

从文先生:

来者一字一句我都了解,都深深的感到:真一兄①是我顶好朋友中之一个,他所嘱托我的事未尝不尽力为之:为了这两层原故,使我连回一封信的勇气都没有,所以沈吟到现在。我写到此处,深信你已经能明了我的一切了。不多说罢。

你会喝酒不?我们应当齐入酒之宇宙。十天以后,放了寒假,我打算备个小东,请你喝两碗白干,慢慢的一同商量个活着的道理。你如果还有这一点子闲情,请回我几个字。

难友　董绍明②

1924——董秋斯致沈从文

---

① 田真一,湘西凤凰人,父亲燕大时期的朋友。

② 董秋斯原名董绍明,"'秋斯'则是1939年9月他从香港到上海后,因'求是'的谐音所取的笔名,一直沿用到最后,原来的名字反倒不大为人所知了。"凌山:《董秋斯同志在"孤岛"》,原载《新文学史料》1980年第4期。

父亲那年二十五岁。接下来,就是他们在燕大宿舍一起聊天的"三天三夜"。父亲出生于中国北方农民家庭,家境不好,我的伯父常年重病缠身,家里供父亲读完天津南开中学已十分的不易,后来他考入燕大,就没有了经济来源,全靠半工半读和异常的勤奋努力,最终完成学业。据母亲回忆,父亲年轻时爱喝酒,抽烟也凶,喜欢熬夜写东西;他个子很高,大约一米八,习惯于拼命做事,营养却跟不上,后来患了肺病,到1934年在北平协和医院做"胸廓成型"的手术时,他的右肺已全部烂掉,左肺也受感染,当时给他动手术的德国医生不停地摇头叹息,说手术只能是一次实验,意思也就是"死马当活马医"吧。手术成功了,父亲被截去八根肋骨。当时父亲还是独身一人,手术时陪伴在他身边的唯一亲友是燕大同学孟用潜伯伯。

这当然是后话。燕大时期和沈叔叔一块儿聊天的父亲一定很"帅"。父亲不仅身材高大,年轻时一头乌黑的卷发。据沈叔叔回忆,父亲当时是燕大学生会主席,想来也是非常

燕大时期的父亲

1923沈从文抵达北平

活跃的。不过,我从没听母亲说父亲有多帅,这也符合母亲为人处世的观点:不以貌取人。而且我小时候听父亲说,他从小体育不好。我不解地问父亲:"你要求我和哥哥、姐姐们游泳、滑冰,自己怎么不好好上体育课?"父亲不正面回答我的问题,绘声绘色地说,他小的时候,学校里一些富家子弟穿皮鞋上体育课,先生喊"立正",两只皮鞋一碰,"啪"的一声,先生就给好分数;父亲常年穿一双乡下家做的布鞋,破破烂烂,先生喊"立正",他"踢踢踏踏"的,站都站不稳,于是先生皱着眉头,给父亲一个不及格,有时还引来一阵哄笑。起码在体育课先生的眼里,父亲一点也不帅。沈叔叔一直以"乡下人"自诩,刚来北京时,吃住无着,黄永玉先生的散文《太阳下的风景》中,在讲述郁达夫请沈叔叔吃饭的那一段写道:"从文表叔据说就住在城里的湖南酉西会馆的小亭子间里",冬天"下着大雪,没有炉子,身上只有两件夹衣,正用旧棉絮裹住双腿,双手发肿、流着鼻血在写他的小说"。"郁达夫走了,留下他的一条浅灰色羊毛围巾和吃饭后五元钞票找回的三元二毛几分钱。表叔俯在桌上哭了起来。"

当初,父亲和沈叔叔都是从乡村边地来到北京、上海的年轻人。他们也都经历过人生十分狼狈的时刻,但这些遭际没使他们退缩,反而成为一生奋斗不息的起点。四十年代,父亲翻译奥兹本的《弗洛伊德和马克思——一种辩证法的研究》,为帮助读者了解弗洛伊德的反抗精神,他在这本书的《译后记》中,引章士钊的弗洛伊德《自叙传》文言译本中一段话:"余籍犹太,与有国立者,竟下一等。人卑视我,随向可见。……未同恒人,共受权利。……余初涉世,即逢横逆。每日所接,俱属异己。势惟凭一己胆智,奋疎而往。此药石也,后来稍能自持,不为世屈,未始非得力于是。"从他青少年时期的经历来看,恐怕也是一种"夫子自道"。

沈叔叔是作家,他的作品充分表达了对艺术和人生非常独到的见解;父亲一生未从事过创作,他多是在译作的前言和后记中谈一些自己的心得,帮助读者了解那些外国作家和他们的作品。最近为《董秋斯译文选集》出版,翻阅父亲过去的文字,却使我对父亲与沈叔叔的相知多一些了解。比如父亲在《杰克·伦敦传·译者叙》中说:

> 杰克·伦敦用来表达思想的主要形式是小说。他在小说中写社会主义,写进化论,写实实在在的人生,写贫血的、纤巧的、怯避的、伪善的十九世纪文学所不敢正视的一切东西。由于他那长于说故事的天才,也由于他学习前辈大家的努力,他锻炼成一种文学技巧,足以攻下顽固分子的森严壁垒,也侵入了暖室一般的太太小姐的深闺。这在美国,确乎是一种前所未有的成就!……
>
> 杰克·伦敦出身于劳动者的家庭,既没有家学,也没有外援,更没有资产,连中等教育都不曾受完,举凡世人凭借了来致身通显的东西,可以说一概没有。他只有一种普通人所没有的东西,那便是到处受人贱视的私生子身份!一个普通人处在他这样境遇,能够作到仰事俯蓄,免于冻馁,也就很不容易了。但是杰克·伦敦在短短的四十年间,不论在著作方面,在事业方面,在财富方面,都有了震古烁今的成就。他究竟凭借

了什么呢？

诚然杰克·伦敦有他得天独厚的地方，便是脑力强大，体魄健全，能通晓常人不易通晓的东西，能吃常人吃不消的苦。但这不是最主要的成功条件。具有这种条件的人，我们随时可以见到，而杰克·伦敦却是百年一遇的伟人。我以为杰克·伦敦最特出的地方，便是他那不屈不挠的青年气概。

杰克·伦敦是青春的化身，连他的错误，连那使他一再受挫折的弱点，也是属于青春的。他的朋友说他是一个长得太大的孩子，乃是一句无法变更的评语。因为他永远是一个青年，所以他能不计利害，不畏险阻，敢于冒犯社会上的旧势力，敢于推翻思想界的偶像。

我从没听父亲说沈叔叔是中国的杰克·伦敦，因为他们所处的历史环境不同，他们的个人经历也很不一样。但父亲对杰克·伦敦的评价，却从一个角度反映出他赞赏什么样的作品和作家。

我曾向沈虎雏先生、沈龙朱先生，还有美国研究沈叔叔的金介甫先生请教，为什么沈叔叔回忆往事的时候都提到我父亲？沈家兄弟是非常诚恳、谦和的人，他们对我说："我父亲生前说，他得到过你父亲的帮助。"金介甫先生也用汉语表达了同样的意思。金先生曾在《凤凰之子：沈从文传》一书中写道："沈（从文）在燕京大学也有十几位朋友，他们在一九二七年武汉和广东公社中都是革命的组织者，在两次革命中大多数人献出了生命。一九二八年至一九二九年间,沈还同董秋斯、张采真谈过武汉、广州的起义,两位中只剩下董秋斯活到了一九四九年后。(而且也只有他,在中国共产党政权正式建成以后,没有否认他同沈从文的关系。)"沈叔叔解放后转向文物研究工作,父亲则埋头继续完成《战争与和平》的翻译,他们都习惯于默默地做事。我想,父亲和沈叔叔固然是看重情义的人,但他们彼此的相知与相投,大概是这"帮助"中最重要的内容。

"文革"前,家里常来一些父亲的朋友,父亲与他们的友谊比我的年龄不知大几倍。沈叔叔是其中之一。但那时候的我,满脑袋不着边际的幻想,每天忙上学,忙写作业,忙听评书,忙找同学玩,并不注意他们聊什么。如今,这些老人都已作古,再想听他们聊天,也不可能了。据母亲和哥哥回忆,沈叔叔最后一次和父亲见面是在1969年秋天,当时我已经去黑龙江农村插队。那次沈叔叔来我家,对父亲和母亲说:"这是我最后一次来看你们了。"因为单位通知他马上动身去干校,沈叔叔当时身体状况不好,他认定去了,就回不来了。父亲那年七十岁,身体很不好,也接到准备去干校的通知。父亲和沈叔叔像往常一样,聊了一会儿过去的人和事。沈叔叔起身告辞,我哥哥刚好从外面进来,沈叔叔对他说了一句"公子回来啦",就出门去了。父亲依旧坐着,不动,我哥哥那年二十岁出头,听了沈叔叔的话,觉得挺好笑,当时"破四旧"成风,哪有"公子"这样的称谓呢?哥哥问父亲:"他怎么这么说话?"父亲顿了一下,说:"他是故意的。"听哥哥说起这件事,我想,沈叔叔"故意"说的那句话,也许是为了冲淡老友诀别那一刻的伤心。还想起那一年我去黑龙江,向父亲说"再见"的时候,父亲也是坐着,不动,但我看见他的眼睛有一丝泪光闪过。

沈叔叔的话应验了一半。那天真的是他与父亲的最后一面,稍有不同的是,沈叔叔从干校活着回来了,但我的父亲却在他们分手那年的12月31日黎明前,心脏永远停止了跳动。父亲去世后,我们兄弟姐妹天各一方,母亲从干校回来,因患直肠癌,动了手术,还得支撑着这个支离破碎的家。当时沈叔叔就住在我家附近的小羊宜宾胡同,常来看望母亲。母亲对我说,沈叔叔总是乐呵呵的,说一些新鲜的见闻;其实他活得不容易。父亲去世,给母亲精神上巨大打击,沈叔叔乐观的人生态度,一定给她许多生活下去的勇气。

多少年来,我不止一次做过这样的梦,梦见小时候我帮父亲拎着拐棍,去东郊的日坛公园散步。父亲牵着我,并不拄那根棍,他说我就是他的"小拐棍";我让父亲看我学孙悟空耍金箍棒,把手里的拐棍舞得呼呼作响,父亲大声吆喝我"当心,别打到人"……

我信有灵魂存在。因为童年的梦境已成为我实在生活的一部分。在那个灵魂的世界,我看见父亲和沈叔叔面对面坐着,谈笑风生,他们那么健谈,谈得那么投机,半个多世纪的历史烟云,在他们眼前徐徐飘过……

2003年6月完稿于北京大兴
2011年5月再次修订

与时弊同时灭亡的文字
——对《热风时节》①的一些补充说明

2008年5月28日,也就是汶川地震后半月零一天,我在上海参加上海大学文学院组织的"现实主义与中国经验"研讨会,29日参加由上海大学、华东师范大学文学院等高校联合举办的"文学之夜"活动。活动的参与者主要是上海各高校为支援灾区组织义卖和义演活动的师生们。

此前,华东师大毛尖、上海社科院张炼红,还有上海师大薛毅几位朋友做东,邀我在一家餐馆晚餐。其间,几个年轻人兴奋地讨论为资助残病青年完成学业、为支援地震灾区组织义卖的事。开始我没怎么留意,因为当时全国都在组织规模不等、形式不同的赈灾活动,为灾区捐款、捐物是我们每个人都做的事。但后来听出一点门道,原来他们组

---

① 《热风时节——当代中国"十七年"小说史论(1949—1966)》(上、下册),上海书店出版社2008年版。

织学生开展这项活动,不是让孩子向家长要钱,而是向各家各户收集多余的书刊、玩具、衣物等组织义卖,将卖得的钱去扶贫、支援灾区。听明白这层意思我想,这是大学老师带领学生做善事,其善莫大焉,在于它是高等教育实施教书育人的重要组成部分。这种善事不仅培养孩子的同情心,而且使他们明白如何通过自己的努力,而不是向父母或旁人伸手要钱去实现自己的同情心。这种善事也是十分具体的社会实践活动,像回收和义卖,能帮助这些即将奔赴社会的学生了解社会需要什么,自己应做什么,在满足社会需要同时,增强社会责任感、人之间的交往能力和自我生存能力。当今社会物质欲望和权力欲望迅速膨胀,做人做事急功近利,毛尖、炼红和薛毅他们却能这样想,这样做,不是比一味地对问题冷嘲热讽更有意义、更具建设性吗?

当时正需要为这本书起一个名字,于是我就用了"热风时节",以呼应他们的"热风行动",并在书的扉页注明:"谨以此书献给2008年6月29日上海大学'文学之夜'活动的组织者和参与者,感谢他们带来历史上又一个热风时节。"

再说关于"热风"。1925年11月3日夜间,鲁迅为收录1918至1924年文字的《热风》文集写题记的时候,世界完全是另一番景象。鲁迅笔下没有多少热烈的气氛:

> 五四运动之后,我没有写什么文字,现在已经说不清是不做,还是散失消灭的了。但那时革新运动,表面上颇有些成功,于是主张革新的也就是蓬蓬勃勃,而且有许多还就是在先讥笑,嘲骂《新青年》的人们,但他们却是另起了一个冠冕堂皇的名目:新文化运动。这也

就是后来又将这名目反套在《新青年》身上,而又加以嘲骂讥笑的,正如笑骂白话文的人,往往自称最得风气之先,早经主张过白话文一样。

再后,更无可道了……

自《新青年》出版以来,一切应之而嘲骂改革,后来又嘲骂改革者,现在拟态的制服早已破碎,显出自身的本相来了。真所谓"事实胜于雄辩",又何待于纸笔喉舌的批评……然而,无情的冷嘲和有情的讽刺相去本不及一张纸,对于周围的感受和反应,又大概是所谓"如鱼饮水冷暖自知"的;我却觉得周围的空气太寒冽了,我自说我的话,所以反而称之曰《热风》。①

在"国学家"热和对《新青年》"嘲骂讥笑"声里再度张扬五四精神,是鲁迅集结1918年以来文字重新出版的明显用意。与周围"寒冽"的气氛相比,他的文字和内心依然回荡着启蒙公众时事的"热风"。换一种说法,心中尚存希望,文字中就有热血涌动,寒冽的世间就有热风吹拂。这种文字是启蒙者"有情的讽刺",而非旁观者"无情的冷嘲"。鲁迅的《热风》虽然是旧作重拾,旧火重温,但"题记"却像一把锋利的匕首,揭露"拟态的制服"下面是阴魂不散的伪科学、伪历史的本相。

其实20世纪对现代史的看法,鲁迅并不孤独。八九十年代之交,在"历史终结"的一片喧嚣中,有一位英国历史学

---

① 鲁迅:《热风》(1918—1924)"题记",《鲁迅三十年集》之四,鲁迅全集出版社1947年版。

家霍布斯鲍姆也在"我自说我的话"。与鲁迅相比,他的文字也许没表现出那么多沉郁、忧愤与尖锐,通常被人评说为"不张扬","一直不乏追随者",而且"近年来,值得庆幸的是霍布斯鲍姆的名字已在中华学界广为流传"。但对于历史的洞见,还有知识分子独具一格的反思立场,两位学人却不乏异曲同工之处。余树森为《史学家:历史神话的终结者》所写的"中文版序"说:

> 读到霍氏《革命的年代 1789—1848》中的一段话,他从英语词汇的变化论述英国产业革命、法国大革命的巨大社会影响。他说,现代英语词汇中频繁使用的"工业"、"工业家"、"工厂"、"中产阶级"、"资本主义"、"社会主义"等,还有"自由"、"保守"、"激进"、"危机"、"功利主义"、"社会"、"民族"、"国家"、"民族主义"、"自由主义"等都产生于革命年代。当人们想到如果没有这些词汇现代世界将会怎么样时,就会明白发生于1789至1848年间的革命的深刻性。革命铸成了自人类创造农业与冶金术、文字、城市和国家的遥远时代以来历史上最伟大的转变。①

具体到"十七年"小说的历史,那只是当代史一个细小的分支,它既无法与"五四"摧枯拉朽的历史功绩相比,也没有霍布斯鲍姆关于1789年到1848年、再到1991年的人类

---

① 余志森:《〈史学家:历史神话的终结者〉中文版序》,上海人民出版社2002年版。

社会"四部曲"那样恢弘的历史格局。然而,正因为它是大历史中细微的分子,对于它的剖析和解读就尤为重要。我始终认为,只有对历史上那些人云亦云、故而早已习焉不察的事物或"小历史"有所发现,有所分析,有所结论,由此及彼,由个别到一般,才有风云诡谲、寓意丰赡、启人心智的大历史叙述。"十七年"小说像20世纪强光下却至今没有干涸的一滴朝露,反射出革命、社会主义、民族、国家等一系列不容回避的时代风潮的投影。对于它的历史,之所以有那么多的争议与辩难,主要原因不在文学欣赏趣味上的差异,而需要做一种学科层面上的清理。如前人所言,写文学史不仅需要文学知识,更需要史学基础。因此我认为,这里集中体现的是史学观念上的问题。

首先,对历史不可轻言断裂。追随今天的时尚,有人选择"告别革命",但我要说的是,今人尽可以说"告别革命",却不能告别历史。历史是什么?霍布斯鲍姆曾经把历史学比作一项充满智性的基因工程。他认为,历史学有对未来的"预测"功能,人通过了解过去,才能认识今天,预测未来。在我看来,人不能告别历史的原因,就像人不能不承认自己的父母,不能不承认父母留在自己身体内部、还要遗传至我们下一代、再下一代的遗传基因。承认基因才有对基因变异过程的跟踪与发现,才有对自己未来发展更自觉的规划。一个没有历史的民族和国家是没有前途的,就在于它对自己从哪里来、是怎样的一个人、未来去向如何完全是盲目的,所以不得不跟着别人东一头、西一头地乱撞,直至不伦不类地土崩瓦解,逐渐被人遗忘、消失。中国自近代以来,从"戊戌变法"、"五四"到抗战胜利,从"十七年"、"文革"到

"新时期",再到"新世纪",其实历史并没断裂。仅从"十七年"小说这样一个历史连接点,就可看出那些文化基因在历史运行中,曾以种种不同的面目不断呈现。

比如在全球化时代,网络技术与精神生活的联系越来越密切,网络小说、网上私人写作成为势不可挡的文化潮流。但在"乱花渐欲迷人眼"的后工业文化的"大拼盘"中,"十七年"小说从语言、结构到作品题材却在现实舞台、影视中屡屡出现。我想,其原因并不是几个编导突发奇想,也不仅是"文革"结束三十年,经时间沉淀,人们能以更冷静、从容的心态打量过去,而主要在于它们本身所具有的历史价值。历史上许多事如过眼云烟,过去也就过去了,人们不再想它们,也谈不上有历史价值。但"十七年"小说不同,它们频频出镜的现实令人不得不面对这样的问题:当今若要了解与本土生活最接近、影响最广泛的一些文化现象,就需求助远离当前生活,比"新时期文学"、"文革文学"更为遥远的"史前史"。这是因为在冷战时期,作为后发展的现代民族国家的文学,在世界现代化进程中与欧美等发达国家不同,对于生活和现代化历史都有自己独特的边缘性体验。全球化不能只有一个标准,只有一种文学史,不论西方汉学家怎样鄙薄"十七年"文学,与中国的现当代文化有多少历史隔膜,"十七年"小说曾受欧美、苏俄文学的影响是一方面,但质的差异是不争的事实。今天的"重现"说明,中国当代文学有自己的基因链。在外部和内部环境对文学的合力夹击下,"十七年"小说形成自己颇具个性的特殊经历,它的写作方式,其中的经验、连同问题和矛盾,至今还能牵动写作者和读者的心弦。

其次,观念无以归纳的历史。或者说,不应该以一种"观念先行"的方式概括或阐释历史。比如我不打算用"红色经典"来概括"十七年"小说的历史。在意识形态的观念史中,"红色"是象征血与火的革命的经典词汇。鲁迅在20年代后期曾经说,革命文学家风起云涌的所在,其实并没有革命,也谈不上真正的"革命文学"。"从水管里流出来的都是水,从血管里流出来的都是血。"①鲁迅当年十分清醒地看到那些耸动视听、借以吓人的"命名"背后文学与革命的实情,说明作家的经历与所处环境对文学具有决定的因素。"十七年"小说发生在战争和急风暴雨式的革命刚刚结束的社会生活环境,以小说纪念血与火的革命年代,感念叱咤风云的英雄,固然是其中重要的内容。但也必须看到基本的两点,一是暴力革命有玉石俱焚的一面,但也因此形成荡涤社会污垢、有排山倒海之势的一道清流。对此作家的感奋之心、感激之情集中体现在革命过后,如何在旧日废墟上,以一种新意识形态风貌创建一个新型的现代民族国家。由此所引发的对生活的丰富想象,即使是描写战争生活、农业合作化、工业恢复时期的生活,也并不局限于"红色"一宗。二是和平年代的小说必然流露与战时生活不尽一致的情调与观念,它们也必然要寻找生活在庸常岁月的兴奋点。如果把和当时政治、政权有关的一切文学作品统统归以"红色",先就去除了历史的有机性。主要的问题,还在于与这些作品的实际不符。只要深入作品,就会发现"十七年"小

---

① 鲁迅:《革命文学》,《而已集》,《鲁迅三十年集》之十七,鲁迅全集出版社1947年版,第141页。

说本身不是单一色调的,"红色"描写往往衬着"灰色"人生的底子;革命想象的骨子里却是颇为传统的道德操守;平实恬淡的叙述中有对激进现状的不肯臣服;带着"红色"印记的描写同时又是对"红色"政权的"灰色"批判……新与旧,革命与守成,红色与灰色,往往是一个镍币的两面,反映出"十七年"小说历史的复杂和丰富性。因此它给后人的启示也不仅仅是"革命"和"红色";作为文化遗产,其内涵实在是多方面的。

再次,我选择"史论"而不是"小说史",是因为其中有太多需要论证的问题。如果不解决这些问题,或者不改变一些固有的思维方式和评价体系,这一时期小说的历史就难免不是支离破碎或毫无根据、不能成立的。其中重要的问题,不在于写史的人罗列多少作品和作家,而是那些作品究竟为历史留下哪些值得珍视的内容。在这个问题上,我赞同蔡翔所说的"对历史'了解之同情'的治学态度"①,并以之自勉。

历史与时尚、流行趋势是无法调和的。说到时尚,人们首先想到的是时装、化妆品,还有《时尚》类品牌杂志上的内容,而不大在意政治变革中流行观念在意识形态中的位置。政坛上有一句"矫枉必先过正"的老话,主要的意思是想要达到一定政治目的,必须有过激的行为,否则便无法形成一种潮流,扭转视听,克敌制胜。一味"矫枉",必然忽视"过正"并不是什么好事。政治运动的后遗症之一,不断"矫枉"

---

① 董之林:《热风时节——当代中国"十七年"小说史论(1949—1966)》封底,上海书店出版社 2008 年版。

的结果是做事的人总要在"过正"中受批判、遭清算,人也就投机取巧起来,不愿再做实事。比如像鲁迅写《中国小说史略》那样,以作家作品为依据,写一部实实在在的小说史。我想朝着这个方向努力,但写出来的还是"史论"。如果说,这本书因此包含了"对于时弊的攻击",那么我愿意它也像鲁迅说的那样:"凡对于时弊的攻击,文字须与时弊同时灭亡,因为这正如白血轮之酿成疮疖一般,倘非自身也被排除,则当它的生命的存留中,也即证明着病菌尚在。"①我期盼在时弊与"对于时弊的攻击"都"灭亡"而成为历史后,有真正的当代小说史、文学史胜出。

2009年3月17日

---

① 鲁迅:《热风》(1918—1924)"题记",《鲁迅三十年集》之四,鲁迅全集出版社1947年版。

"史记"[1]：为记忆塑形

说张晓刚的《史记》(The Records)为记忆塑形，没有丝毫调侃的意思，也不认为艺术家亵渎了史记两个字原来庄重的含义。那些由钢板和铸铜造就的作品：过去的电灯泡、钢笔、收音机、搪瓷缸等，使封存其中的历史言之有据。同时作品还强调了另一方面：它们凹凸不平、漆色斑驳，都因外力挤压和撞击的缘故。冷林先生由此揭示所要传递的信息："与其说这种挤压来自某种具体的外力，莫若说它来自于时间与记忆。"（《史记·前言》）在此意义，张晓刚的《史记》在为历史塑形的同时，也在为历史的记忆方式塑形，使记忆在个人经历中不断增殖与变形的过程得以"言"之凿凿。

---

[1] 张晓刚：《史记》(The Records)，当代艺术展，2009，798佩斯·北京。

2010 香港国际现代艺术展

《史记》中每件实物都配有作者的个人日志。像一段旁白,拉近了观众与展品的距离。"绿墙—餐厅"日志写作于8月一个多云、有点闷的日子:"我不知道在今天这种快速变化的生活状态下,选择某种'综合'的方式(高艺术的商业化或者商业行为的高艺术化)是代表着某种智慧呢还是象征着某种无奈的可悲?也许今天本来就是一个不需要分裂的、矛盾的、'极端的'生存模式,就像我们正在修建的一座座豪华都市一样。就让那些分裂的想法永远留给梵高自己吧,就让那些怪诞的梦呓永远地留给卡夫卡自己吧……"把梵高和卡夫卡束之高阁,更准确地说,他们的艺术在当代人生活中不过是一种附庸风雅的装点;而他们对现代生活长久的凝视,赋予艺术的哲思,或者一种真正意义上的先锋艺术精神,则被看作"怪诞的梦呓"遭受讥诮与漠视。

无论是具象的展示还是抽象的表达,张晓刚作品反讽的色彩很浓。作品呈现的是全球化席卷中国大陆生活之前、具有"史前史"物质特征的生活场景:一张餐桌,两把靠背椅,款式和陈设老套、单调,缺乏想象力,静寂中有一种徐缓的节奏……问题在于,当它们被置放在"史记"语境下,或者说当作者站在"今天这种快速变化"的当下重新打量历史时,历史与当下的分裂状态:静与快,老套与新变,使那种貌似还原历史的艺术表现,实际上充满张力。"对我来讲,80年代很有感情,我就想把那个时候用的东西呈现出来。"物质贫乏的年代却"很有感情"。如果说这是一种怀旧,那么不应该仅仅理解为一种简单化的价值判断,而体现出现实与人类想象力和思考力之间的博弈。于是,历史便不是在社会学的总结的意义上,而是在被文学和艺术发现的意义上与今天对话,并激发出作者创造"史记"的灵感。

上世纪30年代,社会学家考证中国社会的基层是乡土性的,在于它"在东西方接触边缘上发生了一种很特殊的社会",即现代都市。当今都市生活的奢华、疾速,以及雄心勃勃的进取心与无边无际的挑战势头,远过于当时,更使人的记忆断档,身世飘零。张晓刚《史记》中有一丝迷惘,一种孤独,一份艺术家特有的冥想,它对沉迷于现代声色的生活状态是一种唤醒,也体现了被誉为"思想锋刃上"的当代艺术的先锋精神所在。

沉醉于感受

把艺术想象归结为"刺激—反应"、"观念—表现"公式，并由此界定艺术家究竟是现代斯巴达克式的英雄，还是经不起压力的侏儒，这曾是一种流行的意识形态化观念。那么，在现实中国经济发展成为主导趋势，政治运动已不再是社会中心的情况下，原有的"刺激"正逐渐退化，而艺术想象的空间却在文化创意中延伸。于是，以往的流行观念愈加变成一个值得反思的问题，使人重新打量历史上的艺术实践。

如果我们把上面的公式倒过来看，与其说艺术想象出于艺术家的政治反抗，他的"反应"和"表现"是刺激和观念的结果，因而也是他胆识和勇气的表现；不如说是创作主体沉醉于自身感受难以自拔，并通过特有的艺术表意系统将其精确、具象化地带到世人面前。在此意义上，艺术表现的个性化总是带有"先锋"和"前卫"的性质，在各时代的主流趋势中，也多多少少地显得不合时宜。换句话说，艺术如果

2008——英国巴斯

缺少对人性、对艺术家个人感受独一无二的揭示与表现就不成其为艺术；它在特定时期引起主导观念的干预和压制也就不足为奇。

或者先避开这个似乎"先有鸡还是先有蛋"的问题，举一两个实例加以说明。在欧洲艺术史上，维也纳的华尔兹优雅规范，但它必须有特定的场景予以配合，比如训练有素的指挥和乐队，飞速旋转的舞步与标准的服饰着装，以及大理石光洁的地面等。因此美国社会学家认为它失宠于民与过于"严肃"有关。但更重要的问题，这种艺术所表现的不能不是一种"集体"感情，而缺乏"个人的情绪"空间。因此表现个人情绪的"小调"出现了：三两件乐器，几个人随便转转就可以实现的舞曲开始流行，特别是19世纪末手风琴小和弦和变音键（改变音色）的加入，更适于表达个人情感，用当今时兴的话说,就是使它"亲民化"了。据说施特劳斯的音乐刚到美国便引起狂热,但它庄重严肃的旋律,显然不适于当年许多背井离乡的年轻人抒发个人孤独苦闷的情感,于是华尔兹开始向波士顿音乐靠拢,速度变慢(俗称慢三),并广泛地采用小调。"速度是音乐的灵魂",速度变了,个性化的脉脉温情取代了波涛滚滚的音乐风格。"小调"和"慢速"出现,使传统华尔兹如今已无人再写。

艺术始终在历史长河中寻找自身突破口。艺术家对个人感受精细入微的把握与开掘、沉迷与固守,从而取得成功的例子屡见不鲜。梵高的绘画理念是"把生命注入画里"。在《丝柏》画中,画面上每一寸都有图案,蓝天、云朵、群山、麦浪和绿树丛都呈现出漩滑的形状,那是画家感受中的自然,流淌着生命律动的自然。《星夜咖啡座》通过夜幕笼罩下的街边咖啡馆一角衬托出纤巧雅致的气氛。这些作品看上去是自然的,又是超自然的,因为其间明显地回荡着艺术家个人的生命感受,并由此赋予自然一种别具特色、复杂的人性色彩。据说他著名的《向日葵》原是梦想用来装饰自己的房间,在试过各种颜色的背景后,他感觉在黄色的背景上画黄色的花效果最好,于是就有了现在收藏于日本的《花瓶里的十五朵向日葵》。

各种艺术门类中,大概作为语言艺术的小说原是最容易说明作家感受的表意系统。但由于中国迟迟到来的现代化所形成的一种写作观念,使艺术家感受的特殊性很容易消弭在既有的宏大叙事中。即便如此,现代小说艺术也不乏跌宕起伏的历史。如果把现代小说史比作一部表现中国人和中国社会生活的现代史诗,这部史诗是郑重、高雅的,其中包含鲁迅、郁达夫、郭沫若、茅盾、曹禺、巴金、冰心等一代知识分子对传统变革的经典解读;如果可以把这部史诗比作维也纳华尔兹,那么赵树理小说可以说是其中的小调。说它是"小调",因为它并没有公然违背史诗,只不过增加了风趣的世俗化音节,使华丽的史诗更亲近下层,更日常生活化。然而,"小调"改变了原有的抒情方式,意味着现代叙事文学的重要变革。

2010年10月25日晨

二辑

无法还原的历史
——"十七年"文学研究的历史症结

一

"把历史还给历史",这在当代文学学科早已耳熟能详。它是一种想象,也是一份期待。究其原因,不仅在于这个学科存在的合法性依据,牵涉到有关它的历史叙述能否形成;更在于即便承认这一前提,问题依旧连连不断。

关于近半个多世纪的文学史,越来越变成一个聚讼纷纭的场所。特别对其中的"十七年",叙述者出于不同背景所形成的观念分歧,往往使讨论尚未开始,剑拔弩张的阵势已一字排开。在这种情况下,说"把历史还给历史",是想为阐述历史提供一剂良方:不以今人尺度为尺度,尽量客观、公正地对待历史,让叙述还原历史本身。然而,一旦我们开始实施这一方案,就会发现大量的历史材料,还有由这些材料构成的错综复杂的历史相关性,使原来被称作历史框架的话语体系,已远远承载不下。

从知识谱系学角度,"现代文学"和"当代文学"这样一些概念不是天生的,而是由历史生成,是一定知识的产物,并且它们已经伴随其发生学意义上的言说沉淀为历史。如果脱离了"现代"、"当代"这样一些概念,以及由这些概念构成的一系列话语成规,对这一段历史的阐述就无所依托,甚至无以由来。在一定意义,承认这些概念就是尊重历史,即承认历史的承先启后。正如特里·伊格尔顿所言,这是一种"文化唯物主义",它是对"唯心主义沉疴的一付很有价值的良方",因为与之相反的做法正在学术界蔓延,这就是"用繁冗玄妙的冗词赘语编写文学史",似乎后来的"艺术作品并不是由前面的艺术作品产生出来的。前后艺术作品的承继关系是非常含糊的,它们往往像俄狄浦斯式的孩子,想方设法不认父母"。换言之,特里所倡导的是一种历史唯物主义的研究方法,应该把文学作品"放在产生和接受它们的物质链条中去研究"①。这的确切中问题的一个方面。

另一方面,在承认前人成果同时,又不能不看到,研究者并非神仙下凡。生活于特定的社会环境,他们得出的文学结论及其理论成规,必然被限定在一定历史范畴内,尽管那些成果已经站在所处时代的学术高端,却还是无法将千变万化的文学现象尽收囊中。在理论无以穷尽的地方,"生活之树常青"的道理依旧。

---

① [英]特里·伊格尔顿:《当代文化的危机》,马海良译。韩少功、蒋子丹主编:《是明灯还是幻象》,云南人民出版社2003年版,第117页。

相对古典文学,"现代"、"当代"(目前,它大体涵盖的范围是"十七年"、"文革"、"新时期"、"九十年代")和"当下"文学之间,有更密切的血脉亲缘。因此,像"左翼文学"、"革命文学"、"大众文学"、"工农兵文学"、"文革文学"、"伤痕文学"、"反思文学",以及与这些文学现象密切联系的概念,像"社会主义现实主义"、"革命现实主义"、"革命浪漫主义"、"两结合创作方法"、"批判现实主义"、"新写实"、"新历史",等等,成为历史叙述中不可或缺的理论构想。于是出现了一个悖论,我们不能不借用前人形成的概念来讲述历史,它们在"十七年"文学中扮演了重要的角色;而当我们使用这些概念,同时承认它们自身的系统性、连贯性和因果性,这种历史叙述却往往变得犹如隔靴搔痒,无法揭示其中掩盖和压抑的多元性、差异性和增殖性。因此,假定我们的视野能跳出这样的系统模式,发掘出那些模式背后复杂的成因,叙述就会变成另一番景象:系统模式在时间与空间范围依然存在,但自身却被分解得支离破碎。所谓"支离破碎"并不意味着"打倒",更不是被"消灭",与长期形成的一种非此即彼的思维定势不同,这里所指的是在那些碎片周围,叙述者重新组织起大量过去无从归属的游离物,或者说,它们本属于在当时的社会语境下,一些比较含混、灰色的范畴。在这里,一加一不等于二,或一加一大于二。

二

我曾经说,对我而言,重新打量"十七年"小说①,源于对一种元叙述的不信任,这种不信任,是学术发展的产物,反过来,也是深化研究的前提。这主要针对关于"十七年"文学比较普遍的两种看法:一是"十七年"是一个政治运动频仍、完全没有思想自由和艺术民主的时代,因此那个时代的文学也只能是"伪文学",是艺术史上的耻辱。第二种看法与第一种有联系,所不同的是,承认这一时期文学有可资借鉴的历史教训,而这种承认是在特定意义,即以那些作家作品偏离当时意识形态的程度,来确定其文学价值。

我丝毫不怀疑持上述看法研究者善良的学术动机,所怀疑的是这种启蒙者的姿态很难贯彻到底。关于文学与政治或意识形态的关系,作为一个问题,一直在当代文学研究领域争论不休。如果追根溯源,其实希望文学摆脱政治干预的看法早已潜藏在变动不拘的生活史中。中国社会由传统向现代转变的经历,既漫长,又多灾多难,这就使无数文学志士仁人在战乱、颠簸与贫病交加的生活里,内心幻化出一个美妙的纯文学或纯艺术之梦。但世事无情,现实总难满足人们的主观愿望,哪怕这愿望相对于宏大的历史,仅仅是一点微小的吁求。文学无法回避政治、时代的影响,不仅"十七年"文学以新中国建立为起点;"新时期"改革开放这

---

① 关于"十七年"小说,我曾出版两本书:《旧梦新知:"十七年"小说论稿》,广西师范大学出版社 2004 年版;《追忆燃情岁月——五十年代小说艺术类型论》,河南人民出版社 2001 年版。

一幕历史,仍然作为文学史分期中一个标志:1976年10月"文革"结束,意味着当代文学史上一个阶段结束,"新时期文学"到来。问题不在于可不可以用巨大的政治变更作为文学史分期点,而在于以不同时期的政治为前提,先验地对文学进行了等级划分。否则,就无法自圆其说:一个时期受政治影响的文学就是文学,或好的文学;另一个时期受政治影响的文学就不是文学,或坏的文学。尽管不同时期的文学会有不同的表现方式,大家接受文学时的心情也有所不同,但文学受政治和意识形态影响这一事实,恐怕任何人都无法回避。

而且就意识形态本身而言,也不完全取决于政治领导者的个人意志,它必须是在一定社会和历史环境的作用下,成为一种普遍的、具有约定俗成的日常生活惯性,才可能变成公众社会一种具有导向性和约束性的力量。因此社会学家说:"结构绝不能被简单地概括为施加在人类主体之上的强制性因素,相反,它们是能使人有所作为的。这就是我所说的结构的二重性。从原则上说,结构总是能够从结构化过程的角度去加以认识。"①这里所说的"结构"主要指政治与人类主体的关系,而意识形态与文学也隐含着这种结构关系。结构化过程的二重性在于:一方面,结构是通过主体的实践活动建构出来;另一方面,主体的实践活动又是被结构化地建立起来。

---

① [英]A.吉登斯:《论社会学方法新规》,黄平译。韩少功、蒋子丹主编:《是明灯还是幻象》,云南人民出版社2003年版,第42、43页。

从这样的角度理解"十七年"文学,不难看出,当时作家对生活与艺术还是真诚的。把他们的作品统统归入违心的"应时之作"的说法,实在过于简单化了。新中国建立初期,文学对未来新制度、新生活必然有一个充满想象的过程,透过那些神奇的想象,也可以揣摩作家质朴而坦诚的文学心态。比如,农村包围城市的战争环境结束之后,大批农民干部进入城市,在政治变更的历史大屏幕背后,其实每个人在日常生活中,都面临乡村都市化还是都市乡村化的选择,对这份人生尴尬,《我们夫妇之间》(萧也牧)、《奇异的离婚故事》(孙谦)都有生动具体的描写。农业合作化运动也是当时作家不可能不置身其中的重要历史事件。在一定程度,从《高干大》(欧阳山)到《一架弹花机》(马烽)、《不能走那条路》(李準)、《三里湾》(赵树理)、《铁木前传》(孙犁)、《山乡巨变》(周立波)、《创业史》(柳青)、《父女俩》(骆宾基)、《"锻炼锻炼"》(赵树理)、《春大姐》(刘真),再到《艳阳天》(浩然),文学作品所反映的农业合作化运动,也有一个从较为质实到较为理想的过程。作为农业合作化题材小说的先声,40年代小说《高干大》,批评了一些党的干部盲目抵制"资本主义思想"和"商业剥削",几乎使边区合作社陷入绝境。如果说,这种描写在改革开放的80年代也能得到认可;那么"十七年"表现农业合作化运动小说的难度更大,作家所追求的不是与生活同步,而是要把一种理想化的生活合乎情理地表现出来,就需要更充沛的想象力和非同寻常的语言感受力。一般认为这些小说的"中间人物"比较生动,但他们之所以生动,正在于他们从保守到不得不跟上时代的过程,体现了甜酸苦辣的人生滋味。小说家通过这些具体生动的描写,把实现农业合作化,也就是把农民刚刚分到手的土地转为集体所有,这在一般人看来几乎不可思议的事情变为可能。这些作品如果仅有作家的社会学理想恐怕远远不够,其中必然渗透了出身农家的作者强烈的人文意识,所以他们能在文字和文体结构上进行艰辛的探索和尝试,成就出色的文学改良与艺术融合,使"农民作家"也开始在文坛享有一席之地。这些作品印证了古老的《诗学》警句:"从诗人的要求来看,一种合情合理的不可能总比不合情理的可能较好";"为了获得新的效果,一桩不可能发生而成为可信的事,比一桩可能发生而不能成为可信的事更为可取"[①]。

得到文学史最多认可的是50年代的"干预生活"小说。与"十七年"别的作品相比,我赞同它们对生活多有讥刺的现实主义品格。但同时我也认为,作家对生活和艺术的坦诚,不仅在于自觉地实践了现实主义的创作方法;也许他们无意之中,更生动地反映了当时强调差异和分歧、强调斗争的时代风尚。像《组织部来了个年轻人》(王蒙),批评组织部领导工作作风上的惰性,"你嗅得出来,但抓不住,这正是难办的地方"。追求生活纯而又纯的青年主人公林震,使生活中细微的差异和分歧也显得严肃、重大起来。另外像《在悬崖上》(邓友梅)、《灰色的帆篷》(李凖)和《田野落霞》(刘绍棠)等"干预生活"的典型篇章,都把人物之间的矛盾紧张、尖锐化,从而使平庸的生活不再平庸,平凡的人物具有

[①] 伍蠡甫:《欧洲文艺简史》,人民文学出版社1985年版,第19、20页。

斗士品格,人物情节富于戏剧色彩,并形成一种将日常生活紧张、戏剧化的小说发展趋势。如果人们想领略当时的时代氛围,在"干预生活"的小说中可见一斑。与后来接连不断的政治运动相关的,不仅有作者惨痛的命运,也有对后来强化阶级斗争的形势,文学作品早期的反应。

三

这里必须澄清一点,我并不是说"十七年"文学在其产生的时代,没有受到压抑、误解和禁止,也从不认为那是文学的"黄金时代"。当时无论在政治、经济和文化各个领域,整个社会受政权变更的影响,新与旧、革新与守成、现代与传统的矛盾,都曾以极端的面目出现,外加冷战格局,文学的空间可想而知。不过也正是在这样的冲突中,"十七年"小说形成了独有的文学特征,构成文学史上一个承上启下重要的环节。换言之,如果不是出自这样的环境,它们也不是这般模样,也就不是今天所说的"十七年"小说。

这里我想强调的是,任何时代的文学都与政治、经济、文化有一种张力关系。尽管紧张的程度有所不同,但不能成为文学史判断某一时期文学唯一的根据。事实上,作家从来没有等到文学的太平盛世,才去写不朽的作品。压抑与禁忌无所不在,但文学实践活动从来没有屈从于这个限制的过程。对"十七年"小说研究的重要启示在于,一旦进入创作过程,正如知识生产是一个不断增殖的过程,小说的具体描写往往"服从于一个煽动不断增大的机制",各种作用于作品的"权力技术没有屈从于一个严格挑选的原则,而是服从于一个多元形式的撒播和移植的原则"①。"十七年"是一个革命化情绪高涨的时代,必然有众多表现革命的时代精神的小说。但与此同时,一些读者调查和专家文章又说明,在这样热火朝天的年代,小说却发生了向传统回流的趋势。革命题材小说在表现方式上,继承了传统平话、传统戏曲、传统武侠小说,甚至鸳鸯蝴蝶派小说的衣钵。60年代,阶级斗争观念甚嚣尘上,有火药味十足的文学是不争的事实。在历史小说领域,像《陶渊明写挽歌》、《广陵散》这样一些作品,借古喻今,"干预现实",却与50年代"干预生活"的小说迥然相异。小说家特别注意与斗争和虚夸年代的文风拉开距离,在这一点上,决不以其人之道还治其人之身。叙事侃侃道来,不瘟不火,文字平实而简约,情节中也绝无剑拔弩张的斗争场面。作品向传统寻求精神资源,以对抗虚妄的现实,现代知识分子的责任感昭然若现。

相同的时代背景,相似的小说题材,而小说家应对现实的策略是如此不同。即使我们为了肯定这一时期文学,为它们献上自认为最美好的桂冠,结果如同大批判强加给它们的骇人听闻的"大帽子"一样,都无以概括以多元形式撒播和移植的文学过程。那么,分析和研究这一时期文学史的立足点应该建立在哪里?实际上,上述对"十七年"文学部分内容的分析已经采取了这种方法。通过对研究对象的具体分析,探索它们得以生成的条件,包括以往赋予它们定义的那些文学概念,实际上是寻找"被组装起来的各种规则

---

① 米歇尔·福柯:《性经验史》,佘碧平译,上海人民出版社2000年版,第22页。

是什么?"我相信,这决不是一个所谓"纯文学"的探索过程,因为"组装的规则无法自我说明,只有在广泛不同的理论、概念和研究对象中,我们才能发现它们"①。

福柯的知识考古学在研究方法上一个重要的启示在于,研究者不要作茧自缚:还未开口说出自己想说的话,先被束缚在以往某一种现成的观念中。由于社会环境和具体研究对象的差异,实践过程中,我们和知识考古学的原创者一定有许多不同。但它的确为我们提供了一个前提,正如《国际歌》中那句老话:"让思想冲破牢笼。"

完稿于 2007 年 2 月 24 日,26 日改定

---

① 米歇尔·福柯:《性经验史》,余碧平译,上海人民出版社 2000 年版,第 5 页。

个人文学史的视角与方法
——关于顾彬《二十世纪中国文学史》[①]的当代叙述

与内地流行的集体写作方式不同,德国汉学家顾彬的《二十世纪中国文学史》是个人的文学史,因此也明显地表现出个人写史的特点。由于自己研究的关注点在当代文学方面,所以想就这本书有关当代文学的叙述,谈一些个人感想。

中国当代文学已经走过六十年。在战乱造成的动荡局面结束之后,这半个世纪留下来的文学作品,仅从数量上,就使写史成为一项无比浩繁的工作。何况对当代的历史,史家早有说法,写史是时间距离远的好写;距离越近,未经一定的时间沿革与沉淀,就越不好写。特别是在大量汇集的材料面前,个人写作比一些集体完成的文学史,难免挂一

---

① [德]顾彬著:《二十世纪中国文学史》,范劲等译,华东师范大学出版社2008年版。

漏万,顾此失彼。然而凡此种种,都不能抹煞个人撰史的优长之处。

一

全书体现由一种史学观念统摄下的视角和方法。顾彬写当代文学史并不以文体划分,其中,小说、诗歌为主,兼顾散文、戏剧和评论等。对作家作品的介绍均以时间为经,议叙为纬,虽涉及范围广,但个人著作一气呵成的特点非常明显。有关这一点,我同意译者范劲在"译后记"对书的看法:"在思维方式上,顾彬处处强调理性的统一和批判的有效性,这和学界现今流行的后现代、后殖民潮流正好相反,由这种刻意'守旧'的精神,兴许也可以解释他对鲁迅的推崇——鲁迅的多疑将自身和一切时代性潮流区分开来,这在顾彬看来正是现代性的真实体现。"(第421页)所谓"理性的统一和批判的有效性",我主要看重的,是撰史者在微观研究上体现的一种治学态度。凡举作品,必做实际考察,并努力寻求对一种现象的上下文关系的理解,即其中隐藏的历史线索。这一点对当代文学研究如何避免浮躁与操切,很有榜样的作用。比如,关于李準的《李双双小传》,著者严格采用当时的小说文本,尽管用小说改编的电影影响更大,甚至后来有些撰写者以电影代替小说,造成材料上的混乱。并且在具体分析中,他把作品的主题意向与40年代文学联系起来:"李準通过小说的女主人公继续探讨了丁玲《三八节有感》中探讨的主题,即在社会主义条件下劳动也存在男女分工,妇女要照料孩子和家务,无法实现彻底的解放,而男子仍旧有大男子主义"(第284页)。撰史者看到小说与电影乐观的表现有所不同,"所以叙述者谨慎地称这部传记为'小传'"(第285页)。

再比如,对新时期文学,撰史者并不追随流行趋势,把作品完全放置在"思想解放的辉煌成就"的观念框架里;他依然抱着对历史叙述的平常心态,却不乏深入的历史分析。或者说,正是这种冷静和理性,使他看到流行叙述所未见的、历史复杂的联系与纠缠。顾彬在关于诗人郭路生的注释里写道:"贺敬之写的'歌'郭路生能够背诵",他曾就此专门发表文章,谈60年代政治抒情诗与早期朦胧诗人的联系,同时也指出,"郭路生的诗虽然也有激情成分,但他通过重复和变换手法化解了激情"(指《四点零八分的北京》)。但对于政治抒情诗"形式上的追求"(第297页),也有化解不掉的一面,如北岛的《回答》:"这首诗的文字非但超脱,而且呼吸着中国一直流行到了今天的激情。"(第303页)

二

在全球化背景下谈"个人的文学史",主要指由个人独立完成的方面,并不是说其中的观念和方法全凭个人苦心孤诣、独自发明出来。顾彬书中援引的书籍和材料表明,国外汉学家近年也受到国内学术著作的影响。具体说来,书中关于建国后文学"整体化"及其"文学的组织形式",还有关于"地下文学","官方"与"民间"等概念的运用及其阐释,都受到北京大学洪子诚撰写的《中国当代文学史》和复旦大学陈思和主编的《中国当代文学史教程》的影响。但应该说明的是,近年已有不少当代文学研究的学者对80年代、90年代,并对建国初期文学的批判和否定进行反思和重新评价。也就是说,在"以阶级斗争为纲"所形成的非此即彼的简单化思维定势逐渐被打破的过程中,继洪子诚、陈思和等学者的"破冰之旅",关于建国后作家、文学思潮、文学论争,学界都有一些新的发现和新的研究成果。

其中重要一点在于,化"整体化"的叙述为个别研究,化抽象的概括为具体分析。或者说,应该首先深入到个别文学现象、作家作品中去,然后再到概括一般。也就是从具体研究中得出有关结论,而不是本末倒置,先有一个叙述框架摆在那里,把作品像填空一样,东拉西扯地填进去了事。由此,让人对以往的研究结论不能不产生疑问。比如"整体化"的政治性概括能否代替文学史?文学是不是能被政治完全"规训"?如果能被完全"驯化",为什么建国后的文学批判运动不断?几乎每部作品后面都有批判的回声。比如在谈到60年代的历史题材作品,顾彬谈到吴晗、郭沫若,但也有实在不该忽略的,且不说长篇小说《李自成》率先在当代文学的历史题材中,以现实主义的笔法描写封建帝王;在短篇小说领域,陈翔鹤的《陶渊明写〈挽歌〉》、《广陵散》,黄秋耘的《杜子美还家》,还有冯至的《白发生黑丝》等,都是当时历史题材领域有影响的作品。其中陈翔鹤小说平实而蕴藉的风格,实在是对一个大轰大嗡、充斥标语口号的激进年代的反叛。历朝历代,统治者无不想"规训"文学,但文学总有标新立异的举动,要不然,怎么说他们是作家、艺术家呢?"规训"的结果往往与统治者的愿望适得其反。

而且在特定历史时期与特定的社会环境,意识形态不仅仅是几个领导者的个人行为,还存活于广阔的芸芸众生,如果没有意识形态的普遍性,仅凭领导"规训"了的作家,他们的作品怎么能赢得文学史不可回避的社会接受的效果呢？这不仅是在传媒迅速发展的时代，即使在建国初期也概莫能外。这倒是中国历史上的一条规律。这是说，文学与政治有特殊联系、不可超越的一面。

与此同时，当代文学除了与政治有密切联系，是否与文化和传统绝缘？如果当代文学不仅仅是政治史等宏大叙事的注脚，那么文学史的关注点应该在哪里？在这些方面，顾彬的中国当代文学史研究，还需要继续跟进。

三

其实顾彬的书中，已经通过对当代文学作品一些出色的分析回答了文学史的关注点问题。但显得矛盾的是，他把自己的分析完全说成是出于作品作为"社会学材料"的价值，除此之外"我目前还没有看到其他的可能性"。顾彬谈到翟永明组诗中"黑夜的意识"，在诗论中可被"看作是德国浪漫主义的延续"，与德国战后"废墟文学"有相通之处。如果说，这一点正可以说明一种文学流派对人性发掘的意义，那么史家对于诗人"怎么写"的关注和对诗人"写什么"的关注，不是具有同样重要的价值吗？否则，作为"社会学材料"，为什么非得选择一组诗？选择一篇政论、或一组统计数字，不是更立竿见影吗？

顾彬在该书《中文版序》中说："四十年来，我将自己所有的爱都倾注到了中国文学之中！但遗憾的是，目前人们在讨论我有关中国当代文学价值的几个论点时，往往忽略了这一点。"顾彬的委屈主要来自他对当代文学的这种看法："以一种貌似客观、积极的方式来谈论1949年以后几十年的中国文学却是无益的","我们应当做到公正,在过去鼎盛时期的中国也有几十年是没有(伟大的)文学的"。这一点受到中国同行的不解。作为中国古典文学的研究者和欣赏者,顾彬对古典文学的赞叹可以理解,但作为中国当代文学的研究者和撰史者,我想不能理解的原因,并不在于我要说中国当代文学是"伟大的"文学,而是要说,即便不是"伟大的"文学,那也是文学。而且早在清末民初,中国社会向现代转型的关口,文论史家便有"一时代有一时代之文学"的见解。特别是中国的现当代作家,必然要为中国社会从未经历过的历史变革写下自己的作品,读者也要从新小说、新文学中得到新的精神滋养和人性启示。李白和杜甫的诗当然好,但现代人的文艺生活不能仅只于此,还需要鲁迅的《阿Q正传》、茅盾的《子夜》、沈从文的《边城》、赵树理的《李有才板话》、孙犁的《风云初记》、柳青的《创业史》、周立波的《山那面人家》,还需要"朦胧诗"、"伤痕文学"、"寻根小说",等等。

而且正因为中国文学有深厚的传统根基,在20世纪沐浴着欧风美雨的文坛,中国的现当代小说也同时得到古典小说的滋养。以赵树理和张爱玲这两位政治立场和意识形态观念完全不同的作家为例,赵树理的《小二黑结婚》和张爱玲的《金锁记》几乎都发表在40年代初同一时期,虽然题材不同,描写对象也不同,但都与茅盾《子夜》式的现代小说模式不同。在小说形式上,他们都避免观念化的小说结构,而是贴着日常生活,写家长里短,写飞短流长,密匝匝的细节显示着作者语言上的功夫,把人物和时代意向点染得栩栩如生。鲁迅曾说《红楼梦》"全书所写,虽不外悲喜之情,聚散之迹,而人物事故,则摆脱旧套,与在先之人情小说甚不同",这在于小说描写紧贴着日常生活,"正因写实,转成新鲜"①。与五四新小说不同的写法,在这样的作家身上有生动体现。或者说,他们的小说都如此逼真而生动地表现出中国人的人情世故,才把一桩虚构的故事写得合情入理。这种方式也体现在50年代关于农业合作化题材的小说中,今天对这部分作品多有非议,而且对建国初期土地公有化存在更多争议,但在小说艺术上,正如亚里士多德所言,文学描写的对象"即使不可能,仍然为诗人、艺术家所向往",这是虚构艺术的本质,也就是虚构艺术的可成立性。"如果诗人写的是不可能发生的事,他固然犯了错误,但是,如果他这样写,达到了艺术的目的……能使这一部分或另一部分诗更为惊人,那末这个错误是有理由可辩护的。"因为就艺术而言,"为了获得新的效果,一桩不可能发生而成为可信的事,比一桩可能发生而不能成为可信的事更为可取"②。

因此,在我看来,中国当代文学在世界文学中同样有重要的位置,而且是古典文学无法取代的。这是传统社会离我们越来越远之后,当代人赖以生活下去的人性探索,是对从古典和现代中国传统中走出来的当代意识的不断揭示,这些作品也许说不上"伟大",但却是独一无二的,也是内涵

---

① 鲁迅:《清之人情小说》,《中国小说史略》,《鲁迅三十年集》之九,鲁迅全集出版社1947年版。
② 伍蠡甫:《欧洲文艺简史》,人民文学出版社1985年版,第19、20页。

丰富的,而且需要在文学批评中不断改进和提高。在这方面,顾彬的当代文学史写作也显示出自己的特点,特别对80年代以来的文学,他在介绍作品的同时,更多地表现出批评家的姿态。尽管这与中国传统所谓"皮里阳秋"、暗藏褒贬的叙史方式十分不同,但从他这方面丰富的感受中,我还是可以看到,在中国当代文学研究领域,只有枯燥而单调的文学史叙述,没有枯燥而单调的文学史;只有断裂的观念,没有断裂的历史;只有史家来不及追踪的历史,没有历史对史家刻意的逢迎;只有冷战观念对于文学开掘人性的遮蔽,没有历史不生发出丰富的人性。

最后,我想以瞿秋白的话结束本篇:"人爱自己的历史好比鸟爱自己的翅膀,请勿撕破我的翅膀!"

2009年2月16日完稿

当代小说的传统延伸
——论赵树理、张爱玲小说的两重文化向度

当代文化研究(Cultural Studies)最初被确立为学科的时候,曾经在文化的双重定义中无所适从:要么认为"文化是审美的完善",要么认为"文化是全部生活"。两者中谁来代表文化研究的方向?对此,英国文化研究、伯明翰学派的重要成员迪克·海伯第支说:

> 正是通过这种争议与批评的传统,"有机社会"(Origanic Society)(即作为一个一体化的、有意义的整体而存在的社会)的梦想才得以大致保持下来。这一梦想有两重基本向度:一重指向过去的等级秩序社会中的封建理想,在这一向度中,文化被赋予一种近乎神圣的功能并以其"和谐完美"来反衬当代社会的"荒原"。
>
> 文化的另一重向度不及前者权威,它指向了未来,

指向了消除劳动与享乐的社会主义乌托邦。尽管未必完全契合……在这里,"文化"一词指的是:"表达特定意义与价值的特别的生活方式,它不仅存在于艺术与学识中,还存在于制度与日常行为中。就此而言,对于文化的分析便是对于特别的生活方式也即特别的文化中隐含在内与张显于外的意义与价值的阐明。"(威廉斯,1958)①

如果把上世纪五六十年代伯明翰学派崛起,看作英国知识分子对传统社会的一种现代整合,并由此展开向传统与现实的两端突进;那么中国在二战时期和二战之后,当战争以极端形式,使"一个一体化的、有意义的整体而存在"的"有机社会"的"梦想"更为强烈地撼动作家和知识分子心灵的时刻,他们不约而同地指向传统,在"呐喊"与"彷徨"之后,从传统再度出发,将眷顾经典与"指向未来"的两重文化向度发挥得淋漓尽致。无论后来承认与否,这条线索都确实存在,并一直延续到当代小说。

一

1931年"九·一八"东北沦陷,使历经西学东渐,向欧美学习、向明治维新后的日本学习,正在向现代迅速蜕变的文学及其传统,不得不面对战争这一政治聚焦点。"因为现

---

① [英]迪克·海伯第支:《从文化到霸权》,何鲤译。韩少功、蒋子丹主编:《是明灯还是幻想》,云南人民出版社2003年版,第22页。

在中国最大的历史问题，人人所共的问题，是民族生存的问题。所有一切生活（包含吃饭睡觉）都与这问题相关；例如吃饭可以和恋爱不相干，但目前中国人的吃饭和恋爱却都和日本侵略者多少有些关系，这是看一看满洲和华北的情形就可以明白的。"① 战争爆发意味本土生活将再次面临生死考验，并且昭示文学也将在这一时刻发生裂变，或以异乎寻常的方式，与文化的某一流向断档，与某一流向衔接。按一种流行说法，这是政治造成文学传统的又一次"断裂"。然而一旦深入其中就会发现，传统——无论古典、近代，还是现代，随代代作家的文字流传下来，在表面"断裂"背后，另有潜流汇聚成新的历史，为自身开辟着道路。恰如40年代写《倾城之恋》、《金锁记》的张爱玲，谈到晚清小说《海上花》与20世纪上半叶读者的隔膜："北伐后，婚姻自主、废妾、离婚才有法律上的保障。恋爱婚姻流行了，写妓院的小说忽然过了时，一扫而空，该不是偶然的巧合。"②但《海上花》所描写的"禁果的乐园"，却"情是最不可及的"这样的"主题"，在后来并非描写"汉字'青楼'"的作品里，张爱玲本人继续在写。

以鲁迅而论，五四时期，他的新小说在热衷传统文化改造的读者和青年中不胫而走。从1918年5月起，《狂人日记》、《孔乙己》和《药》等作品陆续问世，"显示了'文学革命'

---

① 鲁迅：《答徐懋庸并关于抗日统一战线》，《且介亭杂文末编》，《鲁迅三十年集》之三十，鲁迅全集出版社1947年版。

② 张爱玲：《国语本〈海上花〉译后记》。金宏达、于青编：《张爱玲文集》（第三卷），安徽文艺出版社1992年版。

的实绩,又因那时的认为'表现的深切和格式的特别',颇激动了一部分青年读者的心"。与这"实绩"相关,鲁迅随即指出"这激动,却是向来怠慢了绍介欧洲大陆文学的缘故"①。但在当时,作者的自觉反而被忽略了。有关现代小说的定义,其中欧化和西化的倾向合着启蒙思潮迅速弥漫至全国。不仅上海、北京这样的大城市,就连远离现代文学中心、当时正在山西长治第四师范学校读书的赵树理,也为写《狂人日记》的鲁迅和新小说欢呼雀跃。20年代,赵树理读了"鲁迅、郭沫若、郁达夫、蒋光慈的作品,文学研究会、创造社、狂飙社的杂志。也读了屠格涅夫、易卜生等外国文学作品","着实努力学习过欧化"(王春:《赵树理是怎样成为作家的》)②,还把他"崇拜的新小说和新文学杂志带回去给父亲看",尽管他父亲对"他那一堆宝贝一点也不感兴趣"③。

而到了30年代,文学形势发生变化,鲁迅再领时代风气之先。他告诫文学爱好者和作家在侵略者入侵之时,"不要忘记了自己的时代"。他还说:"我以为文艺家在抗日问题上的联合是无条件的,只要他不是汉奸,愿意赞成抗日,则不论叫哥哥妹妹,之乎者也,或鸳鸯蝴蝶都无妨。"④尽管

---

① 鲁迅:《中国新文学大系·小说二集·序》,《且介亭杂文二集》,《鲁迅三十年集》之二十九,鲁迅全集出版社1947年版。

② 参见《赵树理年谱》,黄修己编:《中国现代文学史资料汇编(乙种)赵树理研究资料》,北岳文艺出版社1985年版。

③ 李普:《赵树理印象记》,《长江文艺》创刊号,1949年6月。

④ 鲁迅:《答徐懋庸并关于抗日统一战线》,《且介亭杂文末编》,《鲁迅三十年集》之三十,鲁迅全集出版社1947年版。

鲁迅说:"在文学上我们仍可以互相批判",但那已经完全有别于五四时期对传统摧枯拉朽的战斗了。鲁迅这样说,除了表明经过五四新文化洗礼的文坛,传统的"哥哥妹妹","之乎者也","才子佳人"文艺没有绝迹,还占据一方天地;也预示在民族战争到来之际,传统,包括传统的文学手段,将作为"想象群聚"(Imagined community)①的文化载体而日渐凸显。在这里,题材不是首选,或者文艺不应是对一种口号和观念的演绎。尽管这种文艺作品在五四以后,在西方和苏俄理论纷至沓来、革命观念盛行的年代,因其前卫的艺术姿态十分可观,但艺术鉴赏的传统眼光及其读者接受,在声势浩大的新文艺背后,始终如一道强劲的暗流在涌动。

20年代鲁迅曾对革命文艺的标语口号倾向颇不以为然,并以传统文学写"富贵景象"为例,阐发他的文学观念与流行趋势如何不同:"真会写富贵景象的,有道:'笙歌归院落,灯火下楼台',全不用那些字(金、玉、锦、绮)。'打打''杀杀'听去诚然是英勇的,但不过是一面鼓。即使是敲鼓,倘若前面无敌军,后面无我军,终于不过是一面鼓而已。"②30年代谈"大众文学",似乎是对革命文艺的痼疾旧话重提。但鲁迅在"两个口号"论争中的观点表明,即便肩负实现文艺界联合抗战的使命,也不放弃对新文艺自身的探索,对中国文学艺术肌理的进一步阐发。鲁迅说,如果在民族

---

① [美]班尼迪克·安德森语。转引自夏志清:《中国现代小说史》,复旦大学出版社2005年版,第41页。
② 鲁迅:《革命与文学》,《而已集》,《鲁迅三十年集》之十七,鲁迅全集出版社1947年版。

革命战争的大众文学"作品的后面有意地插一条民族革命战争的尾巴,翘起来当做旗子",这不是"我们需要的";而"需要"表现的是本土活着的、孕育着生的希望的人生:"作者可以自由地去写工人,农民,学生,强盗,娼妓,穷人,阔佬,什么材料都可以写,写出来都可以成为民族革命战争的大众文学。"这样的文学先要摆脱急功近利的做法——主题先行,而着眼于新文艺作家圈外的天地。当时以对人物、故事的描写附会某种观念,在现代文艺和革命文学中是常有的,这种表现方式,实际上限制和缩小了拥有广阔"庶民社会"的本土文化版图。鲁迅反对在作品后面添上去"口号和矫作的尾巴",而主张紧贴着社会生活的各阶层、各方面去写,因为那是全部的"真实的生活,生龙活虎的战斗,跳动着的脉搏,思想和热情,等等"①。这样的文学不仅在内容上与五四文学的国民性批判迥然有别;同样与五四时期不同,传统小说的世俗气息、不同阶层的生活韵致及其表现方式,由于包含一种"想象群聚"的文化自信,而显露出一度为新文艺所不屑的价值。标语口号式的文学倾向,连同现代小说模式化、观念化的写作,尽管也处在文学探索阶段,但在现实环境难得到更广泛的响应;若再要以此为文学旗帜,很难实现文艺家在抗战时期真正的联合。因为当时毕竟还有许多按传统路子写作的人,有许多喜欢读张恨水小说的人。1936年8月,鲁迅的话不仅是论战,还包括号召文艺家联合抗战和肯定小说传统的两重含义,并在一定程度上,建构

---

① 鲁迅:《论现在我们的文学运动》,《且介亭杂文附编》,《鲁迅三十年集》之三十,鲁迅全集出版社1947年版。

起抗战和传统之间一种逻辑的关系。

二

向世俗化的小说传统回眸。在战争时期由于受不同地域空间和意识形态观念的阻隔,这种文学回流的趋势,通常以不尽一致的表达方式传递着相近的写作意志。

身处30年代文艺大众化、民族化的时代潮流,20年代就曾号召文艺青年"到兵间去,到民间去,到工间去,到革命的旋涡中去"的郭沫若,此时又有新见解,他说:

> 从外边去接近民众是不够的。你如只抱着一架照相机到乡村或工厂里,东去照一张像片,西去照一张像片,并不能便成为民众的艺术。我们从前就曾经喊过"文章下乡","文章入伍","文章进工厂"那样的口号,过细考究起来,其实也是错误了的。我们应该喊"文人下乡"(下根本要不得,姑且仍旧)"文人入伍","文人进工厂",而说到文章上来呢,倒应该是"文章出乡","文章出伍","文章出工厂"了。①

老舍创作中对通俗读物与传统的关系看得更清楚。无论"出乡"、"出伍"还是"出工厂",社会底层都是传统艺术包括地方戏曲、山歌、小曲、鼓词、评书、快板书等广为传播的云集发散地。当台儿庄大捷、老舍开始通俗读物写作的时

---

① 郭沫若:《向人民大众学习》,《沸羹集》。转引自王瑶:《中国新文学史稿》(下),新文艺出版社1954年版,第16页。

候,"文章入伍","文章下乡"的口号正喊得"山摇地动"。

但果真实行起来,也并不那么容易:

> 我当时只有一种感觉,旧形式是一个固定的套子,只要你学得像,就能有用处,也就是作家尽了自己的责任,这的确是当时的衷心之感。后来慢慢的把握住了形式,才又想到如何装进适当的内容去,这是原先所没有想到的。于是发生了困难。也由于作家的生活逐渐深入于战争,发现抗战的面貌并不像原先所理解那样简单,要将这新的现实装进旧瓶里去,不是内容太多,就是根本装不进去。于是先前的诱惑变成了痛苦,等到抗战的时间愈长,对于现实的认识和理解也愈清楚,愈深刻,因此也更装不进旧瓶去,一装进去瓶就炸碎了。①

大众化、民族化及其民族形式问题,40年代前后,都一古脑儿地由大后方、根据地作家、批评家和政治家提了出来,写新小说的作家开始纷纷尝试通俗化写作,像穆木天、赵景深写过许多鼓词,张天翼、艾芜、沙丁等也共同执笔写《芦沟桥演义》。但正如老舍的发现,虽然大众化、民族化的口号喊得"山摇地动",但"旧瓶装新酒"的问题还是没解决。实际上,"这些通俗文艺大部分都是'不暇求精'的产物"。就连那些主动请缨投身通俗文艺的作家也把手里写的当作权宜之计,自己看自己是"避重就轻——舍弃了创作,而去

---

① 老舍:《三年写作自述》,《抗战文艺》七卷一期。

描红模子","肯接受这种东西的编辑者也大概取了聊备一格的态度,并不十分看得起它们:设若一经质问,编辑者多半是皱一皱眉头,而答以'为了抗战',是不得已也"①。

1938年10月,毛泽东在中共扩大的六中全会上作《中国共产党在民族战争中的地位》报告,其中关于"学习"的一段说:"离开中国特点来谈马克思主义,只是抽象的空洞的马克思主义。因此,使马克思主义在中国具体化,使之在其每一表象中带着必需有的中国的特性,即是说,按照中国的特点去应用它,成为全党亟待了解并亟需解决的问题。洋八股必须废止,空洞抽象的调头必须少唱,教条主义必须休息,而代之以新鲜活泼的、为中国老百姓所喜闻乐见的中国作风和中国气派。"②这段话被广泛地运用到文艺大众化和民族化的理论探讨中。然而,事实却不容乐观,文艺界经过对"民族形式"问题三年多的讨论,还有新文艺作家几年来的创作试验,至1943年7月赵树理完成《小二黑结婚》,实际上,文艺大众化已经到了难以为继的关口。"与其说大众文艺,还不如把它看作是一般的宣传品",洪深这样形容当时的情景:"宣传抗战的方法是不拘一格的;有的也曾适合当前的需要,编写新唱本新脚本;有的只是增添若干抗战的唱词与白口,或略微改动原来剧本的故事,使演出时更能赞

---

① 老舍:《三年写作自述》,《抗战文艺》七卷一期。
② 毛泽东:《中国共产党在民族战争中的地位》,《毛泽东选集》第二卷,人民出版社1966年版,第500页。

扬爱国,斥责奸邪,有的不暇求精,索性停锣演说。"①老舍亲自实践,学习传统文艺形式并加以改造,结果却令他颇为扫兴:"新的是新的,旧的是旧的,妥协就是投降!因此在实验了不少篇鼓词以后,我把它们放弃了。"②在这样的背景下,当赵树理把小说交给太行新华书店后"如石沉大海","自命为'新派'的文化人,对通俗文艺看不上眼"③,对照老舍、洪深等人上面的话,《小二黑结婚》的遭遇也就自在情理中了。

三

但恰恰是这位被"新派"文化人冷嘲热讽的"农民作家";被说成是"低级的通俗故事",甚至是"海派"、专搞"噱头"的赵树理小说,以其新旧杂糅、叙述绵密、一波三折的小说特点,走通了许多文人雅士没有走通的大众文学之路。

新文化以来,郭沫若也曾为文艺工作者在大众化问题上难以做到"知行合一"十分烦恼:"作家的通病总怕通俗。旧式的通俗文作者,虽然用白话在写,却要卖弄风雅,插进一些诗词文赞,以表明其本身不俗,和读者的老百姓究竟有距离,五四以来的文艺作家虽然推翻了文言,然而欧化到比文言还要难懂。特别是写理论文字的人,这种毛病尤其深

---

① 洪深:《抗战十年来中国的戏剧运动与教育:民间形式与地方戏》。转引自王瑶:《中国新文学史稿》(下),新文艺出版社1954年版,第19页。

② 老舍:《三年写作自述》,《抗战文艺》七卷一期。

③ 杨献珍:《〈小二黑结婚〉出版经过》,《新文学史料》1982年第3期。

沉,装腔作势,矫揉造作,瞎缠了半天,你竟可以不知道他在说些什么……知行确实是不容易合一。这里有环境作用存在。在大家都在矫揉造作或不得不这样的环境里面,一个人不这样就有点难乎为情,这就如在长袍马褂的社会里面一个人不好穿短打的一样。"①然而到40年代中期,郭沫若终于发现了大众文艺切实的成果:"我最近算阅读了这两本意外满意的好书。我愿意把这两本书推荐为抗战以来文艺作品的杰出者,这两本书我希望能在上海重版,使它们更能够与向隅的读者群接近。"②郭沫若所说的"两本意外的好书"之一就是赵树理的小说集《李有才板话》,其中包括《李有才板话》和《小二黑结婚》两个短篇。读过这两本书后,郭沫若"又一口气把《李家庄的变迁》读完了",不仅称赞作品"和《小二黑结婚》、《李有才板话》一样的可爱,而规模确实是更宏大了"。

他对赵树理的"通俗小说"有一番解析:

> 大约是出于作者自己的意思吧,书的封面上是有"通俗小说"四个字的标识的。作者存心"通俗",而确实是做到了。所写的是老百姓自己翻身的事,人物呢连名字也就不雅驯,如像铁锁、冷元、白狗、二妞之类。然而他正是老老实实的人民英雄。实践的进行,人物的安排,都是妥贴匀称的,一点也不突兀,一点也不

---

① 郭沫若:《读了〈李家庄的变迁〉》,《北方杂志》1946年第1、2期。
② 郭沫若:《〈板话〉及其他》,《文汇报》1946年8月16日。

冗赘。

作为新文学潮头人物,郭沫若马上觉察到赵树理小说"最成功的是语言"。小说中"每一个人物的口白适如其分,便是全体的叙述文都是平明简洁的口头话",这样的语言,"脱尽了五四以来欧化体的新文言文臭味。然而文法却是谨严的,不像旧式的通俗文字,不成章节,而且不容易断句"。对比赵树理小说的"自然",郭沫若接下来是对章回体旧形式,比如"有诗为证"四六体文赞之类的批评,也是对"旧瓶装新酒"写作方式的一种批评。他形象而风趣地说,如果把现实提倡的大众化,向传统学习,只理解为对这种旧形式的挪用和照搬,无异于"再在我们头上拖一条辫子或再叫女同胞们来裹脚"①。

郭沫若由此揭示,赵树理借鉴传统形式的关键不是"旧瓶装新酒",不是为新内容"拖辫子"或"裹小脚",而在于小说家写作的出发点。与新文艺作家的大众化写作试验有很大区别,那就是郭沫若所说的,赵树理"存心'通俗'"。即传统小说家对世俗人生的态度。他们不是自外于生活的旁观者,也不是高高在上、俯视凡俗的传道者,他们本就是世俗生活一分子;不仅如此,还特别能从世俗生活中发现趣味,觅见人生,是善于观察、采撷并描摹人生意绪的高手。对于赵树理来说,与这种传统相关,与"世俗"相匹配的,是他安身立命的农村和农民生活,还有《小二黑结婚》、《李有才板

---

① 郭沫若:《读了〈李家庄的变迁〉》,《北方杂志》1946年第1、2期。

话》,直到《"锻炼锻炼"》等一系列"存心'通俗'"的小说。

《小二黑结婚》讲的是抗战时期,由于边区政府作主,两个相爱的农村青年克服落后势力喜结良缘的故事。故事内容说来简单,但叙事绵密的功夫却是第一流。现代小说对人性破解的新意,也在"密针线"的细节中见出精彩。说到三仙姑不想把女儿小芹嫁给小二黑:

> 她跟小芹虽是母女,近几年来却不对劲。三仙姑爱的是青年们,青年们爱的是小芹。小二黑这个孩子,在三仙姑看来好像鲜果,可惜多一个小芹,就没了自己的份儿。她本想早给小芹找个婆家推出去,可是因为自己名声不正,差不多都不愿意跟她结亲。开罢斗争会以后,风言风语都说小二黑要跟小芹自由结婚,她想要真是那样的话,以后想跟小二黑说句笑话都不能了,那是多么可惜的事,因此托东家求西家要给小芹找婆家。

古人说:"画鬼魅易,画狗马难。"因为"鬼魅无形,画之不似,难于稽考;狗马为人习见,一笔稍乖,是人得以指责。可见事涉荒唐,即文人藏拙之具也",如果作品使人读来十分不合情理,那就像"活人见鬼,其兆不祥"[①]。即作品不会成功。三仙姑在小说中如同戏剧里的丑角,但对她的想法和作派,赵树理都写得合情入理,一点也不夸张、乖谬,连后

---

① 李渔:《结构第一·戒荒唐》,《闲情偶寄》,三秦出版社1999年版。

来她认栽服输也写得丝丝入扣,使这样一个看起来不会承认错误的人,认错过程十分自然:

> 到了区上。交通员把她(三仙姑)引到区长房子里,她爬下就磕头,连声叫道:"区长老爷,你可要给我作主!"区长正伏在桌上写字,见她低着头跪在地下,头上戴了满头银首饰,还以为是前两天跟婆婆生了气的那个年轻媳妇,便说道:"你婆婆不是有保人吗?为什么不找保人?"三仙姑莫名其妙,抬头看了看区长的脸。区长见是个擦着粉的老太婆,才知道是认错人了……
>
> 刚才跑出去那个小闺女,跑到外面一宣传,说有个打官司的老婆,四十五岁,擦着粉,穿着花鞋。临近的女人都跑来看,挤了半院,唧唧哝哝说:"看看,四十五了!""看那裤腿!""看那鞋!"三仙姑半辈子没有脸红过,偏这会撑不住气了,一道道热汗在脸上流。交通员领着小芹来了,故意说:"看什么?人家也是个人吧,没有见过?闪开路!"一伙女人们哈哈大笑。……院里的人们忽然又转了话头,都说"那是人家的闺女","闺女不如娘会打扮",也有人说"听说还会下神",偏又有个知道底细的断断续续讲"米烂了"的故事,这时三仙姑恨不得一头碰死。

后来区长给她讲婚姻自主的法令,说小芹和小二黑结婚完全合法。三仙姑在"羞愧之下,一一答应了下来"。三仙姑认错,法律和婚姻自主的道理是一方面,但还有另一层原因,在区长院子里,听众人议论,她对自己的穿着打扮也感到很难为情。原来她对这一点并不自知,以为青年们常到她家来是迷恋她、而不是为了小芹,却忘记那是三十年前的事。时光不饶人,当初迷恋她那些"青年","如今都已留下胡子,家里大半又都是子媳成群"。这回成为众人笑柄使她终于明白,与女儿小芹争夺小二黑是争不过了,从围观人的议论便可以想见,像小二黑这样的青年怎么会喜欢一个打扮怪异的"老太婆"呢?一个过气的人物,却长期生活在年轻时无限风光的幻影里,就像她"擦着粉"衰老的脸和脚上的"花鞋",既不合时宜,又令人可悲可叹。

四

小说家能否从世俗中觅得人生趣味,由此生发新意,使小说从历史陈规中脱颖而出?对此,鲁迅早在1920年对中国小说史研究中就有重要发现。他从古代神话,六朝志怪,唐传奇,宋话本,明小说两大主潮,一路延续至清代的"人情小说",鲁迅说《红楼梦》:

> 全书所写,虽不外悲喜之情,聚散之迹,而人物事故,则摆脱旧套,与在先之人情小说甚不同。……盖叙述皆存本真,闻见悉所亲历,正因写实,转成新鲜。而世人忽略此言,每欲别求深义,揣测之说,久而遂多。①
>
> 至于说到《红楼梦》的价值,可是在中国底小说中实在是不可多得的。其重点在敢于如实描写,并无讳

---

① 鲁迅:《清之人情小说》,《中国小说史略》,《鲁迅三十年集》之九,鲁迅全集出版社1947年版。

饰,和从前的小说叙好人完全是好,坏人完全是坏的,大不相同,所以其中所叙的人物,都是真的人物。总之自有《红楼梦》出来以后,传统的思想和写法都打破了。——它那文章的旖旎和缠绵,倒是还在其次的事。①

在鲁迅看来,《红楼梦》完全摆脱才子佳人小说"旧套",而续接明代《金瓶梅》表现"世情"的一脉:"作者之于世情,盖诚极洞达,凡所形容,或条畅,或曲折,或刻露而尽相,或幽伏而含讥,或一时并写两面,使之相形,变幻之情,随在显见,同时说部,无以上之。"时人只当是"淫书",鲁迅对此不以为然:"缘西门庆故称世家,为缙绅,不惟交通权贵,即士类亦与周旋,著此一家,即骂尽诸色,盖非独描摹下流言行,加以笔伐而已。"②至于"世情"的文学表现,"主意在述市井间事",即贴着当时日常生活:市井间相互交际、流言蜚语,家务上叔伯斗法、姑嫂勃谿……这在《金瓶梅》是写西门庆"一家的事迹";在《红楼梦》又是写钟鸣鼎食之家,即大家族的日常生活。所谓"写实",并不是作品与作者身世可以一一对应,故事和小说毕竟是虚构的。但小说对于"市井"社会风情的再现,以及作者对世情"极洞达"的观察及其合乎情理的描写,才是"写实"真正的含义。鲁迅认为许多人看

---

① 鲁迅:《清小说之四派及其末流》,《中国小说史略附录·中国小说的历史的变迁》,《鲁迅三十年集》之九,鲁迅全集出版社1947年版。

② 鲁迅:《明之人情小说》,《中国小说史略》,《鲁迅三十年集》之九,鲁迅全集出版社1947年版。

不到这一点,于此不顾而"欲别求深义",也就无以得到古典小说"转成新鲜"的真谛。换句话说,《金瓶梅》能"著此一家,即骂尽诸色";《红楼梦》"正因写实,转成新鲜",小说的哲思是作家从对日常生活的观察和描写中生发出来,而不是由外部理念强加给小说的。

这种文艺观点在鲁迅是一以贯之,及至鲁迅去世前的文字,也体现出传统小说艺术观念的影响,以及他对传统小说艺术价值的肯定。但对于正在经历八年抗战的文艺家、小说家来说,这段历史已经十分遥远。从文学革命到革命文学、抗战文艺、文艺大众化、民族形式论争,文坛上旗帜变幻,硝烟弥漫,到《小二黑结婚》、《李有才板话》等作品问世,人们似乎已看不到它们与传统的联系。最明显的例子,延安时期把赵树理小说仅仅说成是"延安文艺座谈会讲话"的成果,因此代表了"工农兵文艺方向",这样的观点十分盛行。"'文艺座谈会'以后,艺术各部门都得到了重要的收获,开创了新的局面,赵树理同志的作品是文学创作上的一个重要收获,是毛泽东文艺思想在创作上的一个胜利。"[①]"《李家庄的变迁》不但是表现解放区的一部成功的小说,并且也是'整风'以后文艺作品所达到的高度水准之一例证,这一部优秀的作品表示了'整风'运动对于一个文艺工作者在思想和技巧的修养上会有怎样深厚的影响。"[②]尽管赵树理小说产生于当时的背景,也带有环境的影响,但那种强调

---

① 周扬:《论赵树理的创作》,《解放日报》1946年8月26日。

② 茅盾:《论赵树理的小说》,《文萃》第2卷第10期。

文艺为政治服务的读解方式,却忽略了抗战时期大众文艺背后,鲁迅所揭示的,小说的历史传统与现实创作取向之间,始终保持一种若即若离、深刻的精神联系。①

并非完全巧合,1943年10月,赵树理的《小二黑结婚》和张爱玲的《金锁记》几乎在延安和上海两地同时出版。这是两位政治立场、意识形态观念完全不同,个人处境也完全不同的作家。当时赵树理是中共中央北方局党校调查研究室干部,在山西辽县(即左权县)调查审理"一桩村干部迫害自由恋爱的青年男女,并将男青年打死的事件",根据调查材料写成《小二黑结婚》。② 小说出版后,"立即在广大群众中引起热烈反响。次年二月再版,短时间内行销达三四万册,盛况空前。同时,许多农村剧团将其改编为戏曲,成为抗战时期根据地最流行的戏曲剧目之一"③。张爱玲则刚从香港回到上海,以"卖文"为生④。1943年,张爱玲的小说《金锁记》在《万象》发表,她在"写作上很快登上灿烂的高峰,同时转眼间红遍上海"⑤。尽管赵、张二人所描写人物、

---

① 关于赵树理小说与毛泽东《在延安文艺座谈会上的讲话》的关系,参见笔者研究赵树理的另一篇文章《关于"十七年"文学研究的历史反思——以赵树理小说为例》,《中国社会科学》2004年第4期。

② 参见《赵树理年谱》,黄修己编:《中国现代文学史料汇编(乙种)赵树理研究资料》,北岳文艺出版社1985年版,第578页。

③ 同上。

④ 于青:《张爱玲传略》,《张爱玲文集》(第三卷),安徽文艺出版社1992年版,第442页。

⑤ 柯灵:《遥寄张爱玲》,《张爱玲文集》(第三卷),安徽文艺出版社1992年版,第422页。

事件十分不同,但本土文化传统的影响和统摄力却无所不在,他们的作品都鲜明地表现了贴近世俗的小说方式,并在抗战形势下,在抗战与传统的相关逻辑中,展现出各自独有的艺术才华。因此,当赵树理的小说开始被看作专搞"噱头"的"低级通俗故事"的时候,张爱玲阐述自己小说观念的话,似也可看作回护赵树理小说的某种理由:

> 我的作品有时候主题欠分明。但我以为,文学的主题或者是可以改进一下。写小说应当是个故事,让故事自身去说明,比拟定了主题去编故事要好些。许多留到现在的伟大作品,原来的主题往往不再被读者注意,因为事过境迁之后,原来的主题早已不使我们感觉兴趣,倒是随时从故事本身发现了新的启示,使那作品成为永生的。[①]

她接着对托尔斯泰的《复活》与《战争与和平》加以比较,发现"《战争与和平》的主题果然是很模糊的,但后者仍然是更伟大的作品。至今我们读它,依然一寸寸都是活的。现代文学作品和过去不同的地方,似乎也就在这一点上,不再那么强调主题,却是让故事自身给它所能给的,而让读者取得他所能取得的"。

在这里,"故事"与观念或"主题"先行的小说结构明显不同。观念先行的文学,就像旧小说善恶因缘一类的套路,

---

① 张爱玲:《自己的文章》,《张爱玲文集》(第三卷),安徽文艺出版社1992年版,第175页。

难让读者"随时从故事本身"发现"新的启示,使那作品成为永生"。而现代文学作品和过去不同的地方,就是"让故事自身去说明",这比"拟定了主题去编故事要好些"。因为那些"一寸寸都是活的"生活故事,才浸透了现代作家"我思故我在",强调个体经验和个人感受的"现实主义"题旨①。

五

日本学者竹内好对中国现代文学有深入的见解。他敏锐地觉察到由茅盾和赵树理分别代表的现代文学两种路向:"一种是茅盾的文学,一种是赵树理的文学。在赵树理的文学中,既包含了现代文学,同时又超越了现代文学。至少是有这种可能性。这也就是赵树理的新颖性。"②竹内好所肯定的"赵树理的新颖性",与那种以一种理论框架结构新小说的现代文学观念十分不同。因为从那种现代文学标准来看赵树理的小说,读者看到的是"陈旧的、杂乱无章的和混沌不清的东西,因为它没有一个固定的框子。因此,他们产生了疑问,即这是不是现代小说"。就像张爱玲说自己的作品"有时候主题欠分明"。但竹内好认为,这正是"赵树理小说新颖"的特点。竹内好以《李家庄的变迁》为例,对指责赵树理不符合现代小说标准的看法进行反驳:"然而,如果仔细咀嚼,就会感到这的确是作家的艺术功力之所在。

---

① [美]伊恩·P. 瓦特:《小说的兴起》,高原、董红钧译,三联书店1992年版。

② [日]竹内好:《新颖的赵树理文学》,原载《文学》二十一卷九期。转引自黄修己编:《中国现代文学史料汇编(乙种)赵树理研究资料》,北岳文艺出版社1985年版,第488、491、492页。

稍加夸张的话,可以说其结构的严谨甚至到了增一字嫌多,删一字嫌少的程度。"因此他认为,赵树理小说是以传统艺术为媒介,并通过传统的艺术经验,从一种凝固的、观念先行的"西欧的现代中超脱出来",达到一种现代文学观的"新颖"。

1939年茅盾谈长篇小说《子夜》的构思时说:"我那时打算用小说的形式写出以下的三个方面:(一)民族工业在帝国主义经济侵略的压迫下,在世界经济恐慌的影响下,在农村破产的环境下,为要自保,使用更加残酷的手段加紧对工人阶级的剥削;(二)因此引起了工人阶级的经济的政治的斗争;(三)当时的南北大战,农村经济破产以及农民暴动又加深了民族工业的恐慌。"小说所要回答的"只是一个问题,即是回答了托派:中国并没有走向资本主义发展的道路,中国在帝国主义的压迫下,是更加殖民地化了"[①]。这种小说构思,强调小说内部要根据和采用一定的理论,并支撑起作品结构。作家"要把所见的人生真理'启示'给大家看,就是要抉出这种'阃机',使它显而易见。小说家不用议论来解释,却是用具体的事实来显示"[②]。这段话是杨绛20世纪50年代针对斐尔丁小说所言,并不能全拿来比附茅盾的小说,因为即使认为两位作家都出于一种世界整体观进行写作,茅盾与英国18世纪小说家斐尔丁各自信奉的

---

① 茅盾:《〈子夜〉是怎样写成的》,《新疆日报》1939年6月1日。
② 杨绛:《斐尔丁在小说方面的理论和实践》,《文学评论》1957年第2期。

理论也不同。但还是能够说明,在西方启蒙运动之后,以某种理论或观念作为小说总体框架这一点,至20世纪已逐渐形成一种写作趋势。如果继续深究,这种理论先行的小说结构既有自黑格尔哲学以来欧洲深刻的理论背景,也有20世纪在本土思想文化领域,马克思主义最终独领风骚的具体原因。因此,即使竹内好认为,赵树理的小说"超越"了现代文学这一方面的成规,"但'超越'不是取代,特别在当时,在一个亟需摆脱战乱和贫穷,亟需向西方寻求先进理论的国度,被'超越'的作品,决不意味着对超越者的臣服,而仍然有广阔前景"①。

张爱玲和赵树理都认为小说必须有故事。所谓"故事"与上述小说结构的区别,不在于作者是不是读过或读过多少理论书籍,有没有或有多少理论修养,有没有对于世界和事物的整体看法或哲学观念,而是一种文学观念的差异。在张爱玲和赵树理那里,故事是对人生兴味的采撷。说它比理论超前,是因为理论还来不及总结;说它比理论滞后,是因为缺乏一种理论的先导。总之,故事往往与理论擦肩而过,它在小说中留下种种细节的痕迹,虽然不是漫无边际,而向某个聚光点聚合,但聚光的边界却完全是模糊含混的,不像被某种观念或理论剪裁、过滤了似的。比如张爱玲的《倾城之恋》虽然写抗战时期的生活,但与战争动员的理论却有不小的距离。"从腐旧家庭里走出来的流苏,香港之

---

① 董之林:《热风时节——当代中国"十七年"小说史论(1949—1966)》,上海书店出版社2008年版,上册第178—195页,下册第139—140页。

战的洗礼并不曾将她感化成为革命女性";战事也影响了范柳原,"使他转向了平实的生活,终于结婚了",结婚的结局"虽然多少是健康的,仍旧是庸俗;就事论事,他们也只能如此"。又比如赵树理《小二黑结婚》中二诸葛和三仙姑既不是地主富农,也不是地痞流氓,用"阶级斗争"、"翻身农民"的观念来衡量,他们都不上线。但他们分别从"不宜栽种"、"米烂了"的"神仙",成为了儿女亲家,甚至三仙姑也打扮得像个"长辈人"。这些看似一种"进步",但也是一种人生的不得已,他们要在社会急剧变动中生存下来也只能如此。这或者也是一种"就事论事",因为他们毕竟不是最少的抑人,而是世俗中多数,是不得不跟上时代而随……

但从这里开始,张爱玲和赵树理小说也见出……种不同不是一种优胜劣汰的关系,不是说,谁可以……而分别代表了他们追求传统艺术精神的两重文化向度……在各自小说中,将传统在社会变迁拐点上的不同趋向,发……得淋漓尽致。与身世处境有关,张爱玲原是"清末著名'清流派'代表张佩纶的孙女,前清大臣李鸿章的重外孙女",家世落魄,在"孤岛时期"的上海以卖文为生。"出名要早呀!来得太晚的话,快乐也不那么痛快"①,这是现代人在竞争社会的独白。但现代文坛成就她的却是她对古典的眷恋与深情。张爱玲曾引《诗经·柏舟》的句子说自己创作时的心境:"……日居月诸,胡迭而微?心之忧矣,如匪浣衣。静

---

① 张爱玲:《传奇》再版序言,1944 年 9 月。并参见柯灵:《遥寄张爱玲》,《张爱玲文集》(第三卷),安徽文艺出版社 1992 年版,第 425 页。

言思之,不能奋飞。"张爱玲尤其喜欢"如匪浣衣"的譬喻,"那种杂乱不洁的,壅塞的忧伤,江南的人有一句话可以形容:心里很'雾散'"。联系张爱玲的《金锁记》《倾城之恋》等小说,把旧家庭、旧日的人生故事,把其中"那种杂乱不洁的,壅塞的忧伤"传递出来,并非立意在反抗,而是在凭吊中抒发无奈、无尽的感伤。对此她有些自问自答地说道:"一班文人何以甘心情愿守在'文字狱'里面呢?我想归根究底还是因为文字的韵味",特别适于传递那种"雾散"的心境,并以此反衬现实社会:似乎一切都简单明了,实际上却是情寡义薄,是心灵与情感的"荒原"。因此她在《论创作》一文里以地方戏曲为引子,转达她对古典的向往及其小说背后的审美倾向:"然而我最喜欢的还是申曲里的几句套语:'五更三点望晓星,文武百官下朝廷,东华龙门文官走,西华龙门武将行。文官执笔安天下,武将上马定乾坤'",戏文里,

……无论是"老父"是"老身",是"孤王"是"哀家",他们具有同一种的宇宙观——多么天真纯洁的,光整的社会秩序:"文官执笔安天下,武将上马定乾坤!"思之令人落泪。①

六

张爱玲写作的文化向度倾向古典、是向后看的,并从这

---

① 张爱玲:《论创作》,《张爱玲文集》(第三卷),安徽文艺出版社1992年版,第83、84页。

里达到"审美的完善"。与此相向,赵树理小说的文化向度是指向现实与未来的,虽然这一重向度"不及前者权威",但表达出"特定意义与价值的特别的生活方式,它不仅存在于艺术与学识中,还存在于制度与日常行为中"①。

与担心政治倾向影响小说审美表现的人不同,赵树理直言他的小说就是"问题小说":

> 我的作品,我自己常常叫它是问题小说。为什么叫这个名字,就是因为我写的小说,都是我下乡工作时在工作中碰到的问题,感到那个问题不解决会妨碍我们的进展。应该把它提出来。例如我写《李有才板话》时,那时我们的工作有些地方不深入,特别对于狡猾地主还发现不够,章工作员式的人多,老杨式的人少,应该提倡老杨的做法,于是,我就写了这篇小说。……再如《"锻炼锻炼"》这篇小说,也是因为有这么个问题,就是我想批评中农干部中的和事佬的思想问题。中农当了领导干部,不解决他们这种是非不明的思绪问题,就会对有落后思想的人能进行庇护,对新生力量进行压制。②

从个人经历看,1906年9月出生在山西省沁水县尉迟

---

① [英]迪克·海伯第支:《从文化到霸权》,何鲤译。韩少功、蒋子丹主编:《是明灯还是幻想》,云南人民出版社2003年版,第22页。

② 赵树理:《当前创作的几个问题》,《火花》1959年6月号。

村农民家庭的赵树理,他的家庭属于"破产后流入下层的那一层人"①,正如他投身共产党领导的革命和抗战是十分自然的事情,他在文学界一举成名,不仅由于他"存心'通俗'",也在于他的身世,在于他身世中对乡村生活中宗法势力、旧军阀及其在农村残余势力的反抗:

> 赵树理的挚友王春谈到家庭出身对赵的影响时说:"他熟悉农村各方面的知识、习惯、人情等等。"他的父亲"是精通农村'知识'的,从有用的缠木杈、安镰把,到迷信的捏八字、择出行,无不知晓,无不告诉给他。赵树理自己上过村学,放过牛驴、担过炭、拾过粪,跟着人家当社头祈过雨,参与过婚丧大事,走过亲戚拜过年,总之他在农村实顶实活了这么大,再加上他父亲遗给的那些'知识'也就算得是真正熟悉农村了"②。

1926年上半年,卷在大革命浪潮里的山西青年学生,还在唱打倒军阀的歌,不说就明白,山西的军阀当然就是阎锡山,应该打倒。可是不久变了,阎锡山竟自称为"革命军的第三个总司令",再也不是军阀了。反过头便打捉"反革命"的共产党。赵树理不得不跑,跑

---

① [日]今村与志雄:《赵树理文学札记》,《东京都立大学人文学报》第16期。转引自黄修己编:《中国现代文学史资料汇编(乙种)赵树理研究资料》,并参见该书第544页,《赵树理年谱》介绍赵树理"祖父赵忠方,早年在河南经商,三十岁后回家务农"。
② 王春:《赵树理怎样成为作家的?》,《人民日报》1949年1月16日。

来跑去,第二年终于被捕了,受审,坐牢,出来以后,还是东奔西走……(同上)

因此他的"问题小说",从一方面说,是他作为革命队伍一分子,响应领导号召,配合当时当地土改运动、推行新婚姻法、农业合作化运动等政治斗争的需要;但另一方面,也在于他的身世促成对"问题"观察的角度,与观念化、概念化的流行趋势十分不同,从而为读者提供了乡土社会非常具有社会学意义的认识。其独到之处,至今也能为文学阅读提供别样的新鲜趣味。比如长篇小说《李家庄的变迁》,还有《李有才板话》这样篇幅稍长的作品,"阶级斗争"大量表现为乡村宗法势力对外姓人、外来流民的排斥和欺诈。《李家庄的变迁》开篇写的是修德堂东家李如珍和侄儿李耀唐(即春喜)欺负外姓人张铁锁,他们霸屋占地,把张铁锁一家人扫地出门,故事就从这里依次展开。像李如珍这样的大户人家能长期横行乡里,必须在县里、省里,甚至国民政府里有人作政治后台。所以战争开始,他们先要了解山西军阀对抗战真实的态度,李如珍派春喜跑到县里,最终要知道的就是这一点。后来春喜打探清楚,原来阎长官和县团长的意思:"只要孝子不要忠臣!"所以他们的钱,即使在抗战时拿出来,想讨好军阀才是真的;至于抗战,虽不能断然说是假的,至少是隔了一层又一层的。

《李有才板话》开篇从介绍阎家山的村落布局说起:

阎家山这地方有点古怪,村西头是砖楼房,中间是平房,东头的老槐树下是一排二三十孔土窑。地势看来也还平,从西到东却是一道斜坡。西头住的都是姓阎的;中间也有姓阎的也有杂姓,不过都是些在地户,只有东头特别,外来的开荒的占一半,日子过倒霉了的杂姓,也差不多占一半,也是破了产卖了房子才搬来的。

像"板人"李有才就住在村东头老槐树下,他编板书揭露和讽刺的主要对象是住在村西头的村长阎恒元。小说主要讲的是农村在土改、减租减息运动中,如何实现真正的乡村民主选举,使权力从宗法势力转移到民主政府手中。李有才板话的故事伴随着这个曲折的过程展开。最后在老杨同志带领下,村里坐地户、大户人家、宗法势力的代表阎恒元下台,"赔黑款"、"退押地";村东头"外来的开荒的","日子过倒霉了的杂姓",还有"破了产卖了房子才搬来的"小保、小明和小顺在农救会选举中获胜。板人李有才作总结:"阎家山,翻天地,农救会,大胜利。"这个皆大欢喜的"大团圆"结局代表了作家真实的愿望:不断消除乡村宗法势力,不断扩大乡村的民主势力。李有才属于阎家山的杂姓、外来户,又以快板为"业",这种"下九流"的身份,过去一直被人看不起。但在赵树理心目中,他是可以与"诗人"相提并论的:"作诗的人,叫'诗人';说作诗的话,叫'诗话'。李有才作出来的歌,不是'诗',明明叫做'快板',因此不能算'诗人',只能算'板人'。这本小书既然是说他作快板的话,所以叫做《李有才板话》。"①换一种说法,在赵树理笔下,李有才板话,就是以快板形式为传统农村变迁所撰写的"史诗"。

《三里湾》和《"锻炼锻炼"》是这"史诗"的继续。以争议最大的《"锻炼锻炼"》为例,其中两个绰号"吃不饱"、"小腿疼"的女社员,是两个明知不是、却硬要当理说的人。她们两人之间也有故事,"吃不饱"事事拉着"小腿疼",让她打头阵,是因为她比自己有靠山:

> 不过吃不饱可没有回了家,她马上到小腿疼家里去了。她和小腿疼也不算太相好,只是有时候想借重一下小腿疼的硬牌子。小腿疼比她年纪大,闯荡得早,又是正主任王聚海、支书王镇海、第一队队长王盈海的本家嫂子,有理没理常常敢到社房去闹。

经过土改、合作化运动,王镇海、王盈海,还有杨小四、高秀兰这些新一代农村干部不看重宗亲、面子这一层,而且人人都明白这只不过是"小腿疼"的一种手段,实际和"亲戚"本身没多大关系。但社主任王聚海还是"和事不和理",总让正直实干的年轻人"锻炼锻炼",这个形象说明,"争先社"依然面临世俗势力严峻的考验。像"吃不饱"和"小腿疼",一个"常喊吃不饱",丈夫"上地她先把面条煮得吃了",生产队动员她参加劳动,她却说:"粮食不够吃,每顿只能等张信吃完了刮个锅底";另一个对集体劳动的概念是"拾

---

① 赵树理:《中国人民文艺丛书·李有才板话》,新华书店1949年版,第27页。

东西全凭偷","为了容易使唤丈夫,她说她留下了个腿疼病"。她们就是这种势力的代表。赵树理并不认为她们天生是多么坏的人,只讲她们的心计和会玩心计的故事,便把农业合作化运动的理想和这理想难以实现的矛盾揭示出来。比如"吃不饱"(原名李宝珠)因为丈夫不是干部,就把自己的婚姻看作"过渡时期","等什么时候找下了最理想的人再和他离婚"。揣着这种心思,她还曾有意于杨小四,但"后来打听着她自己那个'吃不饱'的外号原来就是杨小四给她起的,这才打消了这个念头"。她对"过渡时期"的丈夫张信有一套"政策",待全面执行之后,"张信完全变成了她的长工"。这样一个自私到顶,俗称"不到黄河不死心,不见棺材不落泪"的人,王聚海由"怕"而"和稀泥",向她们妥协,还自鸣得意地觉得自己"领导水平高",恰恰说明杨小四、高秀兰这些对农村未来满怀憧憬的年轻人,要想维护农业社集体利益的想法,实行起来该有多难。但正如40年代赵树理把农村调查中看到的一出悲剧,改写为大团圆结局的《小二黑结婚》,十五年后,他也依然把"争先社"这一幕历史,结束于轻喜剧的人生故事中[1]。因为这里面有赵树理的人生理想,这是"指向了未来"的,也可见他对未来的信任与执着。

1956年,赵树理的长篇小说《三里湾》[2]出版一年后,傅

---

[1] 赵树理:《"锻炼锻炼"》,最初发表于《火花》1958年8月号,同年9月《人民文学》转载。
[2] 赵树理:《三里湾》,《人民文学》1955年1—4月号连载,通俗读物出版社1955年5月出版。人民文学出版社1958年3月出版,1959、1962、1964年再版。

雷欣喜地写道:

> 赵树理同志深切的体会到,农民是喜欢有头有尾的故事的,其实不但农民,我国大多数读者都是如此。但赵树理同志把"从头说起"的办法处理得极尽迂回曲折,避免了平铺直叙的单调的弊病,故事开头固然"从旗杆院说起",可是很快的转到民校,引进玉梅和其他两个年轻的角色,再由玉梅带我们到她家里,认识了现代农村中一个模范家庭,再由这个家庭慢慢的看到全局的发展。不但这种技巧的选择投合了读者的心理,而且作者在实践中把传统的写作办法推陈出新了。①

40年代,张爱玲也是傅雷欣赏的小说家之一。欣赏同时,傅雷也指出她后来过分沉溺于传统小说技巧所造成的创作问题。张爱玲当时在《自己的文章》一文中反驳了迅雨(即傅雷)的批评。② 50年代有关张爱玲的文字不再在大陆文坛出现,但傅雷评论《三里湾》有些文字,或可看作是对当年张爱玲文章的回应,是作者随时代发展又有的体会:

> 谁都知道文艺创作的主题思想要明确,故事要动人,但作者的任务还要把主题融化在故事中间,不露一

---

① 傅雷:《读〈三里湾〉在情节处理上的特色》,原载《文艺月报》1956年7月号。转引自《中国当代文学研究资料·赵树理专辑》,福建人民出版社1981年版,第437页。

② 柯灵:《遥寄张爱玲》,《张爱玲文集》(第三卷),安徽文艺出版社1992年版,第423页。

点痕迹……《三里湾》中大大小小,琐琐碎碎的情节,既不显得有心为题材作说明,也不以卖弄技巧为能事。作者写青年男女的恋爱,夫妇的争执,婆媳妯娌之间的口角,顽固人物的可爱,积极分子的可爱,没有一个细节不是使读者仿佛亲历其境。而那些细节所反映的时代背景和包涵的教育意义,又出之以蕴蓄暗示的手法,只教人心领神会。①

如果不把傅雷对这两位作家的批评看作一种对立:打击一个或抬高一个,而是一位学养深厚的批评家,对有着传统小说艺术追求、在当时环境都反响不俗的小说家格外的关注,那么他们各具特点的艺术探索,正表现出传统的两重文化向度。因此我认为,不论《金锁记》还是《小二黑结婚》,张爱玲和赵树理的小说都是传统社会急剧变动中宝贵的文化遗产,值得记录并珍藏于中国文学发展演变的历史典籍中。

2009年8月完稿

---

① 柯灵:《遥寄张爱玲》,《张爱玲文集》(第三卷),安徽文艺出版社1992年版,第436页。

韧性坚守与"小调"介入

——赵树理小说再分析

无论"文革"前后政治环境如何变化,对赵树理小说的评价始终是一个问题。比较有代表性的意见,或者认为赵树理小说是"工农兵文学的方向",是迎合共产党政治或政策的"宣传品",或者认为他的小说不过是些"低级趣味"的"噱头",根本没资格进入现当代文学史大雅之堂。初看这些意见大体都有确凿的历史依据可查,赵树理本人曾明确表示,自己的作品是配合当时政治和政策写的"问题小说"。但就连否定他小说的人大概都没料到,那些前前后后不断否定的意见会从不同角度证实了一点,那就是赵树理小说在现代叙事文学中的"新颖性",换句话说,也就是具有文学史值得关注的小说艺术独特性。

一

如果可以这样比喻的话,把现当代小说史比作一部表现中国人和中国社会生活的现代史诗,这部史诗是郑重、高雅的,因为其中包含像鲁迅、郁达夫、郭沫若、茅盾、曹禺、巴金、冰心等"五四"一代学贯中西的作家对传统变革的经典解读;如果可以把这部史诗比作华丽的施特劳斯的维也纳华尔兹,那么赵树理小说可以说是其中的小调。说它是"小调",因为它并不违背史诗的总体倾向,只不过在其中增加了风趣的世俗化音节,从而使华丽的史诗更亲近下层,更日常生活化,更为一般读者喜闻乐见。然而"小调"的出现,改变了原有的抒情方式,实际上是现代叙事文学中最重要的变革。

赵树理小说视点向下的特点,用以往现实主义或附加以"革命"、"社会主义"的大叙事理论都难以解释,这成为他在文学史和以往评价体系中处于不利境地的原因。但我以为,问题并不出在小说本身,而是如何来认识历史规范以及评价机制。实际上,一种规范或理论规则是对以往文学实践总结的结果,它们对未来研究和阐释有参考作用,但不能成为辨别后来艺术好与坏,小说是艺术的、或不是艺术的唯一标准。最明显的例子,如果用20世纪苏联社会主义现实主义和19世纪法国批判现实主义的标准来阐释赵树理小说,无论对文学史家还是批评家都是一件比较尴尬的事。因为那些标准和规范,比如深刻地揭示社会阶级矛盾以反映社会本质,塑造叱咤风云的无产阶级革命英雄形象,等等,用来分析"二诸葛"、"三仙姑"、"常有理"、"惹不起"这些赵树理笔下脍炙人口的人物形象,很有一些无的放矢。

并不是说那些理论没有道理,比较熟悉欧洲近现代文学史的人都对那些理论的人文价值和艺术史价值有所了解,持这些理论观点的批评家对于当时当地的文学作品,像对高尔基、法捷耶夫、车尔尼雪夫斯基、托尔斯泰、巴尔扎克等人的作品,他们的分析与批判的确鞭辟入里、见微知著,其理论的犀利和深刻毋庸置疑。但赵树理小说发生在近一百年后,又是在中国传统深厚的乡村,在实行土地革命和农业合作化这一中国特有的现代化进程中,那里的情况与一百年前欧洲自是不同;那里的生活环境和乡土人物,与理论批评家所预期的"高度"和"深度"也十分不同。尽管在中国现代小说史上,不是没有按照上述理论公式结构小说的作家和作品,他们为现代小说做出了不起的贡献,并取得文学史上显赫的地位,但赵树理和他的小说显然不属于此类。对此,日本学者竹内好曾有明确的界说:"特别提出赵树理的这种特殊性,是会遭到很多人反对的吧。因为把赵树理与其他人民作家等量齐观的人不少。但是,我反对那种意见。"为进一步证明赵树理小说的独特性,他提出当时文学有两种趋向:"一种是茅盾的文学,一种是赵树理的文学。在赵树理的文学中,既包含了现代文学,同时又超越了现代文学。至少是有这种可能性。这也就是赵树理的新颖性。"竹内好对赵树理小说的新颖性给予极高的评价:"对于赵树理的这种从新的立场出发,来把握人类和社会的准确性,我不禁赞叹不已。这部作品(指《李家庄的变迁》,作者注)表现了一切人们的意志,它作为新的叙事诗而问世。这对于我来说,的确是一个很大的震动。同时,对于力图恢复与人们的合作的我来说,也给予了极大的勇气。"①竹内好通过细读文本,从小说结构、人物塑造、性格和语言描写等各种因素证明,赵树理小说与以往现代文学不同:被典型化了的人物和支配周围一切的"个人英雄"不见了,而着重表现社会的一种转机,以及人物在此变化中逐渐自觉成长的过程。其"新颖性"原因在于,赵树理小说不是在一种既定的大叙事理论框架内描述历史,他不按照流行的左翼文学理论把历史形象化,而是以中国乡土社会为中心去"发现历史",发现经过五四新文化启蒙后,本土的历史究竟是怎样的。

二

历史通常被看作是过去发生的事,但实际呈现在读者面前的历史要比这样的概括复杂得多。比如历史由谁讲述?受什么样的观念支配,为什么有些历史细节被无限放大?为什么有些重要的史实却被一笔带过,或避而不谈?在此意义上,考察讲述历史的时代的确要比历史讲述的时代更为重要。但历史终究是历史,不会因为避而不谈就不存在;反之,今天历史学家的责任就是要在看上去以往历史的"终端"去发现历史。上世纪末,美国著名历史学家柯文(Paul A. Cohen)曾发表他对中国历史研究的见解。他认为,中国历史是中国人在中国经历的,因此"衡量这些问题

---

① [日]竹内好:《赵树理的新颖性》。参见黄修己编:《中国现代文学史资料汇编(乙种)赵树理研究资料》,北岳文艺出版社1985年版,第488、489、486页。

之历史重要性的准绳也是中国的,而不是西方的。这样,就或明或隐地否定了种种过去习用的模式,这些模式都把中国历史的起点放在西方,并采用了西方衡量历史重要性的准绳。这样,描述中国最近几百年历史就不是从欧洲,从航海家亨利王子(Prince Hengry, the Navigator),和西方扩张主义的萌动开始,而是从中国开始"。他接下来的一段话,对从事中国历史研究、包括文学史研究的学者是富于挑战性的:

> 随着越来越多的学者寻求中国史自身的"剧情主线"(story line),他们奇妙地发现确实存在着这条主线,而且在1800年,这条主线完全没有中断,也没有被西方抢占或代替,它仍然是贯穿19乃至20世纪的一条最重要的中心线索。①

"中国历史是中国人在中国经历的。"历史学家往往做不到亲临历史,对此还需要一个"移情"过程,但对于赵树理和他的小说来说,情况就不同了。赵树理本人从没想要做开创时代艺术风气的人物,更没有作历史学家的奢望。相反,他真正是共产党在农村推行土改、合作化运动中一个兢兢业业的基层干部,他的叙述者身份就是历史亲历者。翻开赵树理文集,他的创作谈大部分是对一些批评他作品的文章的反批评,即使有些检讨,比如他文章开头表示接受别

---

① [美]柯文著:《在中国发现历史——中国中心观在美国的兴起》(增订本),林同奇译,中华书局2002年版,第170、171页。

人的意见,像批评他的小说阶级阵线不分明,贫下中农和党的形象不够高大,等等,但最后他还是要迂回地予以反驳。反驳中最有力的证据,还是他在农村看到的现实问题,用以批评那些批评他的人并不了解实际情况。例如,关于《邪不压正》他说,他想写那篇东西的意图是"想写出当时当地土改全部过程中的各种经验教训,使土改中的干部和群众读了知所趋避"。当时的情况并不像书里几条理论定义那么简单:

> 上级发现了被遗忘了的群众没有翻身,追查其原因,多分了果实的干部和积极分子只说是封建势力尚有残余,而没有说到自己多占了一部分果实,所以只决定了追究残存的封建财产。在追究时,少数占了便宜的干部明知残存的封建财产数目很可怜,怕解决不了被遗忘的贫农问题,就想把富裕的中农也算到封建势力中去。流氓更喜的是浑水摸鱼,惟恐天下不乱。这两下一结合,就占了上风,正派干部反成了少数,群众没有说话的机会,结果残余的封建势力固然被打倒了,而中农也因受了连累,人人自危,无心再过日子,生产也因之停顿。①

地方土改的主要问题不在干部们背诵的有关阶级和阶级斗争的条条,而是赵树理实际看到的"在不正确的干部和

---

① 工人出版社、山西大学合编:《赵树理文集》(第4卷),工人出版社1980年版,第1437页。

流氓身上";因为"同时又想说明受了冤枉的中农作何观感,故对小昌、小旦和聚财写得比较突出一点"。赵树理认为这是土改工作成败的关键:"据我的经验,土改中最不易防范的是流氓钻空子。"紧接着,赵树理又做了一番自己的"阶级分析",以说明土改应该依靠什么人,反对什么人,团结什么人,警惕什么人:

> 因为流氓是穷人,其身分很容易和贫农相混。在土改初期,忠厚的贫农,早在封建压力之下折了锐气,不经过相当时期鼓励不敢出头;中农顾虑多端,往往要抱一个时期的观望态度;只有流氓毫无顾忌,只要眼前有点小利,向着哪一方面也可以。这种人基本上也是穷人,如果愿意站在大众这方面来反对封建势力,领导方面自然不应拒绝,但在运动中要加以教育,逐渐克服他的流氓根性,使他老老实实作个新人,而绝不可在未改造之前任为干部,使其有发挥流氓性的机会。(同上,第1438页)

出于这样的写作动机,《邪不压正》以及赵树理其他表现土改或合作化运动的小说自然出现不了"叱咤风云"的高大完美的人物形象[①],而是像小宝和软英这样的普通人,"无论客观上起的什么作用,在主观上我是没有把他两个当作主人翁的",虽然小说中许多人都有"社会代表性",但"独对于

---

① 赵树理:《关于〈邪不压正〉》,《人民日报》1950年1月15日。

这两个人",虽然是小说主要人物,身分却非常一般:"小宝勉强还可以代表不当权的小干部(也只是临时加委的),软英则除与小宝有恋爱关系之外,我没有准备让她代表任何一方面。"(同上)

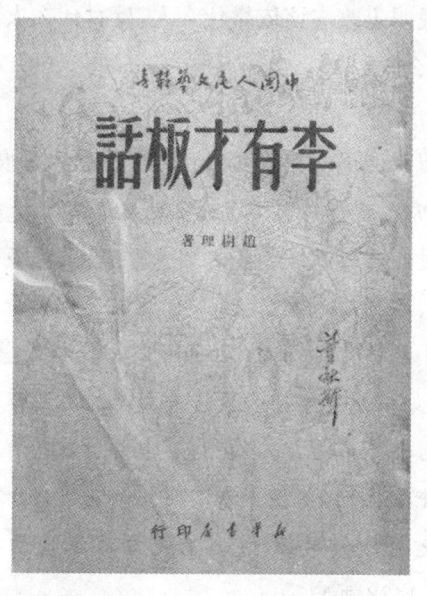

但是最终成就这篇小说的,恰恰是这两个小人物的爱情故事,是一对普通人命运的悲喜剧。而且即便如此,不情愿接受别人批评的老赵也没有把它当作了不起的创造:"这个故事是套进去的,但并不是一种穿插,而是把它当做一条绳子来用——把我要说明的事情都挂在它身上,可又不把它当成主要部分。我在写《李有才板话》的时候,曾以这样的态度来用李有才,这次又用了一下软英和小宝。这种办法,我没有多见别人用过,我也不敢自以为是一种什么手法,只是为了方便起见,偷偷用了一下算了,以后也没有

准备再用。"

如此看来,小说家在这里表现出一种艺术风格的非自觉性。对赵树理来说,艺术自觉并非是刻意进取,而来自一种与自身命运相关的生存方式。从上面的表述可以看出,赵树理对农村工作的兴趣远远大于当专业作家的兴趣。所以他特别关注的不是当时理论推崇的如何塑造高大完美的人物形象,也不是后来获得"新时期"首肯的揭露现实黑暗的当代悲剧。他的写作与他参加革命、农村基层干部的身分是一致的,均源于当年他在长治师范学校读书时拥戴的启蒙理想,源于他期待现实政治应该并能够给家乡父老带来好的命运结局。当时共产党深入农村的土地革命使赵树理看到了这种希望,而对于希望,他不坐享其成,一方面他作为土改工作员参加运动,另一方面,他把参与过程中的所见所想写下来,也就是他别具一格的"问题小说"。赵树理学生时代读过鲁迅、郭沫若、郁达夫的作品,而且这些作品与他接受启蒙思想有直接和密切的联系。但启蒙时代的文化英雄与他家乡父老的现实生活实在相距太远了,他们的作品太郑重而严肃,太华美而深奥,太令人仰视而飘浮在云端,正像他把鲁迅的小说读给他父亲,他父亲根本不知所云。启蒙者的理想,在被军阀逼迫、被流氓敲诈、被混乱的政治局面搞得流离失所、冻馁交加的农民心里不要说扎根,就连听都听不进去。这种文化现实给关注启蒙的赵树理以极大刺激,因此他要写一种能在村民中流传的"地摊"文学,从表面看他是为土改写,为农业合作化运动写,但实际上由于他从这里看到农村生活的前景和希望,其实他是在为像他父亲那样的"二诸葛"而写,为那些不是高大完美的普通人而写。或者说,启蒙的对象包括自己在内,包括与自己血脉相连的父母兄弟姐妹。因为在赵树理心目中,这些人即使并不清楚眼前发生的一切,也应该在眼前发生的一切当中享有好的命运,并且跟上现代生活的脚步,否则才真正是启蒙的失败。因此我看赵树理对启蒙文学的批评,实际上表达的正是他对启蒙所绘制的生活愿景的真实向往。

三

小说是可以修改的,但生命的寄存方式却难以更改,改了就意味原有生命的结束,就不是赵树理。因此,无论经历了多少批评和检讨,直到上世纪60年代被批判为写"中间人物"的代表作家,赵树理始终不改其志,像《三里湾》的范登高、小俊和小俊妈,《"锻炼锻炼"》中的"小腿疼"和"吃不饱",包括40年代《小二黑结婚》中的"二诸葛"和"三仙姑",赵树理小说始终与这些人物打交道,他想的是他们,写的还是他们。

除了写作视角向下,为普通的乡下人写,写普通的乡下人之外,成就史诗中"小调"的另一个重要因素是写乡下人的家长里短、人情世故。以前我在这方面对《小二黑结婚》、《三里湾》、《"锻炼锻炼"》说得比较多,这里再举一个《传家宝》的例子。《传家宝》是赵树理发表在1949年4月14日《人民日报》上的一篇小说,一万多字的篇幅,按今天标准算得上一个小中篇,又发表在《小二黑结婚》和《三里湾》、《"锻炼锻炼"》之间,也可看作是作家创作的一个连接点。在这个连接点上,可以清楚地看到赵树理对其小说艺术风格的坚守,尽管时代、政治形势和小说题材都有所不同。《传家宝》主要表现土地改革对农村普通家庭的影响,围绕李成娘和媳妇金桂的婆媳关系展开故事。李成娘的传家宝是一架纺车,一个针线筐,一口黑箱子,黑箱子里装有各种破布和"针、线、尺、剪、顶针、钳子之类",她打算把这些传给过门的媳妇,特别是那口黑箱子,好让媳妇守在家里做针线活。但媳妇金桂认为:"那里面没大出息,接受下来也过不成日子",故事就从这里开始了。传家宝传不下去了,因为媳妇要出去参加集体劳动,不再延续千百年的传统"恪守妇道",守在家里缝缝补补,"围着锅台转"了。所以李成娘看媳妇样样都不顺眼,尽管媳妇屋里屋外地忙,又勤快,干活又利索,还被选上村里的"劳动英雄",但李成娘却说:"她那个劳动呀,叫我看是狗抓老鼠,多管闲事!"她秉承的是传统的道理:"男人有男人的活,女人有女人的活。"这样细微的生活场景,却被赵树理点染得极尽波澜。婆媳或邻里闹矛盾,就有人来说和,非常符合乡村生活、人情社会所通行的、不成文规则。婆媳不和,婆婆向评理的人指责媳妇不懂节减,评理的人是李成娘的女婿,女婿劝丈母娘说:"老人家!如今世道变了,变得不用吃糠了!革命就是图叫咱们不吃糠,要是图吃糠谁还革命哩?"这一席话刚把李成娘的"气结平下去",但女婿接下来说,以后"家里的事你不用管",又燃起了烽烟:

"我死了就不用管了,不死就不能由别人摆布我!"

"这是我的家!她是我娶来的媳妇!先有我来先有她来!"

"管不了?娶过媳妇才一年啊!从前没有媳妇我

也活了这么大!"

"她有本事叫她另过日子去!我不图沾她的光!大小事不跟我通一通风,买个驴都不跟我商量!叫她先把我灭了吧!"

李成娘借此又把陈芝麻、烂谷子都翻了出来。最后闹得实在没办法,金桂只好把管家的"权力",也就是记录家里吃穿用度的账本交给她,然后一五一十地向她交待了收入和支出的账目。其实李成娘根本不识字,更不懂账目,但让人没想到的事却就在此时发生了,虽然她不懂账目,但金桂的"交权"却让她挣足了面子。她女儿看机会来了,于是劝娘说:"娘!你就还叫金桂管吧,自己揽那些麻烦做什么哩?这比你黑箱子里那东西麻烦得多哩!"这时金桂娘也就顺水推舟,说:"实在麻烦,我不管了!你弄成什么算什么!我吃上个清静饭拉倒!"矛盾解决,故事完成。

由表现家长里短而编织出密密麻麻的细节,不仅冲淡了作品的主题色彩,而且也冲淡了宏大叙事、主题先行带给作品的紧张。这种写法为日常生活带来一种散淡的韵致,并由散淡生出诙谐与幽默,消解了大叙事的庄重和典雅。小说家对生活和人物持平等关切的视角,让人感到一种特有的亲切和体贴。相对启蒙时代的文学经典表现,我不认为赵树理小说是对启蒙精神的背叛,而是对其风格的修正或发展,使小说对人情世故的表现方式更为"亲民化"了。这也是启蒙造就民主时代所必然产生的结果。以当今的文学作品而论,尽管五四作家的经典作品依然是读者选择的对象,但小说普遍的写法都不采取居高临下或进行说教的文字表现方式,而是站在一种平等的立场与读者一起探讨人性、历史和现实。这也反映出现代小说史上,"小调"介入,成就了启蒙后另一种小说方式。它不仅改变了现代宏大叙事的抒情方式,而且为20世纪末至21世纪初的文学发展开创先机。

在此意义,赵树理的《小二黑结婚》、《传家宝》、《邪不压正》、《三里湾》、《"锻炼锻炼"》等一系列作品,不愧为时代艺术史上具有里程碑性质的经典。

2010年10月15日初稿,28日改毕

由历史小说看五四时代的延续

——论《李自成》研究再度兴起[1]

  2006年,姚海天编《茅盾 姚雪垠谈艺书简》(简称《谈艺书简》)由人民文学出版社出版。该书收集整理茅盾和姚雪垠从1974年7月至1980年2月间八十余封通信,江晓天为《谈艺书简》作序,评价这部大约十二万字的通信集出版意义非凡:它是"'五四'以来第一、二两代老作家,就一部长篇历史小说所涉及的一些理论思想、创作艺术技巧等进行深入细致探讨的一部独具特色、颇有学术价值的大

---

[1] 姚雪垠1910年生于河南邓县。仅2010年8、9、10月期间,中国新文学学会、湖北省文联、邓州市委、市人民政府、中国作家协会和中国现代文学馆陆续召开研讨会、座谈会,纪念姚雪垠诞辰一百周年。

书"①。江晓天是《李自成》第一卷上下两册的编辑,他对作品熟悉的程度,一般人很难达到。实际上,他在这里揭示了五四时代与姚雪垠和《李自成》的精神联系。共同的现代文学志向,使"'五四'以来第一、二两代老作家"惺惺相惜,即使新文化运动已过了半个多世纪,《谈艺书简》依然体现他们之间一种特有的相知、相契和相互支持。或者说,出于一位资深编辑对小说的了解,江晓天对通信集的评价是对《李自成》与五四时代关系意义深刻的诠释。

《谈艺书简》从表面看是两位作家五年多的通信,但所涉及作品的时间跨度在十七年以上。《李自成》第一卷上下

---

① 姚海天编:《茅盾 姚雪垠谈艺书简(1974.07—1980.02)》,人民文学出版社2006年版,第1页。

两册出版于1963年,第二卷上中下三册出版于1976年,第三卷上中下三册出版于1981年,也就是通信集截止期的第二年。回想这段历史,不仅有1962年"重提阶级斗争"后风云多变的政治形势,也包括"文革"这样严峻的历史时期。但这一漫长的经过表明,五四时代对中国当代文坛的影响,在"十七年"和"文革"虽然都遭遇曲折,但也都未曾被拦腰斩断,而且这一思想流脉对现代社会的探索,一直断断续续地进行着。茅盾的《李自成》研究即是其中一例。值得注意的是,在茅盾和姚雪垠于20世纪八九十年代相继去世,《李自成》研究经过80年代中后期相对沉寂之后,至本世纪初又有活跃的迹象。2009年,为纪念改革开放三十年,文艺报社编选的《茅盾文学奖(第1—7届)获奖作品评论集》由作家出版社出版。关于第一届获奖小说《李自成》,编选者收入茅盾发表于《文学评论》1978年第2期的文章《关于长篇小说〈李自成〉》。事隔三十年后,茅盾的文章再度豁人眼目。姑且不论这意味着《李自成》研究今天仍有待深入,是否也意味着对五四时代文学话题、精神指向的研究还远未完成,又延续到21世纪呢?答案是肯定的。

"茅盾文学奖"于1981年10月正式启动,是根据茅盾遗愿将他毕生积蓄的25万元全部捐献而设立的长篇小说文学奖,其中寄托茅盾对当代中国长篇小说的厚望。这一奖项第一届颁发给《李自成》,与茅盾对姚雪垠创作的长期支持分不开。从姚雪垠"1938年发表短篇小说《差半车麦秸》起",直到长篇小说《李自成》,茅盾都有积极的评价和鼓励,"彼此结下了四十年之久的师生之谊"①。同为五四文化人,他们为推进中国文化现代进程的不遗余力,由此可见一斑。新时期伊始,茅盾在这篇文章中说:

> 三百年前的史料既丰富而又庞杂。那些史料的作者又都是封建思想极浓重的人。他们所记载的史实,无论是关于李自成及农民军的,或是关于明王朝的掌权者——崇祯及其亲信的文臣武将的,都是透过他们的封建思想的棱镜而被歪曲被颠倒了的。其次,这些史料,大部分并非身当其事者的实录,而是辗转传闻的记载。因此,如果作者是认真地以十分负责的态度去写一部历史小说而不是浮光掠影,抉取若干史料就主观地构想,特别是主观地塑造人物的话,那么,甄别这些史料,分辨其何者是真,何者是伪,何者是真伪相杂,又是必要第一步的准备工作。②

茅盾这番话,为认识五四时代与姚雪垠长篇历史小说《李自成》的关系,提供了一把钥匙。如果从历史小说家甄别史料、分辨真伪入手,研究《李自成》写作"第一步的准备工作",那么追根溯源,小说家真正的思想准备既非始自于1957年被错划为右派,愤而著书;也不能归因为1944年郭

---

① 姚海天编:《茅盾 姚雪垠谈艺书简(1974.07—1980.02)》,人民文学出版社2006年版,第2页。
② 茅盾:《关于长篇小说〈李自成〉》,《文学评论》1978年第2期。

沫若的《甲申三百年祭》，促发其灵感；更不是为配合1962年"重提阶级斗争"政治形势下的"革命传统教育"，尽管作为小说写作的时代背景，它们都曾给作家以影响。但茅盾所说的"三百年前的史料既丰富而又庞杂"，如何分辨和叙述历史？这个问题必然要追述到上世纪二三十年代发生的新史学运动，追述到这个运动在一代人文知识分子中掀起的思想波澜。当时关于史学观念和方法问题的讨论，直到上世纪末姚雪垠回想起来还那么印象深刻，记忆犹新。他说："一九三〇年前后（即姚雪垠在河南大学读预科期间，作者注）是我国史学界思想十分活跃的时期，而当时的史学界情况对我这个小青年的成长发生过强烈的影响，在相当程度上决定我以后的文学创作道路。尤其是我在四十七岁时，即一九五七年被迫突然转上创作历史小说的道路，而且在历史小说方面做出了我自己的独特贡献，这与当时我在河大时所受的影响有密切关系。"①也就是说，姚雪垠的长篇历史小说《李自成》的思想准备阶段应该在上世纪二三十年代新史学运动期间。尽管当时他并没有写这部小说的明确打算，但如果没有那种时代氛围，姚雪垠没有积极投入史学界的变革，那么，或者根本就没有《李自成》这样一部历史小说，或者有，也不是我们今天看到的《李自成》。

据姚雪垠回忆，当时中国史学界大体分为三派：一是传统史学家，继承清代学者严谨的学风，受进化论思想"或深或浅的影响"，但反对标新立异、哗众取宠，"没有接受历

---

① 妙雪垠：《姚雪垠回忆录》，中国工人出版社2010年版，第44页。

史唯物主义对史学思想的影响"。二是古史辨派,在五四反封建、反孔教的新文化思潮鼓动下,致力于怀疑和否定儒家典籍所记载和宣传的上古历史,新文化倡导者钱玄同甚至改姓"疑古",可见时代潮流的强劲有力。三是新史学派,即采取马克思主义唯物史观研究中国古代社会起源,所涉及的根本问题是对中国社会性质的认识,比如中国社会自有史以来是否存在阶级?马克思主义是不是适合中国国情?当时正积极投入中共地下党领导的学潮运动和左翼文化运动的姚雪垠,虽然对第一、二两派在研究方法上有所肯定,但基本倾向第三派意见。从当年他对郭沫若《中国古代社会研究》的欣赏态度,便可得出上述结论。姚雪垠回忆说:

> 一九二七年大革命失败之后,郭沫若侨居日本,受了恩格斯的《家庭、私有制和国家的起源》、摩根的《古代社会》两书思想的启发,利用几十年中国学者们对甲骨文和金文研究的成果,加上他对先秦古籍的丰富知识,写出了《中国古代社会研究》一书,成为马克思新史学派研究中国奴隶社会的开山之作。但当时和其后参加古代史讨论的许多年轻学者的功底比郭沫若差得很远,他们既不懂金文,也不懂甲骨文,对先秦古籍也读不大懂,更谈不上熟悉,所以常常受到正统派史学家们的讥笑,认为是海派学风。然而当时正是马克思主义新史学派"筚路蓝缕,以启山林"的时代,许多幼稚毛病,很难避免。经过十几年的努力,有些学者逐渐成

熟,如今新史学派早已成为中国史学的主流了。①

姚雪垠读了《中国古代社会研究》,曾"在封面上工工整整地写了这样几个字:'我所心爱的一本书'",把自己看作是郭沫若的"私淑弟子"。

但处在传统变革年代的学者是不特别看重师承关系这一种人情故交的,"吾爱吾师吾更爱真理",对新观念心向往之,以新史学观念重新阐释中国传统社会,并随时准备质疑前人或权威的结论,被视为重要的人生准则。从这个角度看《李自成》,不仅作品本身是新史学派观念催生的产物,而且其创作过程一直有挑战前人、挑战权威的时代印记,这也是他后来与郭沫若发生分歧的主要原因。

又恰恰在这一点上,姚雪垠无愧郭沫若的"私淑弟子"。郭沫若回顾新史学运动对后来知识分子治学的影响时说,当时对历史,"在学者之间很难取得一致","就拿我自己来说吧,二十多年来我自己的看法已经改变了好几次,差不多是今日之我在和昨日之我作斗争"。这话来自郭沫若1954年为《中国古代社会研究》所作"新版引言"。《中国古代社会研究》最初完稿于1929年,50年代重新出版,作者修改了以前一些结论,比如殷代不属于原始社会末期,而已进入奴隶社会;把奴隶制的下限定在春秋与战国之交,而非只有

---

① 妙雪垠:《姚雪垠回忆录》,中国工人出版社2010年版,第46页。

西周才是奴隶社会,等等。① 现代启蒙运动打破了以往学者固守的历史结论,他们不仅批判别人,也不断检讨自己,检讨自己实际上是对既定结论发起新一轮攻势。这种否定之否定的学术氛围,对姚雪垠青年时期性格影响至深。一个人的性格当然与特殊的生理、地理环境有关,有来自遗传、童年经验等诸种个别因素,但姚雪垠对以往学术权威论点的质疑,对既定规范的僭越,还有被一般人视为桀骜不驯的性格,却与他这一时期的经历有重要关系。一代人有一代人的使命,这种说法不错,但从相反的角度来看,这种使命感也形成一代人某种潜在的集体无意识和潜在的文化性格。在一个抗拒传统、大胆质疑、事事敢为天下先的时代,姚雪垠从新史学运动中不仅汲取重述历史、重述明史的立场、观点和方法,更难得的是他对历史与小说关系的探索,为当代历史小说发展奠定了基础。

具体到《李自成》,把农民起义和农民战争作为历史变革不可忽视的重要一翼,这是姚雪垠通过历史小说重述明史的宗旨所在。这种写法打破了帝王将相史的传统格局,把明末农民起义,把那些历来被逼无奈、揭竿而起,却又衣衫褴褛、面目模糊的乌合之众正面写入历史,写他们的内心活动,他们的个人命运,写起义军兴起到壮大、衰落直至失败,也就是现实主义叙事所要求的起承转合全过程。这种切入历史的角度,使姚雪垠对明末历史与其他人观点见出分野,同时也使他对其中分歧有特殊的敏感。因此,当郭沫

---

① 郭沫若:《中国古代社会研究》中"一九五四年新版引言",人民出版社1964年版。

若《甲申三百年祭》40年代受到毛泽东重视,并被列为整风"参考文件"①,姚雪垠却对这篇鸿文有不同看法。分歧主要针对李岩这个人物。郭沫若认为:"李岩终竟被逼上了梁山。有了他的入伙,明末的农民革命运动才走上了正轨。这儿是有历史的必然性。因为既有大批饥饿农民参加了,作风自然不能不改变,但也有点所谓云龙风虎的作用在里面,是不能否认的。"在总结起义失败教训时,郭沫若更把李岩提到重要位置:"李自成自然是一位悲剧的主人,而从李岩方面来看,悲剧的意义尤其深刻。假使初进北京时,自成听了李岩的话,使士卒不要懈怠而败了军纪,对于吴三桂等及早采取了拉拢政策,清人断不至于那样快的便入了关。又假使李岩收复河南之议得到实现,以李岩的深得人心,必能独当一面,把农民解放的战斗转化而为种族之间的战争。假使形成了那样的局势,清兵在第二年决不敢轻易冒险去攻潼关,而在潼关失守之后也决不敢那样劳师穷追,使自成陷于绝地。假使免掉了这些错误,在种族方面岂不也就可以免掉了二百六十年间为清朝所宰治的命运了吗?就这样,个人的悲剧扩大而成为了种族的悲剧,这意义不能说是不够深刻的。"郭沫若进一步追究错杀的责任:"假使李岩真有背叛的举动,或拟投南明,或拟投清廷,那杀之也无可惜,但就是谗害他的牛金星也不过说他不愿久居人下而已,实在是杀得没有道理。但这责任与其让李自成来负,毋宁是应该让卖友的丞相牛金星来负。"(见郭沫若:《甲申三百

---

① 郭沫若:《甲申三百年祭》,1944年3月19日重庆《新华日报》连载。

年祭》,1944年)但无论谁来负责,无论李自成还是牛金星,李岩这个人物都从这一叙述角度被推向历史的关键位置,他的死也成为大顺朝失败、起义军失败、甚至"种族失败"的根本原因。

1962年6月《李自成》第一卷修改稿送交中国青年出版社后,姚雪垠曾应邀拜访明史专家吴晗,征求他对《李自成》的意见。交谈中,姚雪垠说不想采纳《甲申三百年祭》的方式写李岩和红娘子,并引述他查阅史料得来的六点结论,证明历史上根本没有李信(即李岩)这个人。"《绥寇纪略》和《明史·流贼传》中关于李信和红娘子的事情全是捕风捉影之谈。后来郭老写了《甲申三百年祭》,因其崇高声望,加上被作为'整风'参考文件,一个本来不为河南人所谈论的'李公子'变成了家喻户晓的历史人物。"鉴于姚雪垠对史料调查把握的周详,吴晗肯定了姚雪垠的分析,还说:"看来论明初你不如我,论晚明我不如你。"① 明史专家的肯定和称赞使姚雪垠"大受鼓舞",不过,姚雪垠却没顺着这样的思路去结构小说,经他考证纯属子虚乌有的李岩和红娘子,还是作为小说中人物陆续出现在《李自成》第二卷到第五卷中。这是姚雪垠对历史与小说关系独具一格的处理方式。不是说姚雪垠不尊重历史,或者采取了一种"戏说"方式;而是作家试图用虚构的艺术手段来达到一种更高层次上的历史真实,即传统文人在农民起义军中的地位和作用实际上

---

① 高连英:《史学家与小说家的心灵碰撞——吴晗与姚雪垠一席谈》。见陈浩增主编:《雪垠世界》,中国青年出版社2001年版。

是非常有限的。

这种处理方式集中体现了作家对传统文人人格缺陷的认识,但其意义又不仅如此。它使这部表现农民起义的小说,通过对起义军构成的复杂性揭示,将笔触扩展到传统的社会结构、文化模式,以及运行趋势,使小说达到一种百科全书式的对明末社会的全景观照。对此,姚雪垠写《李自成》第二卷"内容概要"时有明确交待:

> 李岩在本卷登场,作为一个重点人物来写。他是否是杞县人,是否是李精白的儿子,从历史科学说,都尚有问题。至于红娘子破杞县救他出狱,则可以肯定说并无其事。但是在小说中,我仍用流行的说法,并把他作为杞县南乡围镇旁边李家寨的人。我暂时将历史科学的悬案放在一边,努力去塑造李岩和红娘子两个小说人物。但是我不采纳流行的说法,把宦门公子李岩在闯王军中的作用夸大过火,而撇开农民革命运动的本身规律。事实上,李岩之所以投李自成,是因为李自成具有相当大的号召力,仁义之名远播,不然他也不会往投,誓忠于自成。他后来也没有被李自成十分重用,所以尽管他有经济学问,参加李自成军较早,后来建立大顺国,他却没担任六部尚书或侍郎,仅仅是一位制将军。大顺的武将很多人封侯封伯,而李岩却没有封爵。李岩出身于宦门,被迫起义,虽然对农民军起过积极作用,却在精神深处同农民军有距离。他一投闯王便改名李岩(小说中写了改名字的细致心理和过程),表明有功成身退,隐于岩穴的决心。这种思想,其

好的一面是不同于牛金星功名利禄的欲望熏心,其不好的一面是既参加农民起义大军而又只愿将来做一个"岩穴之士",这就使他在精神上同革命队伍不能够化除距离,水乳交融。李岩大概受命主持对饥民的放赈工作,曾经出现了一种情况,即地方上很多人只知道有个李公子,而不知道有李自成,或以为李闯王就是李公子。这种事情不管出于什么原因,在政治上都是不能容许的。当李自成正在事业草创的时候,他可以包容过去;当内部困难发生猜疑之日,这件事就会触动新的猜疑,也可以成为旁人进谗言的资料。我将这件事在破洛阳以后以侧笔写出,为李岩兄弟在三年后的被杀埋下个伏线。①

李岩是农民起义军中仕宦出身、有科举功名的文人,但他的命运揭示了农民起义有与封建王朝一致的悲剧内在性。这种悲剧内在性与人物的秉性气质有关,但主要来自各方在文化上的同构特征。《李自成》从明王朝和李自成建立的大顺朝两个方面,揭示儒学、或儒道释三教合一、三教互补所形成传统文人赖以安身立命的基础,其介入现实的无力与无效。在崇祯看来,科举制度推举上来的文臣武将,若论个人能力,是一些"知经而不知权"、百无一用的书生;若论个人品性则更为不堪,或"不顾国家急难,不思君父忧

---

① 姚雪垠:《〈李自成〉内容概要》。姚海天主编:《姚雪垠文集》,人民文学出版社即将出版。该复印件由姚海天先生 2010 年 8 月提供。

劳,徒事口舌之争以博取敢谏之名",或唯唯诺诺,四处钻营,左顾右盼,平步青云,皆为朝廷蠹虫。① 书中描写大顺朝建立时间短促,李自成还来不及做崇祯那样的总结,就被清军驱赶,命丧九宫山。但小说中,李自成不重用李岩也不是没有道理的。李岩在起义军的作用没那么重要,在于他本身与李自成这支农民起义军精神上的一种游离状态。他有见识,却容易动摇,与其他将领相比,他总要为自己留一条后路,若不能青史留名,那么至少也要在历史上留下一个较为清高的文人形象。因此,在起义军与朝廷兵戎互见、无任何调和余地的情况下,无论作为起义军的谋士或崇祯王朝的对手,他都不能竭尽全力,也就无法获得举足轻重的位置。也就是说,姚雪垠出于对封建时代文人本质的认识,使他一方面通过描写李岩等人物的加入,表现起义军的复杂性,其构成并不全是贫苦农民;另一方面,揭示李岩这个人物的性格特点,在刻画这支队伍成分复杂同时,并没有消解或模糊对其中坚力量的认识。这种写法得出的结论与郭沫若不同:即使李自成没有错杀李岩,起义军和大顺朝也难逃脱黯淡与失败的结局。李岩与牛金星都是有科举功名的人,他们虽不像黄道周、叶廷秀和刘宗周是朝廷重臣、明代大儒,但对这些人却心向往之,只因时运不济,不得已落草为寇,而那不过是改换门庭,以求一逞。这些文人的政治与文化理想其实并无天壤之别。李岩的清高也不是嵇康式

---

① 详见《李自成》第三卷上册崇祯与黄道周、叶廷秀和刘宗周发生"廷争"一节,以及第三卷中册崇祯向戚畹借助部分。姚雪垠:《李自成》(第三卷),中国青年出版社1981年版。

的,带有很大随机性。小说中,李岩完全不同于牛金星利欲熏心、宋献策江湖术士的形象;与陈新甲、吴嗣昌更是风马牛不相及。但在文化同构性这一点上,那些不同是表面的,其精神指向和道德归宿难分伯仲。

然而同为五四时代人,尽管姚雪垠不同意郭沫若《甲申三百年祭》中对李信的看法,但郭沫若这篇文章对传统文人,对同一文化结构形成的文人性格的分析,依然入木三分。据《甲申三百年祭》,大顺初建,牛金星等大考举人,而宋献策、李岩两人却在反对制科。郭沫若引述《小史》一段宋、李两人品评明政和佛教的话,认为这些话"极有意思,足以考见他们两人的思想"。郭沫若考证这些议论"是不是稗官小说的作者所假托的,不得而知,但即使作为假托,而作者托之于献策与李岩,至少在两人的行事和主张上应该多少有些根据"。郭沫若写道:

> 今从《小史》摘录:"伪军师宋矮子同制将军李岩私步长安门外,见先帝枢前有二僧人在旁诵经,我明旧臣选伪职者皆锦衣跨马,呵道经过。
>
> 岩谓宋曰:'何以纱帽反不如和尚?'宋曰:'彼等纱帽原是陋品,非和尚之品能超于若辈也。'岩曰:'明朝选士,由乡试而会试,由会试而廷试,然后观政候选,可谓严格之至矣。何以国家有事,报效之人不能多见也?'宋曰:'明朝国政,误在重制科,循资格。是以国破君亡,鲜见忠义。满朝公卿谁不享朝廷高爵厚禄?一旦君父有难,皆各思自保。其新进者盖曰:我功名实非容易,二十年灯窗辛苦,才博得一纱帽上头。一事

未成,焉即死之理?此制科之不得人也。其旧任老臣又曰:我官居极品,亦非容易。二十年仕途小心,方得到这地位,大臣非止一人,我即独死无益。此资格之不得人也。二者皆谓功名是自家挣来的,所以全无感戴朝廷之意,无怪其弃旧事新,而漫不相关也。可见如此用人,原不显朝廷待士之恩,乃欲责其报效,不亦愚哉!其间更有权势之家,循情而进者,养成骄慢,一味贪痴,不知孝弟,焉能忠烈?又有富豪之族,从夤缘而进者,既费白镪,思权子母,未习文章,焉知忠义?此迩来取士之大弊也。当事者若能矫其弊而反其政,则朝无幸位,而野无遗贤矣。'岩曰:'适见僧人敬礼旧主,足见其良心不泯,然则释教亦所当崇钦?'宋曰:'释氏本夷狄之裔,异端之教,邪说诬民,充塞仁义。不惟愚夫俗子惑于其术,乃至学士大夫亦皆尊其教而趋习之。偶有愤激,则甘披剃而避是非;忽值患难,则入空门而忘君父。丛林宝刹之区,悉为藏奸纳叛之薮。'"

崇祯对满朝文武的指责,李自成对李岩不重用的"怠慢",都可以从这里找到一些答案。传统文化结构对现实政治的制约与销蚀,是崇祯王朝和李自成大顺朝内在悲剧性的重要原因。李自成攻入北京和清军入关是明朝及大顺灭亡的直接原因,但由于内在的政治结构和文化结构早已经腐朽,才导致偌大的王朝和军事力量如此不堪一击。正如《甲申三百年祭》开头所言:"限于明室来说吧,事实上它久已失掉民心,不等到甲申年,早就是仅存形式的了。"对大顺亦可作如是观。尽管大顺承袭明制,却连那个"仅存形式"

还来不及完成。在这当中,即使个别有识之士看到问题所在,如《小史》"假托"之言,也没有能力扭转王朝颓势,更何况他们自身寄生于此,与这种政治和文化结构一荣皆荣,一损俱损,是命运相关的。

郭沫若、茅盾、吴晗、姚雪垠都是江晓天所说的"'五四'以来第一、二两代老作家"。在此意义上,《李自成》研究所体现的,不仅是这两代作家对明末历史、对当代长篇历史小说的关注;小说与伴随小说所发生的这一过程,更体现了五四时代赋予历史小说和历史研究者特有的视角和方法。不同的历史观念可以形成迥然相异的历史复述,因此追溯一种历史观念产生的背景,并从这里再看历史,我们所得到的,除了明末的历史画卷,除了李自成领导的农民起义,还有当时西学东渐潮流影响下五四知识分子的思想愿景,即对于现代中国社会前景的追求与探索;封建王朝即使卷土重来,其结局也必然是覆灭的下场。以此类推,今天社会与上世纪二三十年代相比已经发生巨大变化,但对历史的纪念,以及对历史事件的重提,不仅意味着对姚雪垠和《李自成》所讲述历史的兴趣,更意味着现代历史观念中一种人文内涵的复现,或者说,那是五四时代精神的又一次复苏。

2010年10月2日完稿,11月13日晨改毕

"旁生枝节"对写实小说观念的补正
——以《腹地》再版为关注点

2009年5月,在解放军出版社出版的《王林文集》中,长篇小说《腹地》是1949年天津新华书店版本①,而非1984年王林逝世后,作家"一改三十年"②的1985年修改本。王林生前没见到修改本问世是遗憾的,但如果人们得知他早期那部以生命为代价写成的作品,三十多年所受的批判、质疑,还有作者内心的不解、委屈和无奈,就会认为王林真正

---

① 王林(1909—1984)的长篇小说《腹地》,1949年9月30日由天津新华书店出版。1950年小说受批判后,修改本于1985年由解放军文艺出版社出版。2007年8月,王林之子王端阳为"让人们看到《腹地》的原貌",经多方努力,促成《腹地》1949年版本由解放军出版社再版,并收入《王林文集》第二卷(参见王端阳:《王林和他的〈腹地〉》,《新文学史料》2008年第2期)。《王林文集》(1—7卷),解放军出版社2009年出版。
② 王端阳:《王林和他的〈腹地〉》,《新文学史料》2008年第2期。

看重的,还是《腹地》1949年版本。《王林文集》编辑者王端阳使这个版本重新面世,对抱憾终生的父亲,也是最好的告慰与补偿。

一

《腹地》从1949年初版到2009年收入作家文集,其间曲折的过程,已构成当代文学史上引人关注的"事件"。王林1909年生于河北衡水,1930年考入青岛大学外文系,1931年加入中国共产党,任青岛大学地下党支部书记,并以旁听生身份成为当时执教于文学系的沈从文的学生,也是"沈先生的写作班从二十多人到最后只剩下五人"之一。关于王林的文学经历,王端阳写道:

> 1934年父亲开始写短篇小说,最初的几篇经沈从文的推荐,相继发表在《现代》、《国闻周报》、《大公报》等报刊上。特别是1935年1月父亲的第一部长篇小说《幽僻的陈庄》出版后,沈从文专门为这部小说写了《题记》,认为"一个为都市趣味与幽默小品文弄成神经衰弱了的人,是应当用这个乡下人写成的作品,壮补一下那个软弱灵魂的"。
>
> 本来父亲是想沿着这条文学之路走下去的,《幽僻的陈庄》也只是他的农村四部曲的第一部,可是接连发生的一二·九运动、西安事变、抗日战争把他卷了进去。但是他始终没有放下手中笔,他的创作方向转向了民族的危难和抗争,写了许多直接反映抗战的剧本,如《火山口上》、《活路》、《家贼难防》等等,并由火线剧

社演出,由此被称为"冀中的莫里哀"。

在最残酷的1942年五一大扫荡前,上级指示冀中军区一级的干部,都转移到平汉铁路西面的太行山区。父亲也在这批干部之列。可他为了能够亲眼目睹这场战争,要求留在冀中。后经他的老同学、军区政治部主任周小舟"特批"才留下来。也正因为如此,他才在地道口、在堡垒户的炕头上写下了《腹地》、《十八匹战马》、《五月之夜》等作品。《腹地》完成于1943年,后有人考证说这是第一部直接描写八路军抗战的长篇小说。[1]

然而,这样一位现代文学史上的重要作家却完全被忽略了。2008年,当王端阳用轮椅推着母亲刘燕瑾女士,在现代文学馆"展示抗战文学的展馆面前,仔细观察,非但没有我父亲的著作,甚至连他的名字都没有。王林确实被现代文学'遗忘'了"[2]。不仅现代文学馆,2007年作家林希在《天津日报》撰文说:"王林同志身后寂寞,我在网上输入'王林'二字,搜索到上千条信息,居然全是房地产老板、歌迷粉丝们的信息,关于我们崇敬的作家老王林竟然没有一条消息。"[3]

作家被忽略或被"遗忘"的原因有许多种,比如王林为

---

[1] 王端阳:《父亲王林》,王端阳编:《王林百年纪念文集·被遗忘的王林》,解放军出版社2009年版。

[2] 王端阳:《王林百年纪念文集·前言》。

[3] 林希:《可敬的王林》,原载2007年8月6日《天津日报》,转引自《王林百年纪念文集·被遗忘的王林》。

人"低调","不出去讲课,不出去做报告,不参加文艺沙龙";他是天津市作家协会和文联副主席,但从不端架子,不虚张声势,作协机关的人都亲切地叫他"老王林";他革命资历深,"几位建国后担任高级领导职务的高级干部,王林是他们的入党介绍人",但他对官

场没兴趣,注意力多集中在文学方面,甚至当他作品受批判、得不到出版机会,这期间,王林的挚友黄敬(时任天津市长,笔者注)多次劝他去干别的工作,不要"从事专门写作"。他表示拒绝,所以黄敬批评他"不愿做行政工作,就是政治冷淡"。王林说:"目下不写'五一大扫荡',以后哪有另一种生活能比我亲自参加的'五一大扫荡'更深刻的?""我不能不把这件事当生命来关心!"最后黄敬不得不感叹道:"匹夫不可夺志!"①

虽然造成王林"被遗忘"因素诸多,但《腹地》出版即受批判,这是作家及其作品长时间沉寂的主要原因。《腹地》写作和出版过程看起来十分矛盾:上世纪五六十年代,作家具有传奇色彩的写作经历没得到大张旗鼓宣扬,这在大力歌颂革命史的时代已经不可思议;怎么还会受大张旗鼓批判?受革命理念讨伐?但这毕竟是一个事实。如果我们

---

① 王端阳:《王林和他的〈腹地〉》,《新文学史料》2008年第2期。

不深入一些历史材料,就无法解释其中矛盾,也很难理解这一事实或称为文学史"事件"潜在的逻辑线索。

上世纪40年代,王林的创作转向民族危难和抗争,他写了大量反映抗战的剧本①,长篇小说《腹地》也产生于这一时期。1942年日本侵略者对冀中发动残酷的"'五一'大扫荡",根据当时形势"上级指示,属于冀中军区一级党政军民团体的干部,要暂时转到平汉铁路西太行山区,为未来的反攻储备干部。王林属于这批干部之列"。但王林要求留下坚持斗争,他说:"冀中最后留下一个干部,那就是王林!最后剩下一个老百姓,那也是王林!日本鬼子要搞'三光',只要王林活着,冀中就不能算'光'!"②王林在极端危险的情况下,为八路军抗战史作传的信念不减。当火线剧社"多数同志到路西后,冀中的作家梁斌、孙犁等也到了路西,子华(即程子华)同志发现王林还没有到路西,就派了一个小分队,回冀中专门去接王林。当时王林随群众打游击,住处不定,有时还钻地道和'堡垒户'"。小分队"费了一个多月的时间,才找到王林。这时,王林已经化装得完全像个农民",当"他听到程政委派人专来找他接他过路,眼泪不由自主地流下来","他没想到在反'扫荡'这样残酷的情况下,军区首长这样关心他,到处寻找他,接他过路"。除了对军区首长表示感激之外,他对来接的人说:

---

① 王端阳:《父亲王林》,王端阳编:《王林百年纪念文集·被遗忘的王林》,解放军出版社2009年版。
② 刘绳:《在王林的记忆里》,《作家与冀中》,转引自《王林百年纪念文集·被遗忘的王林》。

"我是搞创作的,不能离开冀中的土地和冀中人民,特别是在人民遭劫,大难临头的时候,我要跟他们同生死,共患难,将来写这一段历史,我要写他们,没有这个生活体验,就不能创作。请你们回去报告程政委:只要冀中还有老百姓,就有我王林,冀中人民一定会掩护我! 请程政委放心!"

接他的小分队,只好回路西,如实向程政委复命。

王林没有到路西去。在艰苦险恶的环境中,写成了长篇小说《平原上》,他觉得这部作品比他以前写的其他作品都好,最可惜的是这部手稿在战争中遗失了。他非常痛苦。于是另起炉灶,重新写作,完成了全国解放不久就在天津新华书店出版的优秀长篇小说《腹地》。①

《腹地》动笔于1942年冬,定稿于1943年夏,"写作之中,敌人仍在穿梭'扫荡',剔抉清剿,枪声不断从四野传来。王林今天转到这村,明天转到那村,写完一摞稿纸,他就坚壁在地道里。这些经过艺术处理的血泪素材",直到去世,他一直珍藏在身边。② 《腹地》完稿时战争尚未结束,王林把底稿埋藏在地下,直到抗战胜利后,他才"回家取《腹地》

---

① 李之琏:《程子华派人寻找王林》(摘自《纪念程子华》一书),转引自王端阳编:《王林百年纪念文集·被遗忘的王林》,解放军出版社2009年版。
② 刘绳:《在王林的记忆里》,《作家与冀中》,转引自《王林百年纪念文集·被遗忘的王林》。

稿本,出土如新,甚喜"(1945年11月18日王林日记)①。

也就在这时,一些从延安来的"文艺大员"到了冀中。"他们刚刚经过延安整风运动,并把毛泽东《在延安文艺座谈会上的讲话》也带到解放区。他们到来使王林很兴奋,然而王林没想到的是他冒着生命危险,并'当作遗嘱'写的小说",却遭到严厉的批评:

> 不应这样写。冀中英勇斗争,如何胜利的?这村前后两支书皆坏蛋。其余的人,旧思想相当重,或和平共居,没有革命空气,令人不知光明何在?将黑暗不适当地夸大,看不着光明。

当王林反驳这种意见,说"我是以隐伏在农民心理中的旧意识旧作风与新意识新作风做为潜主题"时,批评他的意见认为:"这个今天不需要。今天需要的是发扬冀中如何能坚持到今天,能取得胜利。"当时陈企霞对《腹地》意见最为激烈:"作品中心——不同意将一个党的负责人写成这样。个别村里是有的,但典型的不是如此。将范世荣当成一个支书写,令读者有坏印象……政治影响不好……令人觉得共产党的力量在哪里?""《腹地》主要缺点就在这里,没有爱护党如爱护自己的眼睛一样。"②

---

① 王林:《抗战日记》,《王林文集》(第五卷),解放军出版社2009年版,第369页。
② 王林1947年1月5日日记。转引自王端阳:《王林和他的〈腹地〉》,《新文学史料》2008年第2期。

1948年夏,在石家庄召开的华北文艺座谈会上,"《腹地》又被提了出来,陈企霞在大会上说:'在共产党领导的地区,不能出版这本小说!'"①这些意见不但使作品在抗战胜利后无法出版,而且"围绕着《腹地》出现了许多流言,说这是'暴露黑暗',甚至同王实味联系起来。在延安整风中,王实味就因'暴露黑暗'被批判,被定为托派。这些无疑对王林造成了极大的精神压力,使他感到'灰心丧气'。他对自己也产生过怀疑,但又感到茫然"。甚至在当时日记中写道:"后悔不先看了毛主席的文座会讲话再写文章。谁原谅我写时,连党报都看不见,更不知道,将来会有毛主席的文艺座谈会讲话呢!因此灰心丧气了好几年。"②

王林在日记中"灰心丧气",实际上并没放弃为《腹地》出版四处奔走。1949年6月,也就是《腹地》"出土"三年五个月后,周扬来信表示小说"修改后"可以"付印"。对于"修改",王林说:"要求把范世荣(村支书)改掉,办不到。"但周扬的信还是使事情发生了转机。"王林抓住时机,开始活动,他找了黄敬③。此时天津已经解放,黄敬任市长和市委书记",经黄敬帮助,1949年9月30日,《腹地》终于以本来

---

① 王林1947年1月5日日记。转引自王端阳:《王林和他的〈腹地〉》,《新文学史料》2008年第2期。
② 王端阳:《王林和他的〈腹地〉》。
③ 1931年春,王林担任青岛大学中共党支部书记,介绍黄敬入党。1958年黄敬去世,王林异常悲痛,在日记中写道:"以后再有心事可跟谁说去呢?想到这个就觉得心里堵得慌!接着眼泪就控制不住了!"参见王端阳:《父亲王林与黄敬》。王端阳编:《王林百年纪念文集·被遗忘的王林》,解放军出版社2009年版。

面目在天津新华书店印刷厂印刷出版,第一版印刷一万册,孙犁、侯金镜、方纪、胡丹沸、阿垅、秦兆阳、刘秉彦、李之琏都发表了肯定意见。1950年2月,出版总署出版处写信通知王林,《腹地》要再版。同年3月《腹地》再版,先后印发两万册。

《腹地》出版随即引发《文艺报》更激烈的批判。1950年第27、28期《文艺报》刊登陈企霞两万三千多字长文《评王林的长篇小说〈腹地〉》,认为小说主要问题有两点,第一,否定党的领导:"抗日战争在一个具体的村子里,党的领导实际上是被否定了的。广大群众与现实激烈的斗争的关系,党在中间的作用是看不见的";第二,歪曲英雄形象:"作者处处可以说是深入地在渲染英雄对人事得失的一种无原则的、十分难以理解的感慨——这样的感慨在思想本质上是何等陈腐,何等不切合于辛大刚这样的人物!"①这次批判使《腹地》长达半个多世纪销声匿迹。这里需要补充一点,《腹地》受批判后,《文艺报》陆续还批判了孙犁的《风云初记》,碧野的《我们的力量是无敌的》,萧也牧的《我们夫妇之间》,"批《三千里江山》,批《关连长》……一路批下来。那时人家一拿到《文艺报》就哆嗦:又批谁了?"②

---

① 陈企霞:《评王林的长篇小说〈腹地〉》,原载1950年第27、28期《文艺报》,收入陈企霞著《光荣的任务》,人民文学出版社1951年版。

② 唐达成生前接受采访时所言。转引自邢小群:《"〈腹地〉事件"引起的思考——从建国后被批判的第一部长篇小说谈起》,王端阳编:《王林百年纪念文集·被遗忘的王林》,解放军出版社2009年版,第62页。

"开这种'战斗性和尖锐批评'风气之先的,是《文艺报》主编之一陈企霞对王林的小说《腹地》的批评。"①王林对这些批评感到"震惊","据徐光耀回忆,王林专门找到周扬去吵:'我这是在日本鬼子的炮楼下写的小说,你看了没有?'"②

1947年,周扬到张家口担任北方分局宣传部长,曾召集冀中一些领导人开文艺会议,周扬问王林:"你又写东西了吗?"王林很不客气地回答说:"我写了,我出的是炕头墙报,我自己看!""这是一个间接的抗议。实际是对陈企霞的不满。"③然而,谁知竟不幸一语成谶,1950年的批判以后,在公开出版渠道,再难见到王林和他作品的身影。

二

富于戏剧性的是,批判者对《腹地》的批判话音未落,1954年底,文联与作协主席团通过了《关于〈文艺报〉的决议》,"除了《〈文艺报〉》在《红楼梦》研究上的'错误'外,在这

---

① 邢小群:《"〈腹地〉事件"引起的思考——从建国后被批判的第一部长篇小说谈起》。王端阳编:《王林百年纪念文集·被遗忘的王林》,解放军出版社2009年版。

② 王端阳在《王林和他的〈腹地〉》一文曾引述徐庆全的《丁玲、陈企霞反党小集团冤案是怎样酿成的》文章说:"曾经在丁玲、陈企霞手下工作的唐达成,回忆那时候的《文艺报》,心情复杂地说:实际上《文艺报》过去不是右,而是左的厉害!"参见《王林百年纪念文集》。

③ 王端阳在《王林和他的〈腹地〉》一文曾引述徐庆全的《丁玲、陈企霞反党小集团冤案是怎样酿成的》文章说:"曾经在丁玲、陈企霞手下工作的唐达成,回忆那时候的《文艺报》,心情复杂地说:实际上《文艺报》过去不是右,而是左的厉害!"参见《王林百年纪念文集》。

次检查中,还挖掘出了《文艺报》以前'在批评上的粗暴、武断和压制自由讨论的恶劣作风'若干实例",时任《文艺报》副主编的陈企霞受到"留党察看"处分。1955年又以怀疑一封给中共中央的匿名信是陈企霞所写为由,作协党组把丁玲、陈企霞宣布为"丁、陈反党小集团","反党联盟"①。1957年陈企霞被错划为"右派",开除党籍,直到1979年才获得平反。回顾这段历史,人们注意的往往是受政治运动批判、迫害的人物,对那些在政治运动间歇和酝酿过程中受批判或遭遇不公正的人和事却比较淡漠。但值得留意的是,无论批判王林、死死揪住小说"存在本质的重大缺点"的批判者命运潮起潮落,直到1984年王林病故,1949年版的《腹地》始终笼罩着批判的阴影,摆脱不了被"修改"的命运。对此,王端阳的一段话耐人寻味:

> 对陈企霞我想再说两句。后来陈企霞被打成"丁陈反党集团"的主要成员,遭到迫害,比我父亲还惨。我父亲对陈企霞没有个人的恩怨,我从未听说他对陈企霞有过什么人身的攻击。八十年代初陈企霞平反后回到北京,他女儿还来我家,看我弟弟王克平的木雕,我父亲见到她还对陈企霞的遭遇表示同情……前些日我和胡可叔叔谈到陈企霞,他说陈企霞这人不坏,当时的文艺思想就是那样。我说我理解,没有陈企霞,也会

---

① 洪子诚:《1956百花时代》,山东教育出版社1998年版,第211、216页。

有张企霞、李企霞。①

也就是说,王林《腹地》写作与出版的曲折经历,并不是用因果轮回之类的"冤冤相报"、"逢凶化吉"即可说明的"文学事件";在颇具吸引眼球效果的"事件"背后,应该还有更隐蔽的原因,即"文艺思想"和文学观念的分歧。

简要梳理《腹地》的故事梗概,按照文艺为政治服务、为抗战服务的标准衡量,当年的批判也完全没有道理。小说描写1942年冀中抗战进入犬牙交错、极端艰苦阶段,八路军代理连长辛大刚前后七次负伤仍坚持战斗,后在秋季反扫荡因右脚踝骨中弹,"伤口治好以后成了瘸子。平原上部队流动性太大,他已经不能再跟着队伍东征西战,只好回家来休养"。虽说是复员回家"休养",但这时的家乡已决战在即。辛大刚没有一天放弃抗日军人的责任,他主动联系县、区各级组织,积极参与民选、文艺宣传活动。当"'五一'大扫荡"破坏了原有的基层组织,辛大刚组织游击队配合主力部队继续战斗,保护八路军伤员和地方群众,成为深受村民爱戴的英雄。战斗胜利了,辛大刚与自己心爱的姑娘白玉萼终成眷属。

一部长篇小说总会有一个大致线索,一个起承转合的结构,但是单凭这一点却写不成小说。因为它缺乏小说必备的叙事功能。因此,有关事件场景、人物语言、性格、举手投足及心理活动等细节描写,便滋生蔓延开来,使小说血肉

---

① 王端阳:《王林和他的〈腹地〉》,《新文学史料》2008年第2期。

充盈,并因此成为生动可感的艺术作品,豁人眼目。在此意义,认为小说是"旁生枝节"的产物也不为过。然而细读当年对《腹地》的批判,问题往往就出在这里。《腹地》是一部描写抗战、歌颂抗战军民的小说,批判者对小说题材没有误解;问题是当他进一步深入到小说的具体描写,受批判的"把柄"便接踵而来。比如小说开始描写辛大刚复员后刚进村,"早就有一个人立在秫秸门口端详他"因负伤瘸了腿,"一拐打一柺打走上来"的样子:

"这不是大刚兄弟吗?你怎么……"
他末后一句话没有说完,就又收敛起来。大刚抬头一看是杨大章,心里早明白了他要问没有问出来的一句话,立刻又惭愧又骄傲地惨笑一下,解释说:
"行啦,咱们又做伴啦,受了伤成了残废,只好回家还当老百姓!"
"什么时候受了伤,怎么一点儿也没有听见说呢!先到窖里边坐一坐再家去吧,反正已经到了,还忙什么?"①

光荣负伤的八路军连长回到家乡,迎接他的不是鲜花、喝彩的掌声,而是乡亲们闪烁其词,同情、怜悯的目光……使小说"开场白"中主人公有点灰溜溜的。虽然这在辛大刚看是很自然的,但在活蹦乱跳的伙伴面前,他因伤残不得不

---

① 王林:《腹地》,《王林文集》(第二卷),解放军出版社 2009 年版。本文有关《腹地》引文皆出自该书,引文只标注页码,不另注。

离开部队,心里还是像打翻了五味罐,"惨笑"中有惭愧,有骄傲,也有无奈。这些在批判者看来,便是小说从一开始就执意要表现"英雄的孤寂而阴沉的生活"的证据。又如,辛大刚回家后发现自己当年喜欢的女人姜红文,如今成了村民辛宝发(前任村支书)的妻子:"他(辛大刚)回家走着想起拉队伍的时候,辛宝发当司务长,账目向来不清楚,有人告他贪污",又想如果自己带的队伍在这一带活动,"我那一会儿挺威风,骑着大马挎着盒子的,一提出娶她了,不会不答应的吧?"但"假若那么一来,我今天可又落个什么呢?"批判者对此批判道:"何等的痴心妄想,何等的患得患失!"再有,因为组织关系还没转到地方,工作一时安排不上,辛大刚在村里剧团打杂时爱上了剧团的"台柱子"白玉萼,他主动追求白玉萼,却被村里当作"捉奸"对象,强令在"反淫乱"的群众斗争会上作检查。

因为与辛大刚的爱情,白玉萼也是小说中重要人物,但小说却没把她写成主人公辛大刚的陪衬,以凸显革命英雄形象的高大完美;反之,她的形象使革命增添了许多复杂成分。白玉萼的亲生父亲是"响马"①,她除了人长得漂亮,热心演剧和公益活动,也是村民们议论的中心:

"偌就是白老存的带犊闺女? 平常不显眼的个人呢,怎么上了台就那么好看呢?"

"化妆化的。"

"一化妆,谁都像个大美人吗?"

---

① 土匪的别称。

"怎么她演得那么像,简直和真的一模一样!"

"比真的劲头还大呢!"

"不是真两口儿,怎么就拉下脸来了呢?她不是还没有订婆家的吗?"

"演演戏怕什么,又不真成了什么!"

"就算是演戏吧,也……"

"难道演的四不像了,就好了吗?"(第96页)

小说在"革命的爱情故事"中横生枝节,这些枝节却直接影响批判者对作品的价值判断。首先是白玉萼出身背景复杂,她不能算纯粹的、"苦大仇深"的贫下中农,为这样的女人魂不守舍并遭遇种种挫折是否值得?与革命者辛大刚的形象是否相符?作者不应该以"陈旧的浪漫主义"和"自然主义"观点描写革命英雄的生活。① 二是白玉萼为人看似"招摇",但却是有个性、有主见的姑娘,她既不因为辛大刚是荣誉军人而放弃自己对个人婚姻问题的权衡,也不因为村支书范世荣的权力、地位,而模糊了她对人性的比较和判断。换句话说,她不是被动地接受辛大刚的爱,而是主动地选择了自己的爱。这些人物、情节构成抗战大背景下一些日常生活片段,琐琐碎碎的,与那种是战是降、坚持或者动摇、革命与反革命之类的大主题不能说没有关系,多少有一些,但没有直接联系。因此批判者认为,这是对党内斗争

---

① 孙犁:《〈腹地〉短评》,其中驳斥对《腹地》"自然主义"和"陈旧的浪漫主义"的指责。《王林文集》(第二卷),解放军出版社2009年版。

"歪曲了的'概括'(?)这里是把这样两个人(指辛大刚和范世荣,笔者注)的斗争内容,十分可笑地降低到仅是一些邈远的个人小恩小怨,大半是无关大体的人事纠纷,细碎的个性的差别、以及毫无原则的成见中,这一切又是仅仅为了争夺一个女人"[1]!

最让批判者不能容忍的是小说对村党支书范世荣的描写。与辛大刚相对,范世荣是革命队伍里的负面形象。范世荣家原是地主,因和胡家财主"争官道"输了官司而家败人亡。范世荣幼年经历了家庭破产后的遭遇:"受那个打赢官司的财主家小孩的侮辱和打骂","他父亲的那口气传到他肚子里了"(第179页)。在推翻旧政权的革命中,中国乡村有无数"水泊梁山",革命的动因就像"一百单八将"的个人出身经历一样千差万别。辛庄也是如此,其中既有辛大刚、辛老广和徐春田等穷苦出身、接受革命理想的人;也有范世荣这样的人:"他恨衙门口的黑暗,他恨衙役班房的势利眼,他更恨依仗着钱财势力欺负他家的胡财主。可是他心里瞧不起穷人。"(第179—180页)革命对范世荣来说是时局转变、改换门庭的天赐良机。他看不起不识字的农民,看不起他们没心机、不会算计,不知道为自己创造日后腾达的条件,因而也越加喜欢玩弄权术,给对手设计陷阱,无中生有,欺下瞒上。范世荣的确不是理想的革命领导者,但小说也通过这一层描写揭示当时的客观环境:贫苦出身

---

[1] 陈企霞:《评王林的长篇小说〈腹地〉》,原载1950年27、28期《文艺报》,收入陈企霞著《光荣的任务》,人民文学出版社1951年版。

的辛老广等人,虽然群众威信高,但不识字,无法向群众传达上级组织关于普选和抗战的文件,这是辛宝发和范世荣能当上书记的重要原因,恐怕也是中国农村逐渐向现代社会过渡所不得不经历的过程,或付出的代价。对辛宝发和范世荣的问题,作品有深入细致的描写,即批判者批判的问题是作品已经揭示了的,并无惊人之处。批判者与作者的主要分歧在于,这种写法歪曲了生活:"作者所设计的革命队伍中正气与邪气的斗争","离我们根据地农村在抗日战争中复杂、丰富而严肃的生活与斗争的内容,有多大距离"[1]!

其中批判者更不满的是,小说后半部分,以辛大刚、村农会主任辛老广(辛广德)和治安委员徐春田为代表的正面力量占据主导地位,但两任村支书却没得到道义上应有的惩罚。第一任村支书辛宝发借土改发家,把姜红文连同其家产一起算计到手。辛宝发被罢免后,第二任村支书范世荣为人更阴险。由于辛大刚证实范世荣的妻子在紧急疏散时,趁乱打劫胡财主家一个"酱紫色的大包袱",范世荣便怀恨在心,不说自己家人的不是,反而说辛大刚阶级立场有问题。范世荣妻子去世,他想娶白玉萼续弦,却发现白玉萼与辛大刚相好,于是召开"反淫乱"斗争会打击自己政治上的竞争对手,并利用权势,企图迫使白玉萼的父母把女儿嫁给自己,可谓一箭双雕。不过辛宝发的发家梦、范世荣的腾达梦,都在日本侵略者的"'五一大'扫荡"中破灭了。日本人

---

[1] 陈企霞:《评王林的长篇小说〈腹地〉》,原载1950年第27、28期《文艺报》,收入陈企霞著《光荣的任务》,人民文学出版社1951年版。

占领辛庄,辛宝发加入维持会,范世荣逃跑,躲到据点里"他丈人姑家"。但在日寇得寸进尺、步步紧逼的情势下,辛宝发和范世荣这样的人也没了退路:辛宝发遭受酷刑后,被扔进火堆活活烧死,但他至死也没出卖混在人群中任何一名党员和村干部,其中也包括他的"情敌"辛大刚(第314页)。不仅辛宝发,原先曾与范世荣合成一气批判辛大刚的姜铁岭、范志中等人也都被日寇"治得半死了还不招。敌人又把他们三个拉到坑前,扔到火堆里"(第315页)。范世荣的仇家胡家财主的孙子胡介是汉奸,胡介利用被范世荣媳妇夺走包袱的胡家媳妇,为日本人探得范世荣的藏身处。范世荣冒死逃脱,逃亡中他想:"抗战五六年,穷人直起了腰",他也报了"世仇",但他渐渐"忘记了仇人还没死心。革命没有完全胜利,就想半道上开小差,是死路一条"。于是他又跑回辛庄,接受组织批评,"范世荣对于党的处分和区委的批评,并不同意,可是自己也感觉出自己和真正贫苦的农民们,不是一个心眼儿,正在劲头上又动摇逃跑了。自己今天没脸再争,于是,想在工作上卖一手"(第322页)。他策反了一名日文翻译,与辛大刚里应外合,端了敌人的炮楼。

《腹地》批判者的不满,主要涉及如何看待辛宝发和范世荣这类人的"本质",即小说对于他们究竟是敌人(坏人)还是革命者(好人)缺乏清晰的判断。从《腹地》上面的描写来看,王林的确没做那样的处理:把人物本质的边界清晰化;没有按照一种惩恶扬善的戏剧程式,对人物进行脸谱化归类,从而善有善报,恶有恶报。戏剧化的表现程式自然有可取之处,由于敌我阵线分明,有痛快淋漓的观赏效果,颇能赢得读者和听众喜爱,"至说三国事,闻刘玄德败,频蹙眉,有出涕者;闻曹操败,即喜唱快。以是知君子小人之泽,百世不斩"①。这是古往今来的艺术实践证明了的。但王林对小说显然有另一种理解,因此采取了不同的表现方式。其实作家对于人物的善恶、事情的是非曲直并不缺乏判断,但与此同时,他对人物的看法却并非是一成不变的。人物内心世界随着战争推演不断变化、发展,原来意义上好人和坏人的界限,也在不断地改变。懦弱、原则性不强的人,可以变得临危不惧;内耗、争权夺利的人,也有可能义无反顾地奔赴战场。反之,曾经英勇抗战的人,日后也有可能走向反面,变成结党营私、贪赃枉法的人。这里的关键在于,小说遵循的是人物在现实中变化的逻辑,而不是一种观念或写作程式的逻辑。事实上,小说写辛大刚和范世荣还有辛宝发的矛盾、斗争,都未采取一般宏大叙事中描写阶级斗争或党内路线斗争的固定方式:善恶必然泾渭分明,斗争一定你死我活。当辛大刚获得"平反",区委领导张昭向辛大刚道歉,并表示要发动全村党员群众揭发范世荣"对于党的危害",书中写道:

"不用了,可不用了!"大刚赶快建议:"环境这样残酷,开个会不容易,还是先布置重要工作。我个人问题,不必惊动大伙了!"(第292页)

---

① 苏轼:《东坡志林》(六),引自鲁迅:《元明传来之讲史》(上),《中国小说史略》,《鲁迅三十年集》之九,鲁迅全集出版社1947年版。

于是,张昭叫春田召集全村党员干部开会,使大扫荡开始两个多月,"天天躲情况"的辛庄党员忽然"听见组织上召集自己,真好像大歉年,眼看要立伏,还没有下过雨,天上忽然来了一块云彩,叫人又新鲜又兴奋",抗战力量又呈现出凝聚和壮大的趋势。

三

叙事逻辑的变化说明,以一种单一的评价方法或标准,根本无法理解并深入到千差万别的作品中去。作品不是按照一种先在的标准写成,如果再用这种标准去衡量,结果一定南辕北辙,起码是雾里看花,终究隔了一层。但我们却无法据此说,作家和批评家无论哪一方就完全没有道理。实际上在批判者与被批判者背后,都有中国传统社会向现代转变过程中,曲折而复杂的文学史发展作为依据。

《腹地》的小说结构大体分为两部分,前半部写辛庄抗日根据地的普选和抗战宣传组织活动,后半部分写"'五一'大扫荡"八路军和游击队带领村民的对敌斗争。与那些表现正面战场上正规军抗战恢宏场面的作品十分不同,《腹地》刻画的是一幅中国北方庶民社会抗战图,是基层农村全体动员开展游击战的作战方式。因此随着小说叙述不断深入,各具样态的乡村生活场景不断展开,其中人物少说也有好几十个,与当地地方志意义上的地理环境、社会组织、土地占有、经济模式、家族变迁等因素错综复杂地交织在一起。但实际上,这个庞杂的历史空间内所发生的一切都有一个穿线人——辛大刚。作品像一部摄像机追随他的脚步,他走到哪儿,故事情节发展到哪儿,人物也随他出现在哪儿。有的人物一闪而过,比如八路军干部刘屏,一个知识分子出身的政工干部,对辛大刚脱离困境、成为县武装部干部起了重要作用,但作品描写他只有两三页;有的人物前半部分频繁出现,但中途离去,比如辛宝发、姜铁岭和范志中在"'五一'大扫荡"时牺牲;有的则与他相伴始终,比如辛老广、范世荣;与辛大刚相恋的白玉萼,作品中所占篇幅却十分有限。与戏剧化程式的小说不同,串连作品全部内容的焦点,既不是以辛老广和胡财主为代表的阶级斗争,也不是以辛大刚和范世荣为首的党内路线斗争,更不是男女主人公的爱情故事,甚至人物的典型性也都不是最重要的。重要的是作品通过辛大刚在"'五一'大扫荡"前前后后的经历和见闻,有条不紊地勾勒出辛庄抗战生活的全景。由于以人物的经历穿线,与事先设计了明确叙事焦点、因而"无巧不成书"的作品相比,小说带有更多随意性。一方面,这种写法消解了戏剧化程式造成小说叙事的紧张;另一方面,在习惯一种程式化阅读体验的读者看来,故事整体结构显得比较松散。

但这也是小说的一种写法。或者可以比较西班牙 16 世纪中期的流浪汉小说《小癞子》(1553),以及 17 世纪初的《堂吉诃德》(1605、1615)等这样一些作品。不是说《腹地》中辛大刚与小拉撒路(即"小癞子")有哪些相像,由于中西文化传统、时代和历史背景的巨大差异,这两个人物形象几乎无从可比。我这里想说的是小说结构方式上的某些相近之处。作品都让叙述追随着主要人物,以这一人物的见闻勾连全篇,这个人物在作品中的身份是事件亲历者和观察者,如果抛开这个人物,小说中一切便无从可知。在这样的叙事布局之外,小说不存在其他全知全能的叙述者和事件掌控者。因此,这种人物不会是卡里斯玛式的"超人":登高一呼,应者如云,具有绝对崇高的个人声望和卓越品质,而是社会底层生活的践行者。像城市流浪汉小拉撒路,因伤致残的复转军人辛大刚,他们生活在社会底层,不可能以居高临下的姿态俯视生活,也不可能以正反面人物两军对垒的方式来决定自己与周围人的关系。底层社会生活的逻辑,提供了比书本上忠奸善恶更为复杂的"隐情"。揭示"隐情"、表现人物之所以如此的来龙去脉,使叙述大大超出人们预想的范围,超出以往的故事套路。或者说,底层社会的复杂性为"旁生枝节"大行其道,因而在揭示特定时代的社会生活方面,使作品显得独具慧眼、独树一帜。不仅文学读者,这样的小说也被政治家、思想家和经济学家格外看重。比如《小癞子》描写小拉撒路从小离家出走,为瞎子领过路,侍候过穷教士、穷绅士、修士,后来发迹……通过小癞子的经历和所见所闻,小说揭示了城市兴起与人类私欲迅速膨胀、同步增长的严峻现实,以及平民阶层不断分化的早期都市景观。又比如辛大刚复员回乡,为乡村普选搭过台,演过戏,逃过难,布过雷;他与村农会、武委会、妇救会、抗战青年会、县委区委干部、八路军伤病员,还有维持会、老头队等各色人物都打交道。他与辛宝发既有矛盾,也有推心置腹的交谈;与范世荣既有斗争,也有合作;他与白玉萼的恋爱经过,更加生动地表明他是一个有七情六欲、也有性格弱点的凡人。但小说着重刻画了这个凡人性格突出的一点,那就是他不屈不挠的战斗精神。作品强调这一点的目的,不仅在于突出英雄形象,歌颂革命精神,对小说结构和人物的引线作用也非常重要。正是这种顽强的战斗精神,使辛大刚的足迹遍布家乡各个角落,使抗战时期的北方农村生活得以全方位展现。

　　主要人物作为穿线人的结构方式,还不足以说明这类写实作品的真正涵义。文学史上成功的小说锻造出成功的写作范式,研究其构成因素,学习和套用这些范式并加以完善,从而取得成功的作品也大有所在。但唯独近代以来的写实主义或现实主义小说难以沿袭传统的写作套路,而且作为一种思维方式,它为中国现代小说开拓出一条历史新路。鲁迅研究《红楼梦》所得出的结论,即是比较明显的例子:"全书所写,虽不外悲喜之情,聚散之迹,而人物事故,则摆脱旧套,与在先之人情小说甚不同。"他列举小说家言,说明清代人情小说打破传统叙述程式的道理:

> 　　历来野史,或讪谤君相,或贬人妻女,奸淫凶恶,不可胜数。……至若才子佳人等书,则又千部共出一套,且其中终不能不涉于淫滥,以致满纸"潘安子建","西子文君";……且环婢开口,即"者也之乎",非文即理,故逐一看去,悉皆自相矛盾,大不近情理之说。竟不如我半世亲睹亲闻的这几个女子,虽不敢说强似前代所有书中之人,但事迹原委,亦可以消愁破闷也。……至若离合悲欢,兴衰际遇,则又追踪蹑迹,不敢稍加穿凿,徒为哄人之目,而反失其真传者。(戚本第一回)

鲁迅对于不顾《红楼梦》写实真谛而"别求深意"的"揣测之

说"不以为然。他认为《红楼梦》写作的要义在于："盖叙述皆存本真，闻见悉所亲历，正因写实，转成新鲜。"[1]鲁迅还把明小说《金瓶梅》誉为反映了明代市井生活，"著此一家，即骂尽诸色"的"世情"小说。因为它们都脱尽了满纸"潘安子建"、"西子文君"的传统套路，使小说面目为之一新。

不仅中国明清之际的世情小说和人情小说，17世纪西方文艺复兴时期的名著《堂吉诃德》又何尝不是如此。其中主人公乖谬可笑的举止是对看不清时代、执迷不悟者的讽刺，同时是对一种骑士文学传统的挑战。主人公堂吉诃德原本是"蛰居在拉曼却村的一个穷乡绅，读骑士小说入了迷，决心恢复骑士道，模仿古代骑士去周游天下，打抱不平"。结果三次"出马"，主仆二人受尽折磨，终于"临殁见真"，他死前说："我从前是疯子，现在头脑灵清了"，"现在知道那些书上都是胡说八道，只恨悔悟已迟"。他嘱咐他的外甥女，千万不要嫁给读过骑士小说的人，否则就不能继承他的遗产。虽然后人有赞赏堂吉诃德为了理想"永远前进的形象"（别林斯基语），但是在塞万提斯看来，堂吉诃德耽于幻想、穷途末路的人生结局，"骑士小说"应该负太多的责任。[2] 或者说，传统的骑士形象，作为曾经一度流行的写作模式和生存方式已经显露出迂腐不堪的一面；小说对一心

---

[1] 鲁迅：《清之人情小说》，《中国小说史略》，《鲁迅三十年集》之九，鲁迅全集出版社1947年版。

[2] 朱维之、赵澧主编：《外国文学简编》（欧美部分），中国人民大学出版社1980年版，第80页。

"恢复骑士道"的堂吉诃德辛辣的讽刺,正是塞万提斯对他生活时代的真实性的重新解读。

写实小说的文学经验来源于现实主义的思想方法,这种思想方法既不尊崇儒家的"文以载道"、道家的清心寡欲、佛家的因果轮回,也不把宗教世界看作无可逾越、至高无上的天国。写实小说无意于用自身来印证任何前人的观念与结论,非但如此,它们以写作方式的"不入流"表现出一种姿态,即对传统的蔑视。实际上,这体现了启蒙时代的一种思维方式,一种现代哲学观念,"文学作品与其模仿的现实之间一致性的问题。究其实质,这是一个认识论的问题",即"个人通过知觉可以发现真理的见解"[①]。哲学现实主义和现实主义小说的一致性,就在于它们对传统的颠覆性质疑,对于传统范式的大胆僭越。"与按照许多公认的伦理学的、社会学的和文学的准则来表现的更讨人喜欢的人类生活途径有所不同",作家否认在自己的观察和体验之外,有任何先验的生活结论,以及由此形成的叙事规范(同上)。因此,个人经验和个人知觉在原有的知识和文学传统面前获得了亘古未有的自信,以及前所未有的表达自由。

王林在青岛大学外文系学习的经历,固然是他了解西方文学的一种途径,但上述《腹地》小说的种种僭越之举,则具有更为深刻的现代文学史根源。1935年4月22日,鲁

---

① [美]伊恩·P.瓦特:《小说的兴起》,高原、董红钧译,北京三联书店1992年版,第3页。

迅在日记中写道:"昙。午得王弢所寄赠《幽僻的陈庄》一本。"①虽然王林没得到鲁迅的回复,但寄书给鲁迅,却表现出作者对鲁迅关于"不加文饰"的写实风格的尊崇,以及对这种文学表达方式的拥护:"严肃,紧张,作者的心血和失去的天空,土地,受难的人民,以至失去的茂草,高粱,蝈蝈,蚊子,搅成一团,鲜红的在读者眼前展开,显示着中国的一份和全部,现在和未来,死路与活路。凡有人心的读者,是看得完的,而且有所得。"②"这自然还不过是略图,叙事和写景胜于人物的描写,然而北方人民的对于生活的坚强,对于死的挣扎,却往往已经力透纸背;女性作者的细致和越轨的笔致,又增加了不少明丽和新鲜。精神是健全的,就是深恶文艺和功利有关的人,如果看起来,他不幸得很,也难免毫无所得。"③"这就是伟大的文学么?不是的,我们自己并没有这么说,'中国为什么没有伟大文学产生?'我们听过许多指导者的教训了,但可惜他们独独忘却了一方面的对于作者和作品的摧残。"④鲁迅30年代有关"奴隶社"丛书对叶紫《丰收》、萧军《八月的乡村》和萧红《生死场》的推荐,可看作是对现实主义文学精神的倡导与呵护。

---

① 《鲁迅日记》下卷,人民文学出版社1976年版,第951页。王弢、傅闻皆王林三十年代曾用名。以上均转引自《王林文集》(第一卷)扉页,解放军出版社2009年版。

② 鲁迅:《田军作〈八月的乡村〉序》,《且介亭杂文二集》,《鲁迅三十年集》之二十九,鲁迅全集出版社1947年版。

③ 鲁迅:《萧红作〈生死场〉序》,《且介亭杂文二集》,《鲁迅三十年集》之二十九,鲁迅全集出版社1947年版。

④ 鲁迅:《叶紫作〈丰收〉序》,《且介亭杂文二集》,《鲁迅三十年集》之二十九,鲁迅全集出版社1947年版。

如果说,鲁迅对于王林的影响还只在观念形态上;那么真正使五四新小说的现实主义精神在他内心生长起来、并具有实践效果的,应该归于当时在青岛大学文学系任教的沈从文。沈从文亲自为王林的第一部长篇小说《幽僻的陈庄》作序,其中,他给这位"旁听生"的文学启示有详细描述:

> 二十一年我在某某大学教小说习作,起初约有二十五个人很热心上堂听讲,到后,越来越少,一年以后便只剩下五个人了。五个人中还有两个是旁听生。只因为每个选课者皆想从这一堂上得到一点创作的知识。不止知识,他们还需要的是"秘诀",或"简要方法",以便学来处理自己的故事。……这件事想来我应当抱歉……
>
> 我要他们先要忘掉书本,忘掉目前红极一时的作家,忘掉个人出名,忘掉文章传世,忘掉天才同灵感,忘掉文学史提出的名著,以及一切名著一切书本所留下的观念或概念。末了我还再三说,希望他们忘掉"做作文""交卷"。能够把这些妨碍他们对于"创作"认识的东西一律忘掉,再来学习应当学习的一切,用各种官能向自然捕捉各种声音、颜色同气味,向社会中注意各种人事。脱去陈腐的拘束,学会把一支笔运用自然,在执笔时且如何训练一个人的耳朵、鼻子、眼睛,在现实里一直与在回忆同想象里驰骋,把各样官能同时并用,来产生一个作品。我以为能够这样,这作品即或如何拙劣,在意识上当可希望是健康的,在风格上当可希望是新鲜的,在态度上也当可希望是严肃的。写成后,若认

为失败了,也不过是把这个作品放在过去的标准中比较,得到一个不可免的失败罢了。然而毫无可疑,第一个作品即或失败,能用这种方法态度继续作下去,却可望来日在另外一个作品得到相当的成功。倘若作者不以失败为意,有魄力,有毅力,能想法多多认识社会各方面,了解他们的言语,爱和憎,悲哀或悦乐,一支笔又学会大胆恣纵无所畏忌的写下去,这个人所读的书即或不多,还依然能写出很完美很伟大的作品!①

沈从文的写作课上到后来仅剩"五个同学",英文系的旁听生王林是其中之一,但这一个学生已使老师甚感欣慰:他"居然大胆使用我所说及的态度和方法,写了许多很好的短篇小说"。当时王林已经在《现代杂志》《文艺副刊》《国闻周报》上用笔名僞闻发表作品,并得到沈从文热烈的推荐与称赞:"中国倘若需要所谓用农村为背景的国民文学,我以为可注意的就是这种少壮有为的作家。这个人(指王林)不独对农村的语言生活知识十分渊博,且钱庄、军营以及牢狱、逃亡,皆无不在他生命中占去一部分日子。他那勇于在社会生活方面找寻教训的精神,尤为稀有少见的精神。"关于《幽僻的陈庄》,"这四百面的长篇巨制,据他说来,还只是计划里四部曲中的一部。看完了这个作品,我很感动。他那种气概就使人感动"。沈从文对作者视同一己,说这个"乡下人"的作品,很可以"壮补"时人"软弱的灵魂"(同上)。

---

① 沈从文:《幽僻的陈庄·题记》,《王林文集》(第一卷),解放军出版社2009年版。

简要地说,《幽僻的陈庄》是以陈庄游手好闲的农民田成祥、在赚钱和女色上"老没够"的地主陈老仲与小白妻的三角关系为线索,勾画民国初期北方农村生活的小说。但在作品中,田成祥与小白妻偷情的描写并不多。作品着力表现的是田成祥卖地、告状,上下奔走,并以他的经历为叙事焦点,展现当时商号、当铺、投机生意、放高利贷,以及城乡、官商利益纠结的社会环境,特别是那里的"人们怎样在寂静的茅屋里烦恼,怎样从旧的滞性的道路上渐渐觉醒起来,饥饿的火怎样烧着这些人而唤起粗暴的力,怎样从传统的束缚下挣脱开",从而实现"艺术家跟经济学家不同的所在"①。小说开头引述茅盾的话,表明作者所赞成和遵从的现实主义小说题旨:

> 庄稼事人人见惯,固然是平易的。然而单就农事的过程说,……这一直下来都是紧张的"作战"样的生活,实在天生是很好的"结构"。何况还有收获以前的借债,收获以后的逼租,赎衣服,贱卖新谷,都又是极动人的"穿插"。田家生活何尝是"平易"的啊!
>
> 近来的田家生活实在变化太多,有些事连顶好的"幻想家"也想象不到。
>
> ——茅盾《话匣子·田家乐》②

---

① 彭勃(罗烽):《评〈幽僻的陈庄〉》,1935年8月25日《大公报》。
② 转引自《王林文集》(第一卷),解放军出版社2009年版。

十六万字的《幽僻的陈庄》,只占王林写作计划四分之一①,那么,王林在转入抗战题材写作后,原来写"陈庄史"的愿望是否就半途而废了呢?事实并非如此。从《打回老家去》(独幕剧,1936)、《家贼难防》(话剧,1938)到短篇小说《五台山下》(1941)、《十八匹战马》(1943),直到长篇小说《腹地》(1942—1943),作家笔下的乡村抗战史始终与启蒙前后的乡村史紧密相连,启蒙与抗战,成为中国乡村史不可分割的一部分。也就是说,在王林对"陈庄"和"辛庄"大量日常生活描写中,"救亡"并没有压倒"启蒙"。当王林反驳40年代的批判时就曾明确地表示:《腹地》中,"我是以隐伏在农民心理中的旧意识旧作风与新意识新作风做为潜主题"。从王林的两部长篇小说中可以看到启蒙与救亡的历史连续性,《腹地》中辛大刚、范世荣等人物身上,具有《幽僻的陈庄》中田成祥、陈老仲等乡土人物的遗传基因;白玉萼母女的形象,也潜藏着小白媳妇的影子,人物性格发展的逻辑关系十分紧密。从幽僻、滞重的陈庄到热火朝天的辛庄汇演和村选,表明小说家对乡村改变充满信心。试想如果没有《腹地》所描写的村选,村民们民主意识、社会意识增长;如果没有区县、乡村建立的各级基层组织,就没有中国幅员广阔的农村深入持久的抗战。抗战使启蒙在乡村得到深入普及,启蒙又是对抗战最为有力的动员与推动。在此意义,从《幽僻的陈庄》开始到《腹地》完成,王林实际上创作了一部"大书",这部"大书"形象而完整地记述了中国北方

---

① 傅闻(王林):《幽僻的陈庄》,由北平文心书业社在1935年1月1日出版。

农村生活的现代变迁史,从而也具备了现实农村生活"史前史"的意义与价值。其中特别是那些受到严厉批判、"旁生枝节"的乡村日常生活描写,恰恰从一个特定的角度证明,隔断这部历史中启蒙与救亡线索的不是历史本身,而是批评家专横而"断裂"的观念。

四

正如《腹地》有其产生的历史根源,对它的批判也并非空穴来风。如果把上世纪二三十年代"革命文学"的一些论点拿来与陈企霞的批判相比较,就会发现其中有许多相似之处。由于当时与革命文学家论争的主要一方是鲁迅,而且涉及同样的问题,即冠之以"革命"的现实主义应该写什么、怎样写的问题,这里仅举当时鲁迅认为特别需要辩驳和分析的观点为例,说明批判背后一些历史和文化的线索。

首先是如何表现劳动阶级。革命文学家认为,关于鲁迅《阿Q正传》中的阿Q"那样的一个人",能不能做"革命党",并且有"大团圆"的结局? 如果有可能,那么对于阿Q这种底层阶级的人物,"至少在人格上似乎是两个"。也就是说,阿Q这种人不可能成为一个真正革命者,起码不符合一个被誉为"革命者"的形象。对此鲁迅回答:"我的意见,中国倘不革命,阿Q便不做,既然革命,就会做的。我的阿Q的革命,也只能如此,人格也恐怕不是两个。"鲁迅下面的话更是对后来有关农民革命者形象不够高大完美论点的反驳:

> 民国元年已经过去,无可追踪了,但此后倘再有改

革,我相信还会有阿Q似的革命党出现。我也很愿意如人们所说,我只写出了现在以前的或一时期,但我还恐怕我所看见的并非现代的前身,而是其后,或者竟是二三十年之后。其实这也不算辱没了革命党,阿Q究竟已经用竹筷盘上他的辫子……①

人与社会的新旧转变,并不仅仅是阿Q盘辫子似的形式上的改变;并不像政权革命那样,可以一朝易帜,而是一个长期缓慢的过程。鲁迅似乎当时就预见到《幽僻的陈庄》和《腹地》中出现的一些场景,即"还会有阿Q似的革命党出现",同一阶级出身的人参加革命,也会怀有不同动机,并不都像书本或理论概括的那般"纯洁"。不仅如此,鲁迅的预见甚至真的延伸到"二三十年之后",新中国成立,共产党内就出现了刘青山、张子善等一系列贪腐问题,这当然是后话。辛宝发、范世荣的问题发生在革命胜利、夺取政权之前,却也印证了鲁迅和西谛辩论关于农民阶级革命的观点,哪一种更接近现实,哪一种更偏重于理想。

从这里又牵涉到作家本身的革命性和阶级性问题。正如当年来自延安的"文艺大员"说《腹地》"暴露黑暗",进而怀疑作者的阶级立场,当时鲁迅也受到革命文学阵营关于阶级出身的指责。鲁迅说:"我们的批判者"要去"获得大众",便把革命文学幻想为"十万两无烟火药","并且似乎要把我挤进'资产阶级'去",因为鲁迅曾说过文学产生的条件

---

① 鲁迅:《阿Q正传的成因》,《华盖集续编》,《鲁迅三十年集》之十二,鲁迅全集出版社1947年版。

须"有闲"、也"便是有钱"的话,于是鲁迅有些自嘲地说,这时"倒觉得危险了"。但后来批评家又说:"我以为一个作家,不管他是第一、第二、……第百第千阶级的人,他都可以参加无产阶级文学运动;不过我们先要审查他们的动机。"鲁迅说:"才有些放心,但可虑的是对于我仍然要问阶级。'有闲便是有钱';倘使无钱,该是第四阶级,可以'参加无产阶级文学运动'了罢,但我知道那时又要问'动机'。"不过,当时鲁迅认为最可虑的还不是这些:

> 倘使那时不说"不革命便是反革命",革命的迟滞是语丝派之所为,给人家扫地也还可以得到半块面包吃,我便将于八时间工作之暇,坐在黑房里钞我的《小说旧闻钞》,有几国的文艺也是要谈的,因为我喜欢。所怕的只是成仿吾们真要像符拉特弥尔·伊力支一般,居然"获得大众",那么他们大约更要飞跃又飞跃,连我也会升到贵族或皇帝阶级里,至少也总得充军到北极圈内去了。译著的书都被禁止,自然不待言。①

这是一个假想的、可怕的未来。实际上,以文学形象印证无产阶级革命理论的做法,虽然鲁迅不以为然:"'赋得革命五言八韵',是只能骗骗盲视官的"②,但作为当年一种

---

① 鲁迅:《"醉眼"中的朦胧》,《三闲集》,《鲁迅三十年集》之十八,鲁迅全集出版社1947年版。
② 鲁迅:《革命文学》,《而已集》,《鲁迅三十年集》之十七,鲁迅全集出版社1947年版。

观念先行的"先锋"艺术,那也是作家的一种选择,艺术上的功过得失,不过是见仁见智。鲁迅最反感也最为惮虑的是,在革命风行的时代,拉"革命"大旗,滥施"革命文学"标准在文坛上"跑马"的做法。作为五四时代的启蒙思想家,鲁迅敏锐地发觉这种批评裹挟着专制主义气息,他毫不留情地说:"首先应该扫荡"这种批评。因为它"拉大旗做虎皮,包着自己,去吓唬别人;小不如意,就依势(!)定人罪名","抓到一面旗帜,就自以为出人头地,摆出奴隶总管的架子,以鸣鞭为唯一的业绩——是无药可医,于中国也不但无用处,而且有害处的"[①]。然而,在鲁迅逝世十多年后,他的话却不幸言中,《腹地》成为这种"横暴"批评的牺牲品,直到半个多世纪后才重见天日,不能不说是现代文学史上的一个损失。

回顾这段历史,王林以"少壮有为"的"气概",以其作品横生恣肆的描写,对现代写实小说观念做了有力的补正。如果把陈企霞等人对《腹地》的批判,看作是正常的文艺批评中一种意见,那么的确有一部分读者是不满意作品的,比如说它结构松散、人物不典型,等等。但我想这个"过错"却不能由作家和作品来全部承担。现实主义作为一种现代哲学思维方式,本身就不是一个封闭的终极结构,《腹地》既是它的结果,也为后来的写实作品打开一道历史的闸门。特别是它对文艺思想解放的意义,甚至超过了作品本身。

2011年9月6日完稿,12日修订

---

① 鲁迅:《答徐懋庸关于抗日统一战线》,《且介亭杂文末编》,《鲁迅三十年集》之三十,鲁迅全集出版社1947年版。

三辑

以写作反抗幻灭与虚无
——有感于《王蒙自传》[①]

（一）

《王蒙自传》第二卷《大块文章》中有"难忘的1984"一节，写到王蒙的孩子身患抑郁症，"一旦发病，世界立马变得灰蒙蒙的"。孩子的遭遇，让父亲震惊：

> 我们都有弱点。而你面对的是自己的不知来自何处不知去向何方的孤独无靠的灵魂，你面对的是一只突然失去了罗盘失去了海图的小船，和小船四周的无

[①] 本文所引，均见《王蒙自传》第一卷《半生多事》，花城出版社2006年版；《王蒙自传》第二卷《大块文章》，花城出版社2007年版；《王蒙自传》第三卷《九命七羊》，花城出版社2008年版。

边的黯淡的大海、波涛、风浪、雷电……你面对的是现实的、肉身的与想象的、情感的、欲望的、动荡的与梦幻无定所的精神……你觉得自己不行,自己无力,自己看不见也听不清,一切都沉堕在阴影里。

为使孩子摆脱病苦的折磨,王蒙仔细地回想,他有生以来究竟"经历了哪些压抑,哪些刺激,哪些折磨"。当孩子的病情好转了,"突然一个想法进入我的脑海,我应该以我童年时代的经验为基础写一部长篇小说","这就是《活动变人形》的酝酿和诞生"。

《活动变人形》在王蒙当年众多作品中,也许不是反响最热烈、最受推崇的,但却是最具有真实意味的小说。其中的道理,正像作家所言:"我终于从'文革'结束,世道大变的激动中渐渐冷静了下来。我不能老是靠历史大兴奋度日。当兴奋渐渐褪色的时候,真正的刻骨铭心才会开始显现出来。"作家说"感谢时代",但实际上,"世道"和"历史"的变动不拘始终没有停歇,至今还在继续;而对孩子感同身受的体察,使作家获得了写作灵感。孩子的症状及其病理解决方案,突然具有一种普适性的含义,为摆脱"不知来自何处去向何方的孤独",为使社会激变中的个人不至于像一只"突然失去了罗盘失去了海图的小船",在一片虚无中"沉堕在阴影里",作家转向个人的生活史和精神史,追寻自己的来历,界定自己的身份。当作家从题材的时尚风潮中抽身而退,这是最顺乎自然的一种文学选择。

(二)

《活动变人形》是《王蒙自传》的写作先兆。尽管作家特别说明,"倪吾诚自杀的情节并非父亲的亲历",但他承认,童年生活中那些"最最沉重的经验我写到《活动变人形》里边去了"。80年代有一种流行的看法,新时期文学续上了五四新文化的流脉,换句话说,也就是现代社会的这两个端口才是思想启蒙和人性解放的黄金时代。但是如果读了《活动变人形》,读"后新时期"或"新世纪"的《王蒙自传》就会发现,从作家切身经历的角度,这里具有一个明显的误差。新时期,王蒙出版的长篇小说《青春万岁》(写于1953年)中的"新",还有50年代《组织部来了个年轻人》中那些单纯热情的"阳光少年",显然把"新"赋予了新中国诞生后的生活,而非此前的生活,特别是深受五四新文化潮流影响的父母所缔造的、作家童年的家庭生活。由于有过去的生活为反衬的底子,在《青春万岁》、《组织部来了个年轻人》和《小豆儿》等作品中,作家对新中国的一往情深,更主要表现在王蒙认为它"应该是怎样的",它应该是全新的,生机勃勃,拒绝"灰色人生"的。因此,当小说主人公林震敏感地察觉,像刘世吾这样的干部,尽管很有经验和能力,但性格深处有一种惰性,带有旧时代的颓废色彩,即便它们淡得几乎不着痕迹,无碍大局,仅仅"散布在咱们工作的成绩里边,就像灰尘散布在美好的空气中,你嗅得出来,但抓不住",也在必须清除之列。这种对于生活纯而又纯的追求,是作家对以往不堪入目的生活的一种强烈的心理反弹,特别像《青春万岁》这样的长篇小说,抒情描写一泻千里,布满了富于诗意的想象和憧憬,却也能从一个侧面,映现出年轻的"诗人"背弃"旧生活"的决绝身姿。

王蒙自传

《王蒙自传》通过大量形象的描写,把"旧时代","新中国","新时期"和"新世纪"的历史勾连起来,把这一段"断裂"的历史又重新拼接起来。在他眼里,并非启蒙观念降临,中国的事就一通百通,一好百好;倘若其中遭遇一些阻力和挫折,便是历史的断裂,和历史的不可理喻。实际上,从作家的成长史看,这是一段一切都事出有因、环环相扣、延绵不断的历史,观念与现实在本土的现代化进程中并没有断裂,而是与过去那种一厢情愿的宏大叙事相比,大大地错位了。不由人不怀疑启蒙运动当初对于"人"的承诺。王蒙以自己童年的经历说明,生活给那些轻信启蒙、轻言个性解放的人开了一个巨大的、近乎残忍的玩笑。

王蒙的父母曾经是深受五四时代观念影响的知识青年,应该说,在进化论的知识背景下,他们也属于当时社会的先进青年。但是这样的人生模式只能表现在书本里,所谓"人生识字糊涂始";一旦进入日常生活,便极大地破灭

了,而且尽是让童年的王蒙感到"毛骨悚然"的场面:

> 父亲下午醉醺醺地回来。父亲几天没有回家,母亲锁住了他住的北屋,父亲回来后进不了房间,大怒,发力,将一扇门拉倒,进了房间。父亲去厕所,母亲闪电般地进入北屋,对父亲的衣服搜查,拿出全部——似乎也很有限——钱财。父亲与母亲吵闹,大打出手,姨妈(我们通常称之为二姨)顺手拿起了煤球炉上坐着的一锅沸腾着的绿豆汤,向父亲泼去……而另一回当三个女人一起向父亲冲去的时候,父亲的最后一招是真正南皮潞灌龙堂的土特产:脱下裤子……

这样写自己的父母,以私人生活见证时代和历史的悲剧,在一个"孝感天下"的国度,的确让人感到十分的难堪与无情。但是对此,作家抱着"我不下地狱谁下地狱"的决心:"我必须说到从旧中国到新世纪,中国人过的是什么样的生活。不论我个人背负着怎样的罪孽,怎样的羞耻和苦痛,我必须诚实和庄严地面对与说出。"自然,这种义正词严在王蒙写作中并不多见,更常见的是一种辛辣的讽刺。对此,王蒙自有王蒙的幽默,第一卷《半生多事》《如同梦魇》一节,对母亲晚年的回忆便是一个生动的例子:

> 母亲晚年常常叹息:"你看人家冰心、宋庆龄这一辈子!你们看我这一辈子。干脆吗也不知道就好了,我知道了一点了,但是我什么也做不到!我这一辈子没有一点高兴,没有一点安慰,没有一点幸福!为什么

我要这样过一辈子啊!"

我不明白她为什么要与冰心与宋庆龄比。我更不明白,为什么我断定她不应该不可以与冰心宋庆龄比。

无论义正词严,还是王蒙的幽默,《王蒙自传》都使读者对作家的写作历程加深了了解,从《组织部来了个年轻人》、《布礼》、《杂色》,直到《青狐》,形成一条连贯有机的线索。这条线索比较复杂,也许不是一两个概念便可以囊括,一两句话就能说清楚。但可以肯定一点,他的写作恰恰不是对新文学的"断裂",反而使当代文学从另一个角度,与鲁迅的《坟》中《娜拉走后怎样》、张爱玲的《金锁记》,甚至赵树理的《小二黑结婚》都续上了流脉。

事情的复杂性往往表现在,有时候,负面的拼接与连缀,更表现出现代文化传统的顽强和无所不在,根本不是任何主观愿望所能"断裂"得了的。"断裂"的说法,就像说从《国际歌》到"样板戏"中间一片空白一样的荒唐。通过上面一些细节描写,表面看王蒙是反对启蒙的,但在他内心深处,始终有启蒙时代赋予他的一个现代标准:应该大胆质疑那些看起来毋庸置疑、但在现实中却不通情理的高头讲章或清规戒律;应该结束一种空洞、蒙昧、无趣、无味,或人整人、人吃人的活法。否则,就没有《王蒙自传》里那些诚恳的拒绝和幽默的讽刺了。因此,面对现实中许多的事情,王蒙主观上原想处理得八面玲珑,处处都好。但实际上,他也经常表现出书生气的一面。那当然是远不同于他父亲的书生气,毕竟时代变了。但出于某种观念,出于对某种标准有意识或下意识不可更改的遵循,使他在现实中并不总是顺风顺水。自传的传主虽然经历"少年布尔什维克"、右派、中央委员、文化部长、著名作家等一系列人生的潮起潮落,对政治有比一般人更复杂、也更深入的了解,但作为杰出的当代作家、新文化的后人,这也是他与满身市侩气的混世魔王绝不可同日而语的区别所在。

(三)

以回忆的方式建构文本,只是作家表现人生的一个角度,也可以说是一种方法。如果有人从另外的角度考察作家这段生活,也许会认为这种回忆不可靠,不符合读者想象中的真实,或者不符合经一些更较真的读者考辨的真实。自传体、日记体、书信体作品都可以归为写实的一类,鲁迅《三闲集》中的《怎么写》,就是对郁达夫关于日记体和书简体的看法所言。鲁迅认为,由于怀疑文艺作品某些细节的真实性而产生幻灭,是读者的"粗心"。因为"只要知道作品大抵是作者借别人以叙自己,或以自己推测别人的东西,便不至于感到幻灭,即使有时不合事实,然而还是真实。其真实,正与用第三人称时或误用第一人称时毫无不同。倘有读者只滞于体裁,只求没有破绽,那就以看新闻纪事为宜,对于文艺活该幻灭"。鲁迅又说,其实"幻灭之来,多不在假中见真,而在真中见假"。

引述鲁迅的话,不全是站在读者的立场,由于无从考察传主的人生细节,便一定要"幻灭",其实也可以收获其"真";我感到鲁迅的话还有一层含义,即真实与幻灭的关系。《活动变人形》和《王蒙自传》的真实性在于,王蒙以这样的写作,顽强地反抗来自社会变革、人生转变时期,时时活跃、散布在我们周围的幻灭与虚无的幽灵,正如他和自己患抑郁症的孩子一起,寻找一个真实的自我,为那只茫茫大海上孤独无助的小船,寻找由过去通向今天和明天的"罗盘"和"海图"。在此意义,写作首先是作家反抗幻灭与虚无的一种自救方式。

《王蒙自传》写他父亲晚年有一句名言,他的生活还没有开始。"他永远期盼着自己的潜力,他确实感觉到了自己的无穷潜力连十分之一都没有发挥出来。"王蒙对父亲的评价带有讽刺意味,但他的结论却耐人寻味:"潜力云云,更多的是一个抒情的话题,而不是一个实证、实践、实有的命题。"这个"抒情的话题",不仅对于父亲,对于当年怀有约翰·克利斯朵夫式的少年狂想、一心踏上文坛的王蒙来说,同样不可抗拒。从这样的角度看,王蒙和父亲王锦第有相似的性格,或者王蒙秉承了王锦第身上一种特有的抒情气质。

而且似乎是一种巧合,年轻人难以逾越的"抒情的话题",与捷克作家米兰·昆德拉的体察也大致相近。米兰·昆德拉就把他的"青年叙事诗"一般的小说定名为《生活在别处》,并作这样的解释:"'生活在别处'是兰波(十九世纪法国象征主义诗人)的一句名言。……1968年5月,巴黎学生曾把这句话作为他们的口号刷写在巴黎大学的墙上。"把兰波的这句名言换一个说法,也就是真正的生活还没有开始。

对此,该书的中文译者作进一步解释:

> 对于一个充满憧憬的年轻人来说,周围是没有生活的,真正的生活总是在别处。这正是青春的特色。

在青春时代,谁没有对荣誉的渴望?谁没有对家庭的反抗?谁没有对未知世界的向往?举目四望,我们周围的生活平庸狭窄、枯燥无味,一成不变,每天的日子都被衣食住行所填满、毫无色味、毫无光亮。正是为了逃脱这一恼人的生存现实,人们才赋予自己激情和想象。对青年人来说,没有梦想的生活是可怕的,那是老年人日暮黄昏的平静和死寂,青年人拒绝承认生活的本质就是平庸实在,总是向往着动荡的生活,火热的斗争。这就是青春、爱情和革命之所以激荡着一代代年轻心灵的原因。(景凯旋《生活在别处·译后记》)

一个人的心态是不是年轻,不能以生理年龄断然划分,王锦第晚年的话与他的人生经历十分贴切,并不使人感觉突兀,无从由来。但在1953年,不满二十岁的王蒙所写的《青春万岁》,的确就是一首青春的抒情诗,而且是一首有新旧政权变更时期的"实践、实绩、实事"为"激情的基础"的抒情诗。

但我这里想讨论的是,一个人或一个作家,是否具备青春的潜能和抒情诗人的气质,这一点不是问题的关键;而是当青春的璀璨消失了,写作何以为继?王蒙1956年以《组织部来了个年轻人》蜚声文坛,随即消失在"反右斗争"的政治运动浪潮中,直到70年代末、80年代的新时期才得以复出。经历如此世事无常,王蒙本该最是有理由、也有资格说"幻灭"和"虚无"的了。但环顾"自传",那一句调侃的话"哀大莫过于心不死",却是王蒙坚持写作的真实写照。王蒙可以放弃或不得不放弃许多,唯独写作这一点,他不仅实际上始终在写,就是在各类文字中,也从未轻言放弃。王蒙也因此和他的父亲划开了界线,他不会像王锦第那样郁郁而终,无穷的潜力无以发挥,也无从证实。在这当中,文学的梦想固然是王蒙在二十年来颠簸而坎坷的生活中有力的心理支撑。但从机关到基层,从内地到边疆,从城市到农村、牧区,不论逆境还是顺境,对周而复始的"日子"和其中展现的各色人性,王蒙悉心体味的兴致始终不减,始终不失去对生活的热情,这应该是维系写作更重要的原因。

需要进一步追问的是,"热情"和"兴致"又从何而来?《王蒙自传》给了一个非常感人的答案,那就是王蒙自"初恋"直到"就要与我度金婚的妻子"崔瑞芳,这位非常有个性和人性光彩的女性,她在如何看待人生问题上,给自命不凡的少年才子以"启蒙"。王蒙刚被打成"右派",有一段描写令人过目不忘:

> 我给身在太原的瑞芳写信详细论述对我的批判帮助是必要的正确的有益的。然而,她根本不相信这一套。虽然她也读了狄更斯与阿·托尔斯泰。她在学校,拒绝接受将她搞成"官、骄、娇、暮、怨""五气"的代表,不惜与学校领导决裂,离开了学校。现在一切明白,如果我与她一样,如果我没有那么多离奇的文学式的自责忏悔,如果我没有一套实为极"左"的观念、习惯与思维定势……归根结底,当然是当时的形势与做法决定了许多人的命运,但最后一根压垮驴子的稻草,是王蒙自己添加上去的。在这个意义上,说是王蒙自己

把自己打成右派,毫不过分。①

可以将此读作王蒙对个人命运的忏悔,却也可以读作王蒙就此解脱了一种近似"原罪"的心理阴影或心理负担。因为有了"芳"的参照,有了妻子的比一般同情式的劝慰,更令人豁然开朗的个性展现,王蒙不必再做那种最有害身心健康的自戕式的认罪和检讨了。其实,任何稍有生活常识的人都会认为,被打成右派的王蒙,比那个与老婆"办不了事"、坚持要划王蒙为右派的单位负责人,要活得好得多!好和坏的标准,不在于时尚流行的一些玄妙、诡异的说辞,而在沉潜于社会底部的人之常理,人之常情。但越是常识,往往越不容易被观念风行的时代所理解,越是让痴迷的文学青年认识不清。如果把文学写作视为写作者的生命,那么,王蒙的妻子就是使"少年维特"获得一种韧性生存的理由,她以自己真实的存在,为他打开了通往斑斓多姿的日常生活的一扇门窗,这里有广阔的人生天地,可供驻足观赏;有目不暇给的人性内容,可供流连忘返。关键是欣赏者有没有荡开一尺的距离。王蒙从"芳"那里,获得一种从容的心境,或者说,一种欣赏的距离。所谓"人生百戏",有的人能看见,是一种福气;有的人却一辈子无缘见识,急煎煎地来世上、无趣无味地走了一遭。因此,王蒙在一段总结中

---

① 《王蒙自传》(第一卷),花城出版社 2006 年版,第 173 页。另,参见《王蒙自传》第一卷《大起大落》,第 154 页,"一九五七年一月二十八日,我与瑞芳在京结婚",其时崔瑞芳正在太原工学院读书,"还有半年的大学没有上完"。

说:"我这一生常常失误,常常中招,常常轻信而造成许多狼狈。但是毕竟我还算善良,从不有意害人,不伤阴德,才得到护佑,在关系一生爱情婚姻的大事上没有陷入苦海。一九五六年我们相互选择仍然与初恋时一样,我们永远这样。这帮助我避过了多少凶险,这样的幸运并不是人人都有。"反观王蒙"七十年",斯是真言。

(四)

作为广告词,"国家日记"和"个人机密"的说法①会扩大作品的"轰动效应",但我更倾向于把《王蒙自传》当作文艺作品来读。这部作品显示了作家、艺术家对人与生活独有的感知,独到的表述方法和叙述角度,以及善于捕捉细节的特殊才能。或许这就是鲁迅当年说"我宁看《红楼梦》,却不愿看新出的《林黛玉日记》,它一页能使我不舒服小半天"(《三闲集》,《怎么写》)的道理。不同的人观察同一问题,同一事件,由于所处的位置不同,角度不同,就会有不同的打量和不同的印象,姑且将其他人的角度称为一种"假";那么鲁迅所说的"假中见真",便是衡量作品的一种标准,说明与"怎么写"的方式方法相比,作品真实性的内涵,即作品对社会人生的普适性涵义,具有决定的性质。因此在鲁迅看来,"假中见真"的作品,要比那些自称"日记"和"机密",但原本不适于公开出版的"真中见假"的作品,高出不知道多少倍。

---

① 《王蒙自传》第一卷《半生多事》封面所带的宣传横幅写道:"文学大师的 70 年家事国事心事自述,一个人的'国家日记',一个国家的'个人机密'",花城出版社 2006 年版。

王蒙人生七十年,由于他个人非同一般的人生经历,他的人生自述当囊括了曲折而宏伟的历史命题。加之历史学家把历史比喻为一项连接过去、现在与未来的基因工程,历史学有预知未来的功能,使"历史"一词有更加厚重的分量。如果把历史看作是一幅有高山大湖、雄浑壮美的地形地貌的屏风,那么文学家的关注点,更集中在那些容易被宏大叙事所忽略的历史缝隙,或者说历史的褶皱。王蒙善于从这些"缝隙"和"褶皱"入手,写人情世态,如过眼云烟,然而历史的生动可感,由此存焉。

譬如描写"文革"期间,在新疆乌拉泊干校,王蒙结识原文化厅干部祖颖之。"他是地道的北京油子,说话幽默,健谈。他当过兵,去过朝鲜,一九五七年没戴帽儿,但被开除了团籍。他经常叹息,正嫩的时候,让人家给掐了尖儿啦。"他的夫人是舞蹈家,家里经常举行艺术家聚会,也邀请王蒙,"与艺术家的接触,给我一种'复辟'的感觉",全是"内地、外国与文艺的话题、轶事和旧事啦,以及那种笑容,那种摇头摆尾的举止,与巴彦岱二大队的社员们是如何地不同啊。却原来,经过'文革'的疾风暴雨,他们仍然是他们"。然而,"复辟"的喜剧还没收场,幻灭的悲剧已拉开大幕:

> 祖颖之对一切不抱希望,每天用标准的北京话嘲笑一切。他自嘲没有"银子"。他嘲笑某某吝啬是从肋条骨上带着血丝扒下钱来。他甚至不让自己的孩子上学了,他认为我们确实是生活在一个上学无用读书无用的时代。他吸烟,喝酒,牢骚,不认为能做成任何事情。千方百计,他在"文革"结束以后帮孩子移民到了

澳洲,很快,他也有了去澳洲的希望了,他患了食道癌,不久,去世了。(第一卷,第335页)

命运弄人。虽然颓废和疾病、死亡没有必然的联系,但精神上的委顿和消沉,逐渐抽空一个人的生命力却是不争的事实。祖颖之远非时代风口浪尖上的人物,和王蒙的"大起大落"相比,他经历的不过是一些"小灾小难",唯其如此,他的悲剧才更令人唏嘘不已。阶级斗争、政治运动、左右纷争,对祖颖之的死似乎都应该负有责任,但把个人遭遇全归咎于此,也有失偏颇。祖颖之的确是宏大的历史叙述难以兼顾到的一个角落。

一般印象中,王蒙久经政治运动沙场,却八面玲珑、八面来风。《王蒙自传》自然离不开政治运动,这是王蒙人生七十年来中国社会生活的历史,谁想要摆脱,躲进一个清静的"象牙塔",无疑像拔着自己的头发硬要离开地球一样的可笑,那或者是一个"心造的幻影",或者是一种矫情。但有趣的是在《王蒙自传》中,自认为积极参与了每一次政治运动的王蒙,实际上,却是一个对政治运动不明就里的角色。这是因为他的关注点或兴奋点,主要在那些提不上大的政治台面、却富于人性和文化内涵的方面。比如,写"反右"运动初期,"我被邀请参加了中国作协党组扩大会,批判丁玲、陈企霞。我被惊呆了,我惊异于为了批丁玲先从陈企霞的男女关系问题入手,发动柳溪同志以受害者的身分揭露她的一度的情人陈企霞。怎么是这样的手段?"(第一卷《大起大落》)又比如,写"文革"即将结束,"春节期间,几乎所有的互相拜访者谈周总理,说邓小平,谈江青,而态度都一致",

"人同此心,心同此理。但我也悲哀,新中国已经二十多年,人们谈论的仍然是忠臣,奸臣,佞臣,失察,得宠,腹诽,蒙冤与天大的不平。中国社会啊,你的进展就是这样艰难吗?"(第一卷《从一九七五年"七、八、九三个月"到"四五"》)再比如,写90年代王蒙"回到写作行当"后,与夏衍交往较多,"夏公关心政治,但他从来不多说个人的蜚短流长,有时他略略一笑,表示对某人的不感兴趣。有一次说到文艺界是鲁太愚与全都换。由于与韩国两位政治家姓名谐音,令人解颐,这在他,就算是说得最刻薄、最严重的一次了"(第三卷《师长、朋友们》)。难怪有各种历史机缘的人,却不是历史的宠儿,这里几乎每一处描写都是对一种宏大历史叙述的解构,都是对文艺从属于政治观念的解构。

上面的例子是王蒙对上层政治生活的一些感受,那么回到平民百姓的生活,王蒙是否就如鱼得水呢?事实上,他也不能。比如关于"搓麻":

> 我也到朋友家中搓麻,但是我在牌桌前的定力有限,最多打上两圈已经哈欠连连,鼻涕眼泪涌现,我的只打两圈的习惯与对输赢毫不在乎的不以为意的劲儿(一般我一面打牌一面唱老歌,我特别爱唱的是"咳,我们,我们胜利的旗帜迎风飘扬……"与"大柳树,开了花……"),引起牌友的公愤,很快,我就被牌友们所抵制,被赶出牌局,想打牌也找不上伴儿了。(第三卷《震荡与从容》)

不仅"被赶出牌局","局外人"的角色是伴随王蒙一路走下来的。当然,以"局外人"来概括王蒙与政治贴得很紧的生活经历,的确与他实际的身份不符。但是如果换一个角度,或者换一种思路,一个作家,文学家,除了痴迷于写作之外,又怎么能企盼他痴迷、效忠于"牌局"或其他呢?即便曾经沉没于"半生多事",也要铸就"大块文章",这就是王蒙的"九命七羊",也是王蒙以写作反抗幻灭与虚无的生存方式。法国社会学家皮埃尔·布尔迪厄在《现代世界知识分子的角色》一文中说,当某一事件发生的时候,"法国作家、艺术家和学者以具有某种权威的知识分子(intellectuals)的身分介入政治,其时他们宣称自己是知识分子。而这种权威的基础,在于他们属于相对自主的人文、科学和文学世界,也在于与这种自主相联系的操守、无私和能力"[1]。时代的文化趋势瞬息万变,法中两国知识分子的历史和现实也非常不同,但即便如此,读者还是可以从《王蒙自传》与布尔迪厄的知识分子的"相对自主"中找到某种暗合。

至于作品,以及这种"相对自主"的写作对他人有什么帮助?我想,我是从《王蒙自传》、从这种自救方案中获益的读者之一。

2008 年 6 月 5 日初稿于北京
2008 年 6 月 25 日修改补充

---

[1] [法]皮埃尔·布尔迪厄《现代世界知识分子的角色》,赵晓力译。韩少功、蒋子丹主编:《是明灯还是幻象》,云南人民出版社 2003 年版,第 187 页。

"另类"引力

——关于以色列女作家柯利尔·津萨贝尔的小说《另类戒指》[①]

一

读柯利尔的长篇小说《另类戒指》是在以巴局势急剧恶化的日子。衬着硝烟弥漫、惨象环生的战争背景,小说中看似闲笔,却格外触目惊心的细节描写,使作品可以归入反战题材一类。比如女主人公丹妮逃避兵役,让父母在邻居面前抬不起头;海湾战争时期,阿米特的母亲等待外出购物的父亲,突然外面响起警报,母亲原本为父亲低声祈祷,由于极度焦虑,一下子变成对父亲歇斯底里的诅咒……战争使生活残缺不全,也使人的感情失去常态,特别对年轻美丽的

[①] [以色列]柯利尔·津萨贝尔著:《另类戒指——我的姐妹,我的新娘》,*With This Ring*,许庆红译,安徽文艺出版社2007年版。

以色列姑娘丹妮和阿米特显得特别残酷,生活的破碎感只有靠不停地吸毒,或者躲进另一个世界(生物学课程)得以缓解。这不禁使人想到女性小说的反战色彩,作为一种边缘话语,女性对既定的现代民族国家理念,对主流叙事,有一种游离倾向。

通过表现生活边缘者或小人物琐屑的愿望,探测活跃在意识形态周边的个人因素,并发现它们转而成为干涉意识形态的力量,是小说艺术对当今越来越趋同的世界的不同着眼点。如乔·艾略特所言:"文学与思想,其实是对于世界的同一种构造的不同面相。"①对此,不能不说到小说有关同性恋的描写,而且在人们关于女性写作的印象里,这种描写已经变成多元文化热的又一种"宏大叙事"。正如小说的副标题是"我的姐妹,我的新娘",作品的主要线索就是丹妮和阿米特的相恋过程:女主人公"我"(即阿米特)和丹妮相识、相恋、同居,一起讨论要不要孩子,其间也贯穿性抚慰的场面,最终两人分手,丹妮死于印度,她的尸体被运回故乡安葬。葬礼后,悲痛欲绝的柯利尔远赴印度,寻找丹妮生命的最后足迹。书名《另类戒指》源于丹妮的一项提议:"我们的结婚戒指"不戴在手上,而是两个人一起戴上舌环,"那会让性生活变得更加美妙","每当亲吻的时候,我们的结婚戒指会互相摩擦,仿佛要生出火花"。而且无论分分合合,"那个戒指会永远出现在你和别人之间,出现在我和别人之间,我们将是彼此的一部分,直到死"。

---

① [英]乔·艾略特:《小说的艺术》一书封底,张玲等译,社会科学文献出版社 1999 年版。

粗读小说，上述的各种感受和理解都有一定道理，但这种关于作品主题的述说又难以囊括小说的全部内涵。这是让评论者头疼的地方。如果不采取一种比较单纯的叙述逻辑，就难以向别人介绍作品；如果评论者好心这样做了，又变成先入为主的粗暴干涉。因为只要深入作品就会发现，小说传递给我们的复杂的心理感受，比任何一种概括都丰富得多。其中一个简单的道理，当初柯利尔构思小说的时候，以上关于作品主题的认识基于已有的事件，或已有的结论。换句话说，即使没有这部小说，这样的结论也摆在那儿。难道小说的意义只是为已有的结论再多加一个注脚吗？

在知识信息迅速传播的后工业文化时代，天性敏感的小说家固然不可能对这些事件和结论置若罔闻，但仅仅根据作家和读者经历中已有的"叙事"，却难以构成一部出色的小说。小说中，"生活按先后次序展现在我们面前的仅有的故事，就是我们自传中的故事，或我们童年时代开始的那些伙伴的遭遇，或可能就是我们自己孩子的经历。但是，要把我们历历可数的这些经历从头到尾、前后串连，严格地相互关联地叙述出来，则是一种伟大的艺术。在这些情况下，这些联系的先后顺序几乎肯定会压倒合乎比例的思想"。因此"这种叙述，从一开始就是给有福之人"带来人生意趣的"故事"（小说），而不是"为奔波劳碌之人只能暂享一时陶然之乐而备的杯中之物"[1]。在此意义，小说是供人欣赏的

---

[1] [英]乔·艾略特：《论小说创作》，《小说的艺术》，张玲译，社会科学文献出版社1999年版，第18、19页。

艺术品,既不可能照搬生活,也不是重复有关的生活叙事,或表现一种观念统摄下的生活。当小说家赋予生活一个故事的外观,一种戏剧性的表达,必然使小说与现成的一切产生距离,也就是艾略特所言,它"肯定会压倒合乎比例的思想",使小说远远超出预想的范围。

二

《另类戒指》是一部出色的小说。它以温和、大胆的想象,丰富而细腻的表现,使那些看上去"不可能发生的事"变得合乎情理,最终成为一种艺术的"可能"。对于读者,作品中"另类"的艺术形象既不陌生,又不很熟悉,就像为我们身边的故事披上一件神秘主义外衣。人们看到生活中一些熟悉的身形,也就是人物与自我相互认同、或能彼此理解的那些部分。但是,当作家深入发掘人物的某些特质并加以铺张、演义,使之看上去与自我迥然相异,而成为"另类"的时候,人性的复杂性也便突现出来。在我们为那些形象痛心疾首、刻骨铭心的一刹那,所谓"另类"身上,其实隐含着潜在的自我。这是"另类"的诱惑力,它让人重新打量自我,并强化人对命运求知的企图。

女主人公阿米特曾经自问自答:"我是一个女同性恋者吗?""不,我不是女同性恋者,我只不过是与丹妮相爱,不是与女人,而丹妮恰巧是女人。"这话听起来有点绕,但的确道出这部小说的实情。超出一般的主观预想,这部表现了同性恋的小说,完全违背了一般同性恋题材的"常情"。小说笔力集中描写的,不在于相爱的同性双方有哪些异乎常人的生理要求。女主人公不过是一对刚涉足社会生活的女生,一点也不世故,一点也不成熟,她们追求独立生活的内涵,与其说具有多少启蒙主义的大道理,不如说主要来自一种青春期按捺不住的要打破常规、求新逐异的内心涌动。因此,小说通过她们所勾画的,也不是简单的"同性恋"题材能一言以蔽之。经作家的仔细观察和艺术渲染,小说实际绘出了逼真的社会众生相一角,并以此揭示出特拉维夫城市生活的精魂。①

以丹妮和阿米特最初的交往为例,丹妮和阿米特不仅丝毫不落一见钟情的俗套,恰恰相反,她们十足地表现了同性相斥的一面。她们初次见面是在阿米特的监护人沙哈的客厅②:

> 雅兰的朋友!她(丹妮)尖叫起来,朝我(阿米特)虚伪地笑了笑,目光马上就落在尤维尔(阿米特的同居男友)身上了。我知道她选中了他,我被很快地敷衍过去。我也不喜欢他向她回笑的样子。我总觉得尤维尔只对陌生人炫耀他那最迷人的微笑。(第9页)

两个女孩夹枪带棒的一番自我介绍之后,丹妮引起阿米特更多的妒忌和反感:

---

① 参见小说《另类戒指》封底,哈亚·霍夫曼的评语,小说"成功地塑造了两个既令人迷惑又十分可信的女主角……这是一部真正匠心独运、令人耳目一新、真正反映特拉维夫的小说"。
② 凡引文中的括弧,及其对人物的介绍文字,均为本书作者所加。

>　而我根本记不得我们彼此认识。(这是丹妮回敬阿米特羞辱自己的话)瞧,羞辱如飞镖一般掉头奔我而来。我最恨的就是那种我没给人留下任何印象的感觉。我知道这不仅是由于我的外表,因为我并不完全肯定丹妮长得比我漂亮。实际上,从传统观念看,她并不漂亮,也没有什么特别的地方,或是令人难忘。然而,她却到处留下她的痕迹。

>　她发现我受到了伤害。一丝谅解的火花从她那醉醺醺的目光中闪过。应该怪我这该死的记忆力,她补充了一句。我真的什么事都记不住……她在用她的方式道歉。羞辱消退了,取而代之的是生气。她越啰嗦,我越感到讨厌。(第11页)

这两个人由话不投机到同居、一起生活,主要表现为阿米特内心转变的过程。初次见面一番龃龉后,丹妮大大咧咧地闯入阿米特的私人领地,甚至与阿米特的同居男友尤维尔做爱……虽然她们之间冲突不断,但每次冲突都以阿米特接受丹妮的道歉、分辩而和解。阿米特之所以原谅丹妮,因为她发现在那些"第三者插足"的老掉牙的故事中,丹妮是一个另类。丹妮不打算占据别人的男友,也不想和任何男人保持长久的关系,她要以这种我行我素的姿态保持个人生活的独立和完整。她没有稳定的经济来源,总是一副穷困潦倒的样子:浓密的卷发垂在脑后,"短裤、袜子拉到膝盖","脚脖子埋在运动鞋里","衬衫的领子剪掉了,常常是裂开着吊在肩膀上",没钱时出去挣一点,维持基本的饮食起居。丹妮自由自在的活法,使阿米特循规蹈矩的生活掀起层层涟漪,确切地说那还不是爱,却是爱的前奏,是一种新鲜的引力。

实际上,在阿米特爱上丹妮之前,阿米特或阿米特所代表的一种生活方式先强烈地吸引了丹妮。与尤维尔事发之后,丹妮向阿米特坦白,几年里跟她睡过的男人都长着"塞奇的脸"(丹妮的男友),但尤维尔不同,"他没长塞奇的脸,他长着你(阿米特)的脸"。这话的确可以满足阿米特的虚荣心。但丹妮并不把阿米特当作一种男性伴侣的替代品,她说,她与尤维尔做爱的原因出于对阿米特的羡慕:"我是多么喜欢待在你们的地方,那地方的感觉不像是特拉维夫的又一个出租房……而是感觉到像一个家庭的房子,好像还有孩子,随时可能会放学回家,我多么想念那种房子,那种我小时候曾经认为我会拥有的房子,但现在我知道我根本不会有了。我想当一个晚上的你,成为那个房子的一部分,想换换位置。或许我想更靠近你。"传统温馨的家庭生活,竟也是我行我素、终日漂泊的丹妮一直期待的。

如果两个人的关系就此一帆风顺,丹妮屈从了传统的生活方式,那么她也算不上"另类"。关键是小说到这里笔锋一转,丹妮带着一丝挑战的态度承认,她和尤维尔做爱,也"还有点出于敌意",即向她所倾慕的阿米特的生活方式挑战。认识丹妮以前,阿米特一直是一个传统的姑娘,按部就班地读书,与青梅竹马的男友同居,努力完成大学生物学学位,一旦得到学位,就和尤维尔结婚、生子,组成一个传统的美满家庭。所以她对丹妮吸毒、随便的性关系,和男友塞奇轻率的举止,都抱着轻蔑、不以为然的态度。不仅阿米特,丹妮的父母和所有关心丹妮的人都希望她像阿米特那样生活。有趣的是,小说里支持传统生活方式的人足够一个"加强排",即便如此,阿米特还是向形单影只的丹妮"投降"了。

故事峰回路转,基于一种知性的体认和表达。如果说丹妮是小说中最为感性的人物,那么小说离不开阿米特对丹妮的知性理解,这是小说对人物性格逻辑的必要补充方式。通过阿米特的观察,丹妮对温馨家庭的羡慕是暂时、非常有限的。"家庭"是漂泊人生的情感驿站,却不是永久的锚地。这是丹妮与以家庭为归宿的传统女孩根本不同之处。丹妮有自己的生活宣言:

> 生活是早上起床后,遇见某个人,一个陌生人或是你认识的人,来问你问题,你然后解答问题。你害怕那样,所以你跑到学校,将自己禁锢其中,那儿的人都和与生活没有任何关系的一成不变的老问题打交道。那有点令人宽心、令人鼓舞的味道,但那是逃避。(第34页)

她不客气地对阿米特说:"大多数人认为他们为活着而活着,但是他们实际上活着是为了工作,为了父母。打个比方,你活着是为了你那愚蠢的生物学学位,为了你跟尤维尔的生活和你要到三十多岁时生的孩子。"当阿米特承认"那是我的生活",丹妮说:"是的,那就是我所说的意思。你们找到各种各样的生活的替代品,把它们叫做你们的生活。"而生活应该是人一种自然的回应;而不是复制别人的套路,寻找"生活的替代品"。

三

阿米特和丹妮不是一个女人的两面,而是女人和女人之间的差异,是人性的复杂对于简单归类思维方式的挑战。小说运用各种表现手法来强调分歧与差异,而不是苟同。在"另类"丹妮身上,聪慧、敏感却又十分传统的阿米特发现了自己,发现自己对生活也有一种潜在的欲求。那是一种青春的自信,绝不"逃避生活",而要从打破常规中获取灵感,开辟新路。与丹妮相比,阿米特缺少的不是打破生活惯性的勇敢;她身上更多现代教育所赋予的一种阐释能力,这种能力是滞后的,似乎压抑了本能,但当本能一旦被转入这种阐释逻辑,获得一种知性的体认,阿米特表现得比水性杨花的丹妮更加明确与执着。

比如阿米特以两性关系中父母的婚姻为例来检讨自己,并在这种思考和阐释后,毅然提出与丹妮同居。"毫无疑问,依赖在我父母的关系中扮演着重要的角色,我不知道我们的个性是否真的是父母的遗传反应,或者只是一种社会学现象,一种复制或模仿","我们没有建造一种新的模式"。几个月后,阿米特向丹妮表示:

> 也许我们在一起所拥有的是一种尝试,尝试创造一种更好的、更纯洁而原始的东西,因为当我们卷入与男人的关系之中,我们实际上没有选择,我们很难回避别人为我们铺好的路。但当我们在一起的时候,我们没有别的选择而只能是开拓者,自己为自己铺路,我们在一起有机会创造出一种新的,也许是更好的东西。

(第 91 页)

阿米特对于"依赖"的反省固然是两个女孩一起生活的原因,但她们之所以走到一起,建立一个温馨的小巢,依然离不开现实的战争背景。战争勾起人对家的渴望与怀恋之情,尽管人对于家的想象各式各样。在此意义,柯利尔与中国作家孙犁有异曲同工之处。孙犁的抗战题材小说改变了五四文学对"家"的想象。比如40年代末,孙犁的小说《小胜儿》描写冀中抗战最艰苦的岁月里,农村姑娘小胜儿救助八路军伤病员小金子的故事。小说不正面描写战争,却放大战争间隙日常生活的细微末节:"小胜儿用棉被把窗子堵了个严又严,把屋门也上了。她点起一个小油灯,放在墙壁上凿好的一个洞里,面对着墙做起针线来,不住尖着耳朵听外面的风声。"这种看似琐碎、实则匠心独具的描摹,使作品透出温馨的家的光彩:"在冀中平原,有多少妇女孩子在担惊,在田野里听着枪声过夜!她回过头来说:'我们这还算享福哩,坐在自己家里的炕上——'"衬着枪声肆虐、村民流离失所的背景,作品关于战争的残酷和对战争的控诉,就像中国画的留白,真所谓"无声胜有声"了。

正如孙犁的这种表现方式,《另类戒指》描写战争背景下两个姑娘对无忧无虑的生活的向往:丹妮喜欢邻居一家人的房子"有一种安静和安全",于是爱屋及乌,牵来他们的狗"陪我们一段时间"。丹妮对"家"眷恋,使阿米特想起父母的房子,"想起果盘、报纸、带四只椅子的饭桌,第四只椅子当做支架"。两个姑娘都喜欢逛街,喝咖啡,或者"会在本·叶乎达大街那家意大利冰淇淋店里买冰淇淋"。"周六的时候特拉维夫像过节似的……可是,透过喧闹",对城市生活有特殊感觉的阿米特"还是听到一种假日的寂静,好像是城市正在抗议它的世俗的居民"。邻居家的小狗和她们一起散步在海边,"丹妮走在我身边,她的手臂挽着我的手臂",丹妮有时跟小狗一起跳舞,"两个围着对方兴奋地又蹦又跳"。小说也不正面描写战争,尽管战争就发生在她们身边,每天都在改造周围的环境。

但由于时代不同,国家和历史不同,同是表现战争背景下的日常生活,中国和以色列作家也明显不同。《另类戒指》一方面描写人们沉迷于特拉维夫咖啡馆的慵懒的生活;另一方面,慵懒的外表下却是内心的紧张,以及关于人的紧张思考。被丹妮的白粉送掉性命的小狗球克斯是一个隐喻,小狗主人家的两个儿子当兵,女儿搬出去生活,父亲不能忍受儿女不在的生活,也离家出走……惺惺相惜的丹妮给孤独的小狗服用了白粉,以致小狗送命。在这个隐喻中,家庭,或者任何一种社会群体都注定要消散和分离,或者说,那只是人逃避孤独的临时所在。即使在这个栖居地,人对于绝对意义上的自我完整的追求,也使她们终日处于分手的焦虑中。因此,孤独是永恒的。丹妮的生活遭遇使她获得最终答案,即人的一生不是如何逃避孤独,而必须做好心理准备,承受孤独。于是她远走东方,在印度的寺庙削发法为尼,最后"为了测试承受沉默的耐力"而冻死在大山里。当阿米特追寻丹妮的足迹来到印度,她与僧人攀谈,也对一种避世哲学深有感触:

你可能认为他们天生卑贱,可是他们是最好的人,当然,他们有竞争力。西方的游客知道,佛教拒绝野心,但他们对努力胜过别人有自己的理解。

但是,阿米特最终没选择丹妮的路。她在印度进行最后一次"自我完整"的告别仪式,之后回特拉维夫与旧日男友尤维尔举行婚礼,完成学业,选择传统的生活。至于这种生活能维持多久?会不会重复球克斯主人家的命运?已不是这部小说的任务。小说使读者从中看到生活,看到特拉维夫,看到以色列,看到了人性的复杂与丰赡,并在这种心灵相遇中减轻了现代人的孤独感……这一切足已使读者对《另类戒指》心存感激,也使小说家柯利尔·津萨贝尔无愧于"当代犹太文坛的以色列著名作家"的声誉①。

柯利尔·津萨贝尔(Klil Zisapel),以色列人,1976年生,以色列国防军杂志Bamahaneh的新闻记者、编辑。她既是画家又是作家。评论家曾经把她比作享誉现当代犹太文坛的以色列著名作家亚科夫·沙伯太(Ya'akov Shabtai, 1934—1981)

《另类戒指》作者简介

完稿于2009年1月30日,农历正月初五

---

① 柯利尔·津萨贝尔,以色列人,1976年生,曾就读于伦敦大学的斯拉德美术学院,获艺术学学位。现为以色列国防军杂志的新闻记者、编辑。她既是画家又是作家。评论家曾经把她比作享誉现当代犹太文坛的以色列著名作家亚科夫·沙伯太。《另类戒指》曾于2001和2003年被译成德语在柏林出版,于2002年被译成荷兰语在阿姆斯特丹出版。参见《另类戒指》扉页作者简介。

"平常心"看家国事

一

读蒋寅的散文集《平常心看日本》①,联想起关于日本的另外两本书。一本是上世纪40年代美国人类学家鲁斯·本尼迪柯特的《菊与刀》②,作者以"菊"(日本皇室族徽)和"刀"(日本武士文化标志)为象征,阐释日本文化在柔美与暴力之间的冲突。这本书目的是

---

① 蒋寅:《平常心看日本》,中央编译出版社2009年版。
② [美]鲁斯·本尼迪克特:《菊与刀》,廖源译,中国社会出版社2004年版。

为美国政府提供对策,即日本作为战败国并即将被接管,是一个具有怎样"不同习惯和观念的民族",其前景如何。另一本是戴季陶的《日本论》,1928年出版。这是一本研究日本历史专著,特别对明治维新前后的日本近代史有深入阐述。其方法也不拘一格,有对皇权神授、封建制度、佛教思想等历史线索的清理,也有对历史人物桂太郎、秋山真之和田中的素描。时任南京国民政府主席胡汉民为该书作序,序言最后一句说:"中国人何以有研究日本问题的必要,季陶先生开宗明义,已经说得清楚尽致,不用我来赘述,这并不是我的忽略,我想青年一经提醒,决没有做智识上的义和团的。"①这两本书分别作于二战前后,都与历史上日本侵华战争有直接或间接的关系。

与同事合影于江苏淮安

---

① 戴季陶:《日本论》,九州出版社2005年版。

蒋寅50年代末出生,属于没有二战经历、远离战争的一代中国人。那么,与饱受战争苦难的父辈相比,他对日本的看法,在心态上又是怎样的呢?正如散文集标题,作者把它概括为"平常心"。我理解"平常心"的意思是作者认识问题的一种角度和方法。角度和方法不同,看到的问题和得出的结论大相径庭。"平常"并不代表"平庸"和浅陋,而是诉诸文字的那些事件、景物,是好是坏,都有实实在在的对大量社会生活常识、政治历史常识、文学艺术常识和自然科学常识的积累为底蕴。这一点在高速发展的现代化时期意义不凡。其实我们每个人都生活在常识中,就像鱼儿在大海遨游,关键是人对常识所包含的人之常理和人之常情有没有自觉。比如在追求广告效应的时尚潮流中,为耸人听闻、"吸引眼球"而放弃对常识的自觉,这种情况当前不在少数。

《平常心看日本》显然不追随这种时尚。作为京都大学客座教授和大谷大学访问学者,蒋寅先后在日本居住过两年多。他在散文集"跋"中坦言:"我处的位置是比较优越的,所以感受不到日本生活艰难的一面",但也正因如此,使他"能超脱于生存压力和功利关系看日本,以平常心欣赏日本人和日本社会一些好的方面"。这一切固然说明作者能摈弃中国人的大国心态,平心静气体察生活的功夫,但"即使像别人说的,我接触的只是日本人中较优秀而且对中国较友善的一部分,那我就谈谈这一部分好了。精英群体往往代表着民族文化最优秀和最核心的部分,这不也是我们应该认识的日本的一部分吗?"因为"从根本上说,对于外国人和外国文明所做的批评,正如犹太哲人雅休·本·达奈尔所言,乃是自己以及本国国民的潜在欲望的表现"。

二

全书共分五辑,按先后顺序为《岛国风情》、《人文之国》、《大和民族速写》、《生活的美学》和《浮世百态》。作者对五辑之间的逻辑关系未作说明,但一辑辑看下来,不知不觉就看到它们相互印证的轨迹。以第一辑《岛国风情》中《京都印象》、《哲学小道》和《美丽的箱根》等为例,虽然是印象,但由于作者有一双善于捕捉"镜头"的眼睛,日本当代社会与传统形成的互动与互补,如同配有精彩文字说明的影像,足以打动人心。而后面的几辑,可以看作是对第一辑所涉及问题的论证和补充。

《京都印象》是作者对"日本文化的根"的印象:

> 我很庆幸在日本一直居住在京都,能从容地感受这座城市的美。徜徉在御所的参天古木中;在鸭川边看随风飘零的樱花;忽然传来东山的钟声;不经意地踱入一条幽静的深巷,竟别有洞天;或在衹园的小桥流水边,偶见身着艳丽和服的舞妓迤逦而过……那时你才能体会到京都的美。只有那里才集中了日本文化的神韵,古雅的风情和传统的美感。

与现代都市的炫耀与喧嚣迥然相异,若要概括京都这一日本国民"心灵的故乡",作者以为"最贴切的莫过于'幽雅'二字"。在一个日本人面前,说自己住在京都,"你会赢得情不自禁的赞叹和神往的目光,那发自内心的赞美之情,总是让我格外感动"。为进一步说明这种感受,作者至此笔锋一转:"在中国,有哪座城市能让人如此神往、发自内心地眷恋呢?"近二十年来,中国城市化进程飞速发展:古城弃旧迎新,尽换容颜;新城拔地而起,杂乱纷纷,到处五光十色又显得光怪陆离。人们逃过一种喧嚣,又陷入另一种喧嚣,乡关何处? 缺乏归属感是现代人精神疾患的普遍症状。出于这样的背景,作者敏锐地觉察到日本人对于京都却是由衷地向往:"这是一种深刻的文化皈依感,朝向心灵故乡的永恒眺望和无尽的乡愁。"

如果当下中国城市留给人许多声光的刺激,那么日本京都留给作者的印象是色彩:"棕褐色和翠绿色。""前者是民居的木色,后者是植物的颜色。"上世纪初,英国著名的园艺采集前辈威理森,曾把这样的印象给予中国。20年代威理森的回忆录写道:"中国,实在是花园之母。中国人似乎拥有与生俱来的爱花天性,即便最寒陋的农舍,也因栽花而生辉,历代诗人更写了卷帙浩繁的咏花诗。"时至今日,作者则把这种印象留给日本:"日本才是一个花和树的国家。"日本是二战后高速发展的现代化国家,在亚洲最先进入世界发达国家行列。与这种发展速度似乎完全矛盾的是,通常备受现代化打搅、横遭涂炭而逐渐萎缩的自然界物种,如植物和昆虫,却在这方幽雅的天地独享方舟之幸。"哲学小道"在京都东山,因日本近代哲学家西田几多郎常在此散步而得名。清幽的环境中,"有名的景致是夏夜的萤火虫。在樱树的枝叶间,更多的是在河畔的草丛中、迎春的枝条间,星星点点的萤火闪烁明灭……沿河边游走,不时遇到三三两两的学生,都低声细语,像生怕惊动了眼前的小生灵。实在没有比在这样的夜晚漫步更美好的事了"。

能亲身体验"哲学小道"清幽的景致是一种享受,但能发现、并会欣赏这种景观的乐趣,却来自中国文化传统对作者的熏陶和培养:

> 老杜"却绕井栏添个个,偶经花蕊弄辉辉"的诗句,蓦地跳入脑海。呵呵,多少年没看过萤火虫了,眼前景象真恍似回到儿童时代。
>
> 正出神间,一阵汽车喇叭声,将我唤回到现实中来。原来有日本人开着汽车来看萤火虫,大呼小叫,唐代诗人李商隐曾将焚琴煮鹤、花上晒裈、松下喝道目为"煞风景",眼前的情景可列为现代"煞风景"一例。

读到这里,让出生于古都北京的我有说不尽的感慨。在北京高速度的建设发展中,类似古人所说的"焚琴煮鹤、花上晒裈、松下喝道"的现代"煞风景"的事还少吗?等大家终于从"先富起来"的梦中清醒,那些曾经掩映在桃红柳绿中的传统四合院、弯弯曲曲的胡同,还有原来大街小巷星罗棋布的点心店、水果店、绸布店、文具店,或那些完全可以和京都"哲学小道"相媲美的清幽景致,早已所剩无几。现在在我的"老家"建国门内大牌坊胡同(这条胡同80年代就没有了)一带,童年印象荡然无存,取而代之的是高楼大厦,车水马龙,霓虹闪烁,彻夜喧嚣,一觉醒来以为自己身在纽约也不为过。这一切是经济大发展时期的泡沫?还是像如今被拆得七零八落的古城那样,能有几百年寿命?好像谁也说不准。但有一点,蒋寅笔下日本京都古朴的风貌:参天古木环抱的寺院,曲径通幽处的民宅,"民俗色彩浓郁的手工艺铺子,作坊式的食品店,传统民居风格的旅馆"……它们共同构成一种质朴的生活和朴实的人情,这些才显得更加实在,让人觉得心里烙贴。这样的生活也应该恒久绵长。

母亲和我(上世纪50年代)

三

日本自明治维新后,现代化步伐始终走在中国乃至亚洲前面。与此同时,日本又是极力保护传统的国家,特别在战后重建过程中,成为东西文化结合的典范。日本学者柄谷行人曾经在《现代日本的话语空间》一文说到日本对亚洲不同国家、特别是中国文化兼收并蓄的态度。他援引冈仓天心《东洋的理想》(1902)一段话:"日本的艺术史由此成为亚洲观念的历史——东洋思想不断掀起的每一阵浪潮,都在这里的海滩留下一层沙粒,都在这个民族的意识中留下它们的痕迹。"日本学者对此有十分清醒的文化自觉,并不因为哪些是中国文化,哪些是印度文化而予以排斥。柄谷行人说:"日本特有的位置在于,从它的个别空间发展成为兼收并蓄的'宝库',成为亚洲相互交流的产物。"①日本就将这"宝库"视为自身弥足珍贵的传统。

《美丽的箱根》写道,箱根毗邻富士山,不像东京、京都这样的政治文化中心城市闻名遐迩,而是作者"从日本小说里看到的"的地方。

> 午后走到颇具规模的 MOA 美术馆,正值茶文化艺术品展出,我们一行鱼贯而入。虽说展品不算太丰富,但有些元代中国人的真迹,很珍贵。还看到一幅一休上人的字,书法和诗水平都一般,莫非一休大师也应了孔融那句名言,"少时了了,长未必佳"?

箱根不属于日本大都市,却有"颇具规模"的美术馆;而在不太丰富的展品中,又有珍贵的"元代中国人的真迹",与一休上人的书法和诗陈列一起。

蒋寅的散文不端架子,好像信马由缰,但包含的意思总耐人寻味。当看到这些流落异国他乡的文物保存完好,

---

① [日]柄谷行人:《现代日本的话语空间》,董之林译。张京媛主编:《后殖民理论与文化批评》,北京大学出版社 1999 年版,第 426 页。

可供游人欣赏，供学者研究，我不禁想起今年10月到居庸关长城游览的情景。居庸关特别吸引我的是云台（实为喇嘛塔基座，塔已焚毁），每逢至此，都要来这儿驻足观赏一番。云台始建于元代，中间有通道，通道两侧壁上刻有四大天王像，还有梵、藏、蒙、维吾尔、西夏、汉六种古文字刻成的经咒和造塔功德记，可谓元代大型石雕艺术精品。但如今已严重风化，虽然路面保护起来，但浮雕始终裸露在塞外干燥的风沙中，与几年前我看到的相比，面目又模糊了许多，非常可惜。同是元代艺术珍品，分处日本箱根和北京昌平两地，待遇却很不相同。海外常有人说，要想了解中国传统文化，就去日本，不仅内容丰富，而且保存完好。这话虽然很不中听，但实际上近年来政府和社会各界为保护文物付出的努力，与亟待抢救、保护文物的需要相比，还远远不够。

这里可以看出日本知识界和知识分子的力量。不仅对于民族文化，日本知识界有认真思想、反复考量的传统，在国家政事面前，也表现出不俗的品格。《京都大学》是集中描写日本国民最看重的"纯粹的学术品格"的散文。除了为日本贡献四位诺贝尔奖获得者，京大还有两件"影响日本历史深远的功绩"，"一是捍卫大学自治的传统，这是京大教授正义感的象征；二是推进环保运动，这是京大学生社会责任感的表现"。环保的成果在散文集随处可见，而京大教授正义感的事例则在这里留下重要的一笔。1933年5月，为抗议文部省解除泷川幸辰教授的职务，京大发生法学部教授集体辞职事件。

满洲事变后,日本右翼军国主义势力及其扩张野心急剧膨胀,时任京大法学部教授的泷川幸辰,秉着法学家的正义感和良知,在演讲和著作中不断予以批判……在课堂上讲对天皇正当防卫也是成立的,给学生以强烈的刺激。最终被文部省以讲演和著述"不稳当"、"反国家",对学生和公众产生不良影响的理由解职。泷川教授是个坚持自己信念的人,平生最憎恶谎言和卑躬屈节,离开京大后,他到大阪去做律师,临行留下的话是:"喜欢的山也可以去登登了。"

……这次事件乃成为不屈服于权力的京大学术精神的象征,泷川教授也在日本战败后的1946年重返京大任教,并于1953年出任京大总长。

从《京都大学》法学部教授集体辞职事件可以看出,关于日本侵华战争,还有日本妄图吞并亚洲,进而称霸世界的企图,在当时和现在的日本都并非铁板一块。这一点《平常心看日本》与《日本论》有相似的意见,只是其中的人物事件不同而已。两本书出版相隔80年,但由于作者能深入日本历史与现实生活内部,得出结论才不流于空疏浮泛,而具有参考价值。比如《日本论》对明治时期帝国陆军将领桂太郎、海军将领秋山真之和参谋次长田中义一的描写,通过作者亲身经历的几件事,将人物的历史活动勾画出来,客观、生动而有趣。张勋复辟前,孙中山派戴季陶前往日本了解情况,秋山真之反对张勋复辟,但碍于职责,"万不能随便讲话",于是便王顾左右而言他,实在被追问得紧了,回答就像打哑谜;田中则在客厅高悬张勋一幅"泥金笺的簇新的对联",上题"田中中将雅正",却反复向戴季陶解释他如何反对张勋复辟,"越说越长,越长越奇"。日本军界始终密切注视中国政局,对中国的觊觎之心由此可见一斑。作者在文尾总结道:"'此地无银三百两,隔壁小二不曾偷'两句话,确实有此意义。"但同为军界要人,具体到不同将领,对事情判断和做法也十分不同。

四

散文集不仅从政治较量、人格操守方面解析日本的复杂性,还通过文化观念对日常生活的影响,深入分析日本国民性。几乎每一部描写日本的书,都要提到樱花,提到樱花和日本武士精神。由于这本散文集前后篇什相互关联,具有唯美意向的樱花,在蒋寅笔下更多一层人类学和社会学含义。《枫叶和樱花》借自然景观展现大和民族传统价值观,却一点也不牵强附会,而且看过之后,你会觉得实在是"一方水土养一方人",真就是这个道理。

如果说枫叶的盛衰是全人类的故事,即使不那么红艳的香山红叶也有自己的悲欣,那么樱花就真是属于日本的传奇了。不知道世界上还有哪种花开得像樱花那么绚烂和茂盛,而又那么短暂,只消两三天,那云蒸霞蔚的花树便零落了。是零落,只能用零落这个词,决不能用凋谢或别的词。一般的花,都是花瓣先枯萎,然后才坠落,而樱花,因为太短暂了,短暂得甚至来不及枯萎,花瓣光鲜晶亮着,就那么飘零辞枝,纷披一地了。开放的短暂固然反衬出生命的辉煌,但樱花的绚烂主要是由飘落的景象渲染的。那回风转雪似的洒然飘落,没有亲眼见过的人,是绝对想象不出的……那种景象给人一种无法形容的凄绝的美感,任何比喻都显得拙劣和俗气,只有武士的精神与它有本质的相通,所以日本古语云:"花则樱花,人则武士。"意谓做花就要做樱花,做人就要做武士。

但在《钟情于自杀的民族》这一篇,作者列举了日本数字高得让人触目惊心的自杀现象,而后写道:"放眼世界,生活在苦难中的人口很多,生活压力大也不是日本人独有的负担",但为什么日本人在这方面的承受力如此之弱呢?这应该归结为一个文化研究的课题。

……我思索的结果,觉得不能不和日本崇尚的武士道传统联系起来考虑。武士精神中很重要的一点就是将某些义理和价值看得比生命更重要。这种传统的长久熏陶突出了决然了断生命的方式,使其形式意义远大于结束生命的原因和理由。

任何事物都有两面,唯美的樱花艺术也有对生命的冷漠。如果一意追求生命形式的极致,即使不能瞬间"盛开"、也要实现瞬间"零落",对于个人,可能是个人和家庭的悲剧。但如果这种无视或淡漠生命的潜在意象被放大到国家和民族,那将造成多少生灵涂炭?无论是对被入侵者,还是对入侵者,都是无以挽回的历史悲剧。因此我赞同樱花和武士属于"日本的传奇"的说法,正如日本早已不是武士的时代,樱花的美丽与神奇,是自然造化之功带给人类的惊喜,盛开如此,零落也是如此。

还有许多篇什,来不及一一介绍,都是作者看到日本民族优点同时,也看到问题所在,有时候优点和问题恰如一个镍币的两面,彼此不可分割。比如日本社会沿袭传统,基本上男主外、女主内,一个有固定职业的男人,收入起码可以让四口之家维持体面的生活。但"妇女以婚姻为职业"的"结果是,男人辛苦了一辈子,家里攒了多少钱却不知道。老汉被离婚,竟有一贫如洗的"。因此有人开玩笑说,日本男人的地位是世界最低的。而这种家庭模式使女人也不开心。"男人太累,女人太闲。太累则无心顾及女人;而太闲则离社会越来越远,无法和男人沟通。长此以往,必然生分疏远。"沿袭传统模式造成夫妻关系不和谐,高质量的家庭生活与夫妻关系形成一对不可调和的社会矛盾。再如,日本人很敬业,对工作"高投入",一定不给接下来工作的人留下麻烦,是世界公认非常好的合作伙伴。但日本人排外也是事实,完全以自我为中心。如果仅仅是排斥外国人、谨防别人抢自己饭碗,还算小的方面;那么放大了说,狭隘的民族意识造成一些日本国民甚至对历史问题也颠倒黑白。"日本人念念不忘广岛、长崎原子弹爆炸带给他们的痛苦,但就是不想想美国人为什么单单要炸他们,不想想日本军队在别国领土上杀了多少人。只记得别人如何害己,不记得自己如何加害别人。这可以说是相当一部分日本国民的固执心理。"狭隘的民族观念使他们在大是大非面前,依旧分不清对错。

对于日本,散文集有好说好,有坏说坏,既不溢美,也不脸谱化,一切感想都有具体的生活细节作为支撑,使读者尽可能了解日本社会方方面面。由历史来看,从日俄战争到二战被打败,从战后经济起飞到全球化时代的世界经济强国,日本影响世界近百年的过程,怎么会是单向思维概括就能说清楚呢?这本散文集不光是作者"平常心"的体现,也是他对日本别开生面研究所取得的成果。

2009 年 12 月 28 日完稿于北京

司徒雷登：一处有力的历史标识（上）

20世纪40年代,中美关系逐渐陷入冷战僵局。此后岁月荏苒,当年声名鼎沸的人物不为后人所知,也在情理当中。令人意想不到的是半个多世纪后,这段尘封已久的历史又浮现出来,一时成为关注热点。在社会变化的环节点上,蓦然回首,发现现实一些选择竟缘自当时;当时无法盖棺论定的事,特别是被裹挟其中的历史人物,他们种种复杂

的感知已成为社会肌体的一部分,不仅延续至今,也将我们导向一个有所预知的未来。

一位哲人曾说,一桩学问"是一种性格的事情而不是逻辑的,哲学家的信仰不是依着明显的根据,而是依照他自己的气质,他的思想只是要把他的直觉所以为的东西造成合理的"。我引这句话是想说明,对人们心头长期挥之不去的人与事,只局限于学术圈内,解释为对学术的热情,恐怕远远不够。

1962年司徒雷登病故,海外不断有纪念他的回忆文章面世。至上世纪末、本世纪初,大陆陆续出版关于司徒雷登的传记《无奈的结局——司徒雷登与中国》(郝平著,北京大学出版社,2002),《司徒雷登日记——美国调停国共争持期间前后》(陈礼颂译,傅泾波校,黄山书社,2009)、《燕京大学史稿》(燕京大学校友校史编写委员会编,人民中国出版社,1999),还有北京大学出版社连续多年出版发行的《燕大文史资料》专辑,等等。但时光不饶人,上世纪二三十年代入学的燕大学子就不必说了,单是1946年司徒雷登被任命为美国驻华大使、告别燕京大学时进燕大,与老校长有一面之缘的学生,当时如果二十来岁,活到现在,也已八九十岁高龄。耄耋之年,燕大人带着对司徒雷登的怀念之情,在即将纷纷告别人生舞台的时候,感到自己"直觉所以为的东西",却还未能"造成合理的",或者还未能达到他们所期待的结果,他们的回忆文字总让人感觉到一种紧迫和焦灼。

傅泾波先生为《司徒雷登日记》在大陆出版作序说:司徒雷登自1949年11月30日在美国"严重中风",经住院抢救脱离危险后,"跟我们一起住了十三年。他以一个虔诚的基督教徒和人类仁者身份,几乎每天都为和平、为中国的统一、为结束世界动乱等问题而祈祷",直到1962年9月19日阖然长逝。

环顾当今世界,战争、生态环境、文化、种族和性别等问题连连不断,而且险象环生。司徒雷登的愿望不但远未实现,他为这愿望付出的艰辛努力,也还远未得到人们理解,甚至许多人提起他的名字,只知道《别了,司徒雷登》。如果说,对司徒雷登的那些回忆、散记和随笔中有一种"气质"和"直觉"的流露,这种"气质"和"直觉"所呈现的,实际上是一代又一代燕大师生,对中华民族在全球化趋势中寻求正确发展途径的拳拳之心。因为恰恰在这一点上,司徒雷登以其一生经历,确定了一处有力的历史标识。

司徒雷登是出生在中国的美国人,也是燕京大学的缔造者,是享誉海内外的教育家。毛泽东1949年8月18日发表《别了,司徒雷登》,文章开头便提到这一点:司徒雷登出生于中国,"在中国有相当广泛的社会联系,在中国办过多年的教会学校,在抗日时期坐过日本人的监狱"。正因为他有如此经历,"被马歇尔看中,做了驻华大使,成为马歇尔系统中的风云人物"。毛泽东这篇文章主要针对1949年8月5日美国国务院发表的一份报告书:《美国与中国的关系——着重1944—1949年时期》(即白皮书),揭露当时美国政府干涉中国内政,为在亚洲、欧洲以及全球的利益,支持国民党打内战,严重损害了中美两国人民彼此的友好。尽管文章言辞犀利,但司徒雷登离华只是一个引子,全文矛头所向是美国政府的对华政策,并非都对着司徒雷登本人。

据统计,"《别了,司徒雷登》全文共三千多字,其中涉及司徒雷登的文字有三段,字数不足五百,约占全文的六分之一"(《无奈的结局》第 400 页)。文章开头的话也清楚地表明,如果不是司徒雷登与中国人民长期荣辱与共的患难经历,使他在抗战胜利后的中美两国均呼声甚高,美国政府也不会赋予一位在中国的教会大学校长以驻华大使的政府高官职位。但终究形势比人强,抗战胜利,国共和谈失败后,国民党在东北、华北战场一败涂地,成了美国政府眼里"扶不起来的刘阿斗"。与此同时,冷战序幕徐徐拉开,麦卡锡主义即将风行美国政坛,朝鲜战争转瞬即发。在这样的国际政治背景下,司徒雷登纵有天大本领,也无法使美国政府承认中共政权,只好服从政府调遣,"挟起皮包走路",离开他生活五十年、从此一直魂牵梦萦的第二故乡——中国。

以中国传统讲求功成身退、留得一世清名的为人之道来看,司徒雷登晚年从政是人生败笔。抗战胜利,司徒雷登如果不接受大使任命,继续燕京大学校务长的职务,他的中国经历是不是就几近完美了呢?所谓"文章不与政事同",教育家从政,学问一经政治染指,就显得龌龊而不再清高。但问题是司徒雷登不是中国传统文人,脑子里并没有塞满传统文人儒道互补、进退有据,爱惜自己羽毛,贪恋清誉的人生哲学。

从传教士、教育家,到驻华大使、美国政府官员,要了解其人生转变,必先了解司徒雷登所处的时代环境和他所受的教育,了解司徒雷登青年时期勤奋学习、认真思索,其人生观最终确立的过程。司徒雷登父母都是 19 世纪下半叶来华的美国传教士,司徒雷登 1876 年出生在中国杭州,但他人生最重要的受教育阶段全部在美国完成。他11岁由父母带回美国读书，1896年，年仅20岁的司徒雷登以名列第二的考试成绩毕业于美国著名的汉普顿·悉尼学院，获文学学士学位，到潘托普斯学院从事拉丁文、希腊文教学，执教三年后，又进入弗吉尼亚协和神学院学习三年，并以最优秀的成绩获神学学士学位，开始其牧师生涯。这里需要特别说明一点，在美国，只有读过大学的学生才能进神学院学习，而且相当多的神学院学生都毕业于美国名牌大学。

司徒雷登故居

1904年底，在美国当时盛行的"学生志愿赴海外传教运动"影响下，司徒雷登又回到他的出生地中国。出于这样的时代环境和教育背景，以及他本人经过种种思想斗争，最后决定投身海外传教士行列，司徒雷登青年时期对世界局势和基督教的现代宗旨就有深入思考。1916年，他在与同事陈金镛合著《圣教布道史》中说：

> 今日担任布道者，实为立于剧烈之战场，争存竞

进,不可不以劣败自凛,优胜自勉,非然者,不第圣教未及之处,难期开拓,即圣教以及之处,亦将停滞。

该书认为,基督教是世界现代化进程唯一的精神指南,并号召传教士为传递基督的现代福音一往无前,"以劣败自凛,优胜自勉"。司徒雷登对这一宗教信仰的认定,是多年对宗教问题潜心研究的结果,并与他对世界其他两大宗教教义的比较和评价紧密相关。司徒雷登认为,佛教始祖释迦牟尼怀有"普济众生"的观念,但佛教"旨杂而不纯",其本质是"逃避",告诫人们逃到来世中去。"这一学说不仅忽视了人类在当今世界奋斗的成果,也抹杀了人类与非人类的根本区别。这也是佛教之所以难以被世界广泛接受的原因所在。"他对伊斯兰教的看法是"尚力而不尚德,其教与势并进,自必与势并退"(《无奈的结局》第36、37页)。虽然佛教、伊斯兰教与司徒雷登信奉的基督教有许多分歧,但身处信仰多元的时代,面对来自不同文化背景的莘莘学子,特别是传教士和教育者的身份,使司徒雷登并不是一个偏执的基督教义鼓吹者,而是尊重现实、并灵活应对的信仰实践者。从美国回中国后,1915年,在"美国长老会第四次平信徒教大会"上,司徒雷登阐述了对中国问题的主张。他说:"一个人对某些事物的看法和其对学术研究的见解与他的宗教信仰是两回事。在宗教团体内部,根本没必要把因受本人学识和环境影响所产生的不同意见当作违反宗教信仰来大加反对和干涉。"(同上,第34页)或者说,不同信仰和不同文化背景的人,都可能在学识上、在对事物的看法上互相讨论,并且达成共识。这种开放的宗教观使司徒雷登在华生活几十年,与晚清旧臣、北洋军阀、信奉三民主义的国民党官员,还有相信共产主义的共产党员之间,都建立起"相当广泛的社会联系"。

值得注意的是,司徒雷登对待基督教信仰的自由主义观点,并没削弱基督教赋予他的使命感,反而使他的追求具有包容性而更为有力,得以实现的可能性也更大。单一的、绝对排他性的信念看似纯粹,实际却如同建造在沙滩上的楼阁,由于缺乏广博而深厚的根基,经不起风吹浪打。关于19世纪末基督教改革对司徒雷登的影响,后面还要谈到。这里是想说明,传承西方理性传统,司徒雷登的人生观是经过反复考辨、具有深刻现代性质的逻辑体系,而非出自一时冲动或人云亦云。因此,他既然能义无反顾地放弃美国优越的生活条件来中国,在浙江贫困地区传教,后来历经艰难,白手起家创建燕京大学;便也能临危受命,出任美国驻中国大使。换句话说,这一切都是司徒雷登人生观在实践中必然的结果。因此,司徒雷登1946年日记写他接受美国驻华大使的任命,从获举荐到走马上任还不足半月,中间没有任何犹豫或反复:

> 马歇尔将军于一九四六年七月四日已谈到举荐我为驻华大使的事。杜鲁门总统于同月十日向参议院提名。十二日得获批准。七月十五日抵南京履新。二十日往牯岭向蒋介石递国书。二十七日二次上牯岭。患病。八月四日谒见蒋介石,八月五日回南京,该晚见周恩来。(《司徒雷登日记》,第12页)

不过话又得说回来。在内战一触即发的紧要关头,出任美国大使,这对当时的司徒雷登来讲是非常突然的。司徒雷登是在日本天皇宣读《停战诏书》的第三天,1945年8月17日从日本监狱获释,他当时已年近七十。在被日本侵略者囚禁的三年零八个月时间里,司徒雷登撰写并翻译了大量文稿,其中有自传《平生自述》,《第四福音小注》和《四字成语》、《论语》的英译和节译稿等,这些都是为他出狱后继续燕京大学的教学和研究做准备的。而且就在出任大使之前,司徒雷登刚刚为劫后余生的燕大在美国筹集到一大笔经费,并打算在学校各项工作步入正轨后,能辞去行政领导,潜心研究。因此,弃教从政,对于当时正一心扑在燕京大学事务上的司徒雷登并无任何思想准备。但当马歇尔把和谈陷入僵局的重重困难向司徒雷登挑明,希望他能在这多事之秋担当起驻华大使重任,促使和谈成功,建立民主政府,而避免内战发生,司徒雷登还是放弃了自己多年来渴望著书立说的研究计划,毫不犹豫地接受了这件非常棘手的工作。为此,马歇尔1946年7月5日发给国务院电文说:

> 我需要这样一位大使人物(指司徒雷登,笔者注)的帮助,他能够立即在谈判双方产生一种高度的信任感。……我之所以要求他出任,是根据所有在中国的知情人士,无论是美国人抑或是中国人之反应,他是一位占有独一无二位置的高度受尊重的外国人。他完全无缺的人格标准,以及他五十年来在中国的所作所为是西方最好的榜样。国民党和共产党都同样的信任和仰慕他。不久前为他70寿辰在北平举行的庆祝成了

一项盛大的活动。他大公无私,心中只有中国和美国的利益。(《无奈的结局》,第303、304页)

这份电文,也是曾在二战中功勋卓著的美国陆军参谋长、五星级上将马歇尔本人评价司徒雷登的肺腑之言。

然而,"义理与事功"难以两全。司徒雷登在国共和谈失败、解放战争已进入尾声的1949年7月,仍然留在南京,不听国民党政府调遣,拒绝把美国使馆迁往广州。他在7月17日日记中写道:"发出一封强有力的信给国务院,表示反对往广州,可能这么一来,长时间的拖延便足以解决问题了。"这里所说的"解决问题",即与中共政权接洽(《司徒雷登日记》,第158页)。他还通过原来燕大学生、共产党员黄华等人与中共取得联系,准备带"一篇关于这个题目的资料"去北平,所带资料据傅泾波先生的校案解释:"除了关及司徒师北上之外,兼具与中共进行交涉的性质。"(《司徒雷登日记》,第160页)而且,"就在司徒雷登离开中国之前,中共领导人毛泽东、周恩来和叶剑英在与到北京访问的原国民党粤军元老陈铭枢谈话时,不仅对司徒雷登在日本占领时期所表现出的顽强精神及数十年来在中国从事教育工作的成就表示赞扬,还对他寄予了'最重要之希望'"。"希望今后美国不再援助蒋介石在中国之反动政府;希望美国能按照罗斯福总统、史迪威将军和华莱士先生的方式制定其政策。如果美国将来能这样对待中国,中国自然会以同样友好回报。而这一切之实现就有赖于司徒先生回国的努力"①。但由于当时美国政府反共的对华政策,也由于白皮书发表,中美关系这一历史机遇转瞬即逝。司徒雷登回美国随即接到政府旨意,让他不要在公开场合发表有关中美关系的个人意见,四个月后他一病不起,不得不辞去大使职务。

司徒雷登虽然是美国人,但命运把他与中国不可分割地联系在一起。因此他的经历让人想起中国近代史上,在传统变革中奋力拼搏的志士豪杰们的悲剧,在良好的个人禀赋与所要达到的目的之间有太多、太大的阻隔。历史学家这样评价晚清历史大变局中的代表人物:"他们(指曾国藩、李鸿章,笔者注)在数十年强毅力行之后都是带着一腔不甘心的悲哀离开这个世界的。这种悲哀越出了一己之私,因此这种悲哀便成了中国近代历史的一部分。"②中国历史上不乏满腹经纶、文韬武略的英才,而一旦置身于19世纪西方炮舰下的本土现实,无论抵抗、和戎,赔款、割地,还是师夷之技、兴办洋务、以图自强,他们都是把中国置于全球化总体格局之外,"在西人的进取之势下,努力用绕出'挞伐'的办法为中国守住自己的界限,而其深处所蓄,则是和局不足以久恃,长远之图在自强。因此,和戎虽不言战争,而其中一定会含着排拒"(《义理与事功之间的徊徨》,第

---

① 林孟熹:《司徒雷登与中国政局》,新华出版社2001年版,第134页。转引自郝平:《无奈的结局》,北京大学出版社2002年版,第402页。

② 杨国强:《义理与事功之间的徊徨——曾国藩、李鸿章及其时代》,三联书店2008年版,第212页。

176页)。既要学习西方,又怀着深深的排拒之心,以"守住自己的界限";既要变法,又不能越皇权文化雷池一步。这样的两难境地,使所有主张民族自强的重臣名将无一不是悲剧结局。曾国藩死于天津教案二年(同治十一年二月,即1872年初),临死前,他所期待的"中兴尚不可见而千古未有之变局已经逼来",而他本人却早已精殚虑竭,"唯祈速死为愈耳";李鸿章死于庚子之乱第二年(即光绪二十七年,1901年底),与他的老师曾国藩去世时相比,此时的中国"已是在由变局而入危局",如此不堪的时事,令他临终前"目犹瞠视不瞑"(《义理与事功之间的徊徨》,第211页)。至于他们身后的骂名,有来自民间的,有来自朝廷、士人的,真是数也数不清了。

同在中国从政,司徒雷登的见解与近代史上封建朝臣的区别显而易见。重要一点在于,他把中国和美国、西方的关系放在一个更广阔的国际背景来考虑。因此,虽然他本人信奉基督教,对共产主义持否定态度,但这些观念分歧,并不是他认识或处理中国问题的着眼点。他始终认为,中国这样的大国,一定会在现代化的世界发展趋势中起重要作用,甚至"一旦强大起来,将可能对世界其他国家造成威胁"。因此作为基督教传教士、上帝代言人,他有责任和义务使这个国家向好的方向发展,这不仅仅是一个民族自强的问题,还涉及现代化进程中人类的整体利益,其中当然也包括美国的利益。在他看来,那种靠侵略和武力抢夺、瓜分殖民地的帝国主义行径,早应该退出历史舞台,而中华民族自我意识的觉醒正应该从这里开始。为达到这个目的,在司徒雷登作为传教士刚回到中国的时候,是以推行基督教化和西化的布道方式进行。他在1908年2月发表的《传教士与中国人民》一文中说,他要让传教士朋友们认识到,他们目前在中国所从事的事业是在"创造一个新的国家"。越到后来,他的思想越脱离某些凝固的宗教教义,特别是他担任驻华大使期间,进一步深入到国共两党和美国政府高层内部,对中国政治局势及其国际地位,有更加鞭辟入里的分析与洞察。尽管他曾错误地要求美国政府援助国民党打内战,而且美国政府公布的白皮书中,也有他作为驻华大使提交政府的报告中对中共的评价和看法,"这对中共领导人的伤害也是不轻的",所以才有《别了,司徒雷登》,毛泽东说他"平素装着爱美国也爱中国,颇能迷惑一部分中国人"的揶揄之词。

但从司徒雷登本人来说,二战结束,他希望建立国共合作的民主政府,并因此与蒋介石分手,结束了他们个人之间长达二十多年的友谊,并留守南京,等待美国政府承认中共政权。当所有这一切努力都失败了,他回到美国后,明知"政府不希望他就中美关系问题随便发表看法",还是在一次燕大校友为他举行的招待会上就美中关系问题谈了六点看法:

(1) 中国共产党是中国第一个实行其主义的政党,而国民党虽有宏伟的主义却不奉行;

(2) 共产党将继续执行国家主义政策,而不会使他们自己从属于莫斯科;

(3) 在中国共产党的领导人中曾有过意见分歧,但不会出现分裂;

(4) 满洲将参加共产党中央政权,但要受苏俄控制;

(5) 共产党人具有组织的才能,但管理经济上有困难;

(6) 一旦整个中国被共产党征服,美国也将承认它。①

更难得的是,他回美国后,通过他在中国生活,特别是担任驻华大使期间与共产党高层接触的第一手资料,不断阐述他对中国共产主义运动的见解。1949年10月6日至8日,他在美国国务院召开的对中国的政策问题讨论会上指出,

就长远而言,中国悠久的文化传统将对中国的共产主义产生巨大的影响,而这种影响力将使中国的共产主义具有"完全的中国特色"。他提醒人们,虽然"目前中国共产党的领导人决心实行他们从俄国学习到的正统共产主义的所有方法",但最终一个有中国特色的共产主义肯定会出现。②

对共产主义为什么会在中国取得成功,他认为,这既不是由于共产主义理论本身的魅力,也不是由于美苏两国的

---

① 中国社会科学院近代史研究所译:《顾维钧回忆录》,中华书局1988年版。转引自郝平:《无奈的结局》,北京大学出版社2002年版,第407页。

② *Hearing on the Institute of pacific relations*. October 6—8. 1949, pp. 1600—1601. 转引自《无奈的结局》,第407页。

外部影响,而是由于国民党腐败无能,由于国民党背叛了孙中山的三民主义,拒绝实行社会改革。这次会议一个多月以后,司徒雷登在纽约出席外交关系会议时,再次发表他对中国共产主义运动的"独特见解":

> 中国的共产主义运动既不是工人运动也不是农民运动,而是知识分子的运动。历来中国民众是追随知识分子的,一旦大批知识分子都接受了共产主义,则整个国家也就跟着走了,所以知识分子对中共起着关键性的作用。①

司徒雷登说这番话,距离他严重中风只有八天时间。可以说,这些话表达了他对中国最后的心愿。特别值得一提的,是后来司徒雷登健康稍有好转撰写的回忆录最后一章,明确反对搞"两个中国",反对一些人提出的"中华民国在台湾,中华人民共和国在大陆"的主张。他呼吁美国政府不要考虑一方面支持台湾的国民党政权,一方面又同意接纳大陆的共产党政府进联合国,因为这"在实际上造成一种分裂局面,出现两个中国"。"任何主张分裂的建议很可能遭到世界各地的中国人和那两个相互对立的政府的共同反对。"(《无奈的结局》,第417页)后来的历史证明,司徒雷登当时对中国和中国共产党的分析是带有预见性的。

---

① 林孟熹:《司徒雷登与中国政局》,新华出版社2001年版,第206页。转引自郝平:《无奈的结局》,北京大学出版社2002年版,第407页。

俗话说得好,不入虎穴,焉得虎子。教育家从政,特别在国共纷争愈演愈烈,内战即将爆发的紧急关头,司徒雷登告别风景如画的燕园出任外交官,恰如身临虎穴。但如他所言:"知识分子对中共起着关键性的作用。"他的话使美国政府和民众对中国的共产主义运动加深了理解;同时也表明他本人对于知识分子在这个时代的担当,给予了多么深切的希望。对此,他在为美国政府任职期间也身体力行,特别是回国后,尽管他对"中共的严厉批评"和"燕京大学与其他大学合并的消息"耿耿于怀,对当时中美关系恶化、前景渺茫"痛心之至,常常夜不能寐",但他上述对中国问题许多结论性的看法,依然表现出一个真正的知识分子所具有的良知,以及反复研究、深入思考所得出的不凡见解。

2010年9月17日

司徒雷登:一处有力的历史标识(中)

创办燕京大学,不单是对司徒雷登实践能力的检验,也是对他信仰和意志的挑战。

燕京大学校匾——蔡元培题

这要从司徒雷登作为传教士来中国的经历说起。司徒雷登本不愿意走父母的路,大学毕业做一名传教士,重返中国。他在回忆录中说,当时念及此事,深感不悦,甚至"彻夜未眠"。他无法想象自己怎么还能和父母一样,再回到中国过那种现代遁世隐居者的生活,忍受种种烦恼和困苦。那时的司徒雷登渴望凭借自己优异的学习成绩和研究能力,留在美国当一名教师。因此大学毕业后,他到潘托普斯大学担任拉丁文和希腊文教师。就在他从事教学的三年时间里,基督教青年会在大学开展的学生赴海外传教运动,使司徒雷登改变了人生航向。在时代精神感召下,"传教士已不再是个会引起他人耻笑的职业,而几乎成为英雄的代名词"。司徒雷登在自传中写道:

> 在我教书的那一段时间里,我曾在两个夏天参加了基督教育年会和学生海外传教运动在马萨诸塞州诺斯菲尔德城召开的大会。人们在那些会上对宗教信念所表现出的不屈不挠和为之献身的精神,给我以莫大的触动……那两次会上所阐述的宗教信念与我过去所熟知的那一套古板而枯燥无味的信念截然不同。耶稣成了青年们崇拜的偶像和理想,而不仅仅被当作一种神学的体现者了。①

把大学视为崇高理想的发源地和集散地,司徒雷登在

---

① John Leighton Stuart, *Fifty years in China — The Memoirs of John Leighton Stuart, Missionary and Ambassador*, Randon House, New York, 1954, P. 26. 转引自郝平:《无奈的结局》,北京大学出版社 2002 年版,第 16 页。

潘托普斯学院的经历，决定了他后来的命运，也形成他以后对如何办大学教育、如何确立办学宗旨的初步印象。司徒雷登一生有两次重要的选择，一次是他从弗吉尼亚协和神学院毕业后，决定放弃美国优裕的生活条件，到贫穷落后的中国做一名传教士。还有一次，就是来中国15年、在南京生活11年后，他又一次放弃在南京金陵神学院已经应对自如的研究和教学工作，负责燕京大学筹建工作，出任燕京大学第一任校长。这两次放弃和选择，都不完全出自他的主观愿望。比如第一次，司徒雷登原想大学毕业，到弗吉尼亚大学和约翰·霍普金斯大学继续深造，或者去德国进修，"毕业后当一名教师，在讲坛上度过自己的一生"。但在汉普顿·悉尼学院三年的基督教青年会会长的经历，使他在动员其他青年会成员去海外当传教士时，必须面对一个问题：在信仰的驱使下，已经有数以千计的大学生奔赴非洲和亚洲，"难道自己就不能为了信仰放弃舒适的物质生活的诱惑吗？果真如此的话，自己还有什么脸面去动员和说服别人参与海外传教运动?!"(《无奈的结局》，第18页)在犹豫不决的时候，他把决定权交给教会和他所属的布道团，交给他的信仰。当信仰和己愿发生矛盾，司徒雷登把决定权交给信仰，并把服从信仰内化为自我人格。这种自我人格逐渐实现的过程，决定了他的人生走向。

燕京大学的历史，要追溯到1860年英法联军火烧圆明园之后，西方教会势力开始在北京等北方地区漫延。此前，清政府对皇城北京一带的教会活动控制很严，因此为数不多的教会学校条件十分简陋，甚至称不上学校。燕京大学主要就由这样三所教会学校，即华北协和女子学院、华北协和学院和汇文大学合并而成。稍微考察一下这三所学校的来历,司徒雷登筹建燕京大学的难度便可想而知。1864年,苏格兰传教士威拉姆·博恩斯收养了三个沿街乞讨的中国小女孩,因无力抚养,后移交给了第一位来中国的美国基督教传教士裨治文的夫人伊利莎·布里奇曼,连同她另外招收的两个女孩,布里奇曼创办了以自己丈夫名字命名的女子学校。在此基础上,后来由美国长老会、英国传教士协会和美以美教会妇女海外传教士协会参与,创办贝满女学堂,即建立于1905年的华北协和女子学院的前身。1867年,美国传教士理事会在北京通州开办一所专门招收基督教徒子弟的学校,即1869年建立的通州潞河书院,1889年更名为华北学院,后又在英国传教士和美国长老会支持下,再次更名为华北协和学院。1870年,美以美教会在北京成立了一所仅有一间房和三名学生的学校,这三名学生每天上学的目的,只为得到一碗米饭。至1894年这所学校学生人数达到141名,这就是当时在北京颇有名气的汇文大学。但这些教会学校,根本不能与当时的京师大学堂(后改名为国立北京大学)相提并论。它们美其名曰大学、学院,实际上以当时的办学条件和教学成果来看,充其量只算得上是"小神学院"(司徒雷登语),有的更像一种教会的慈善组织。然而,就是这样的光景也难以维持。1900年5月义和团攻入北京,不但外国人的教堂和领事馆,教会学校也是进攻目标。其结果,刚有些规模的汇文大学和华北协和学院的校舍被付之一炬。

义和团过后,美国基督教公理会、长老会、美以美会和英国公理会,也就是这些教会学校的支持和参与者,一次又一次地讨论协商,希望把汇文大学、华北协和学院等教会学校化零为整,从而加强办学力度。尽管合并势在必行,但这些学校不仅办学条件有限,而且内部人事纠纷层出不穷,是一个多年来议而不决、令人头疼的"烂摊子"。由谁来主持合并工作,接手这个"烂摊子"?也就是由谁来就任学院合并后的新校长?设在纽约的托事部收到许多推荐信,多数举荐者不约而同地认为,当时在南京金陵神学院执教的司徒雷登是最佳人选。1917年,基督教青年会国际协会副总干事、中华基督教青年会第一任干事布罗克曼推荐司徒雷登说:"司徒的才具足以领导任何教会的教育机构。他生于中国,此事其他同僚望尘莫及,中英文运用自如,而且深谙中国文学,可称一时无双。他的心灵亦属难得的品质,我相信他举世无仇敌,在未来的北京大学(当时燕京大学的英文名称,笔者注)中能调和中外,折中新旧思想。"推荐意见一致认为,"司徒雷登不仅能说一口流利的南京官话,还对中国官场的人情世故和各种繁文缛节了如指掌,运用自如。加之他性情温文尔雅,待人坦率真诚且热情,不仅在同事和学生中很有人缘,而且使他比其他美国传教士更易于被中国人接受。无论与什么样的中国人打交道,他都能以其儒雅和平易近人的风度获得对方的好感,并因此结交了不少中国朋友"。(《无奈的结局》,第67页)

从这些推荐意见可以做一种推断,在中国出生,良好的语言天赋和中文基础,固然是担任中国教会大学校长的有利条件,但具备这种条件的并非只有司徒雷登一人。问题的关键在于,面对合并过程中无穷无尽的人事纠纷,司徒雷登在中国同事和学生中"有人缘","儒雅和平易近人的风度",在人际关系方面的协调能力,却是不可多得的,也是托事部选中司徒雷登最重要的理由。在他们看来,这是一种难得的素质,而不仅是前面所说的一种技能。一种技能可以靠朝夕学习、锻炼所得,而人的素质不同,司徒雷登与人交往的素质,是在当时国际局势中,不断审时度势而形成的比较开放的宗教观演化的结果。

如果按照现代行为科学的一种看法,人与人交往也是一种技能,那么在司徒雷登的"交往技能"背后,则有其人生观和宗教价值观为基础。这一点在当时的传教士和教会大学中最为难得。19世纪末至20世纪初,美国自由主义宗教观对司徒雷登的影响,本文将放在下篇集中介绍,这里仅摘录司徒雷登比较赞成的基督教自由派的话,表明他宗教立场的基本倾向。基督教自由派认为,"只要每一个宗教形式或派别之间都怀有一种共同的宗教感情,彼此之间就可以相容;不应以信仰上帝的外在形式决定一切,而应对造成不同信仰的历史和文化原因予以理解"(《无奈的结局》,第30页)。司徒雷登赞成这种观点。人的宗教信仰不同,这是事实。然而不同信仰的外在形式,应该建立在一种彼此可以"予以理解"的历史和文化原因之上,外在形式固然有差异,但这些差异相对那些人类社会的普遍性因素,则不是不可逾越的障碍。这种观念在当时基督教内部是比较前卫的,它为不同信仰之间人们彼此尊重、相互沟通和信任打开一道历史性的闸门。

司徒雷登同时认为,传教是传教士个人对一种理想境界的追求,或者说是一种个人的修为。因此,这种追求不能通过对不同信仰国家和民族的轻蔑、敌视、甚至武力加以实现。基督教是关于世界和平的学说,传播基督教靠的是传教士对这种学说发自内心的信仰与热情,绝不靠基督教国家的势力。"历史上的许多基督教国家自身已夭亡,而基督

穆楼兴建时,门前还是水洼一片

教却依然存在于世即是这一观点最有说服力的证明。"①不仅不鄙视不同信仰的国家和民族,为使中国听众更易于理解,司徒雷登还用儒家的概念去诠释基督教义:"中国古圣人有言曰:大道之行,天下一家,中国一人",在不同的种族文化中发现彼此相通的一面。司徒雷登本人十分欣赏儒家学说,经常在传教中把基督教义和一些儒家学说联系起来,并对儒学给予高度评价。但他也意识到儒学自身的问题:传统儒学所谓"天下"的范围很有限,不仅涵盖不了东南亚

---

① 司徒雷登、陈金镛:《圣教布道近史》,中华基督教青年学会全国协会书报部 1916 年版,第 67 页。转引自郝平:《无奈的结局》,北京大学出版社 2002 年版,第 38 页。

各国,更"未能流行于欧美",特别是在现代化的世界发展趋势中,传统的儒学难以应付国计民生亟需解决的现代生存问题,以及现代国家的管理问题。因此,基督教会在中国兴办教育,传播人道主义思想,提高社会的科学知识水平,加紧对民众现代生存技能培训,是一件紧迫而有深远意义的工作。

就司徒雷登本人的观念而言,传教和兴办教育是相互依存、互为表里的。当年教会组织的众多考察者也在这一点上达成共识:要办成一所中国当代最具规模的教会大学,持现代宗教教育观的司徒雷登无疑是最佳人选。1918年12月3日,美国董事会决定聘请司徒雷登来北京担任正在合并的新校校长。

司徒雷登校长　校务长

至1919年春,经与各方斡旋,"司徒雷登接受了中华基督教协进会会长、著名基督教人士诚静怡博士的建议,以'燕京大学'作为新校名。立即使久议不决的难题迎刃而解,使每个人都得到满意",燕京大学正式成立。① 司徒雷

---

① 燕京大学校友校史编写委员会编:《燕京大学史稿》,人民中国出版社1999年版,第5页。

登决心在北京这座古老的文化和政治中心城市,"通过集思广益,通过自由地进行新的教育试验的办法为在中国办一所教会大学创出一条新路来"(《燕京大学史稿》,第6页)。

燕京大学最初校址设在北京城东南角盔甲厂一带,也就是原汇文大学附近的十所院落中。学校经费短缺,校舍简陋,周围环境破烂不堪。这种条件根本无法吸引高质量的教师来燕大工作,更无法实现司徒雷登的理想:把燕京大学办成哈佛、耶鲁那样的世界一流大学。但当时无论北京还是纽约,所有关注联合办学的人都把注意力集中在人事纠纷上,比如司徒雷登"所有的朋友都劝他避开那个他们认为无法收拾的烂摊子",所谓"烂摊子"是指几所大学在合并问题上为学校名称、以谁为主等问题争论不休,"只有哈利·路斯(Henry W. Luce)博士除外",提醒司徒雷登"要仔细审查经费方面的问题"。当四个布道团提供给燕京大学建校的五万美元很快在购置零星的校舍地皮和修缮房屋

女部主要建筑姊妹楼,北为麦风阁,南为甘德阁

中用掉之后,司徒雷登叹道:"我接受的是一所不仅分文不名,而且似乎是没有人关心的学校。"(《燕京大学史稿》,第5—6页)为学校筹集资金、寻找与燕大未来发展规模相匹配的新校址,是燕京大学亟待解决的问题。为此,司徒雷登采取了两方面措施:一是推荐曾为山东齐鲁大学筹资颇见成效的哈利·路斯博士担任纽约托事部副主席,在美国各地募捐;二是由他带领一队人马,为燕京大学另觅新址。

于是人们看到这样一幅风景:一个高鼻子、蓝眼睛的"老外"率领一行人,骑着毛驴、自行车,或者步行,风餐露宿,不知疲倦地奔走在拒马河畔,西山脚下,北京四郊都有他们的身影:手搭着凉棚,指指划划。这是司徒雷登和同事们在为燕大选新址。最后他选中的是"清乾隆年间淑春园旧址",当时归陕西督军陈树藩所有。司徒雷登看中这块地,因为它位于通往颐和园的公路干线上,附近西山上有许多美丽的庙宇和殿堂,而且离城只有5公里。司徒雷登自1920年为燕大购得淑春园旧址,又继续购得相邻的明代米万钟的勺园故址,至1926年师生迁入新校址时,燕京大学已是今非昔比;再至1929年校园举行隆重的落成典礼时,燕大又陆续购买了燕南园、燕东园、农园、镜春园、蔚秀园、承泽园、朗润园等,面积扩大了四倍,通称燕园。这里还应该提到燕园的总设计师、一位毕业于美国耶鲁大学的美国建筑师亨利·墨菲(Henry Killam Murphy)。亨利·墨菲曾于1914年专程到北京参观故宫,认为故宫是世界上最优秀的建筑群,此后多年他一直研究和设计这种古代建筑。司徒雷登聘请他做总设计师,他的设计方案经过中国工匠精心施工,充分体现了司徒雷登、哈利·路斯等同仁的设想:

1929年由校友集资建成的西校门(校友门)

> 一开始,我们就决定按中国古代的建筑形式来建造校舍。所有建筑物的外观都设计了优美的飞檐和华丽的彩色图案,而主体则采用钢筋水泥结构,并配以现代化的照明和水暖设施。这样,校舍本身就象征着我们的办学目的——保存中国传统文化的精髓。①

毋庸赘言,如此不凡的校园规划和宏伟的办学目标,所需资金绝非一般数目。司徒雷登最初曾设想自己不涉足经费问题,请副校长路斯博士和洪业(煨莲)先生负责到美国筹款,而把他的精力主要投放在教学和研究方面,以提高燕大教育质量。但经费问题使司徒雷登无法实现这种想法,而且这个问题一直困扰着他,几乎伴随他整整二十多年的燕大生涯。1922年,路斯和洪业先生到美国筹款一年半

---

① 郝平:《无奈的结局》,北京大学出版社2002年版,第87页。

后,仅募得200万美元,这笔钱对燕大的兴建远远不够。于是从1922年燕园开工,司徒雷登不得不亲自披挂上阵,到美国募捐。至1936年抗战爆发为止,他先后赴美十次,平均一年多一次,在各种场合讲演、筹款,紧张的募捐活动使他一度患上一种神经性消化不良症。三十年后司徒雷登回想起当时的情景说:"我的一位同事至今还记得我有一次参加募捐回来后说的一句话:'我每一次面对乞丐时,都感到自己同他们是一类人。'那真是一件长期而艰难的事。"(《无奈的结局》,第76页)但募捐的成就果然不菲,司徒雷登十次往返,共募集得两千万美元。而且燕大许多教学楼和学生宿舍楼都由私人捐助,捐助的唯一条件是不干预校政。所以司徒雷登曾自豪地说:"所有的都是美国人自愿赠给的,美国政府没给一分钱。"①

教学中心广场矗立着一对华表,向东为校部办公楼(贝公楼)

---

① 燕京大学校友校史编写委员会编:《燕京大学史稿》,人民中国出版社1999年版,第12页,第7页。

在中国首善之区北京创办一所如此规模的教会大学,司徒雷登也得到中国国内上上下下各方面的支持。特别是在上世纪30年代美国经济萧条时期,燕大在国内开展百万基金筹措运动,筹来的资金约占年度经费的百分之十(《燕京大学史稿》,第12页)。中国近代以来屈辱的历史,使得学习西方以自强,逐渐成为朝野共识。虽然戊戌变法失败了,但传统不足以为训,立志向欧美学习,从哲学、经济、立

燕大图书馆藏书丰富,管理先进,所藏珍本善本书尤为名贵

法到科学技术,西学东渐的潮流愈加势不可挡。这样的历史环境为燕大的筹款工作提供了有利条件。当时无论清末遗老遗少,还是地方军阀、官僚、商贾,在司徒雷登诚恳热情的鼓动下,都曾向燕京大学慷慨解囊。《无奈的结局》引述一段当事人回忆,十分生动地表明司徒雷登为燕大购置地产时,中国不同政治势力所给予的资助。书中说,1988年12月21日《文汇报》刊登董健吾先生遗作,记述司徒雷登

当年如何专程到陕西找陈树藩,从他手中为燕大买地的经过。董先生写道:

> 1920年,我到陕西西安接办圣公会所办的西安中学时,司徒雷登来西安找我,托我与陕西督军陈树藩商量,可否将陈在北京所置的产业勺园,割爱价让于燕京大学为校址。
>
> 司徒雷登这次来陕准备了20万美金的巨款,决心买到勺园,扩展燕大,使它赶上美国哈佛、英国剑桥的声望。经我与陈树藩联系,陈说,他购勺园是为其父晚年退休养老之用,决定留让之权,操在其父手中,他难以做主。这年中,凑巧我常于晚间同水利专家李宜之的父亲李同契和陈树藩的父亲同赴易俗社听秦腔……(交谈中)陈父表示,可以与其子协商,但说"价格方面,对方知我们的购价是20万两银子,实际上外加中间代笔和两年的保养费等,合计起来将近30万两银子"。我听他口气似有成交的希望,即去找司徒雷登。他听了,一连说了几声"好极了",还说:"我理想中的交涉能手毕竟是老弟。我深信你是上帝赐予我的一把钥匙,将我成功之门敲开了。"不久,传达送来两份陈督军的请帖,一份给我,一份给司徒雷登。司徒雷登认为,今晚大有成功之望,因为他已从美国筹到一笔巨款,除付园价外,还能建筑几座华丽的校舍和教授的住宅,不怕卖方开价高,但恐不卖。
>
> 是晚六时,我带领他到了督军署。宾主相见,随即入席会场,李同契老先生和成德中学校长董雨陆也被

邀到席。陈致欢迎词后,只见司徒雷登恭恭敬敬地站起来,向督军行了一个鞠躬礼,用漂亮的京语表达了来意和谢忱。这时陈父出来了,大家起身招呼,打断了司徒雷登的外交仪式。我们重新坐下,陈督军又开始说:"我购置勺园,是作家父晚年退休养老之用,绝无出让之意,也无谋利之图,有朋友劝我价让燕大,这是违反我聊尽孝意的初衷,我们坚决不肯,毫无商量的余地……"(司徒雷登听到这里,双目对我瞪了几下,非但表示惊讶,而且呆若木鸡,不知所措)不料督军继续讲下去的是:"我遵照家父宏愿,不是卖给燕大,而是送给燕大。"司徒雷登听到这里,真是出乎意外的高兴透了。但陈话锋一转,接着说:"不过,我要求司徒雷登博士答应我三个条件:(1)在燕京大学内要立碑纪念捐献勺园的家父;(2)要承认我在西安创办的成德中学为燕大的附属中学;(3)成德中学有权每年报送50名毕业生到燕大上学,一律享受免费待遇。"司徒雷登迅速站起来,向督军和到席的诸位行了一个旋转式鞠躬礼,然后开始演讲,说他们的业绩,值得他不但在中国赞扬,而且他回到美国的时候,也要广为宣传。陈督军和尊翁将可爱的勺园赐给燕大为校址,此举意义极大:一来纪念了尊翁,二来提高了成德中学地位,三是使贫苦学生得以深造,四是促进了燕大的发展。"为善最乐",今天督军和其尊翁所行的善举,一举而四得,其乐无穷。

据侯仁之先生考证,司徒雷登从陈树藩手上买下的园子并非勺园,而是清乾隆年间的淑春园。"该园道光年间归睿亲王仁寿所有,因'睿'字在满语中称为'墨尔根',所以该园又称'墨尔根园'。在陈树藩与燕大签订的租地合同中,该园被称为'中诠园','中诠'乃是最后一代和硕睿亲王的名字,附近的居民一般称此园为睿亲王府。"而且据高厚德所记,司徒雷登当初买淑春园是花了六万中国大洋,但其中三分之一被陈树藩作为奖学金又捐给了燕大,实际只花四万元(《无奈的结局》,第83—85页)。尽管如此,司徒雷登在筹措资金和与人交往方面的才能,其办事的灵活、周到与妥善可见一斑。另外还要说明一点,为筹措燕大资金,司徒雷登不仅与陕西督军陈树藩交谊甚笃,与北洋政府总理段祺瑞、军阀孙传芳,张作霖、张学良父子,也与蒋介石等国民党高层都有往来,并从中得到多项资助。司徒雷登日后从政,与他曾向这些人募捐,他们给燕大资金上的支持有重要关系。

创建燕大的使命把司徒雷登推向他原本并不想从事的工作,其中曲折的经历,使这位真实的历史人物颇具戏剧性和文学色彩。当代文学创作中有一种看法认为,把一个人身上相互矛盾的因素赋予小说中不同的人物角色,以突显人性的复杂和多面性。与这种描写恰恰相反,司徒雷登创建燕大的所作所为,无法用一种比较固定的性格模式加以概括,比如坚持原则的人却缺乏审时度势的灵活性;重人情世故的人,又容易丧失立场,迷失方向。而且司徒雷登也不是现代小说中性格多重组合式的人物,多种性格互相矛盾,互相抵消,使这种人往往耽于冥思苦想,坐失良机,一事无成。司徒雷登虽不是小说中人物,但却把不同性格的诸多矛盾统一于一身,反而是对自我的一种有力表达。比如坚守基督教义却不乏待人接物、把握分寸上的灵活性;同时也从不为这种圆通、世故而丧失了既定目标。如果一定要将此加以概括,那么应看作是他对信仰的坚守,为实践信仰,他的坚韧与毅力使他从不沉溺于一种选定的性格,而能屈能伸,在复杂多变、充满诱惑的现实面前不迷失自我。在为燕大筹款、募捐等事务上,人们看到司徒雷登比较世故的一面,但在把握时代方向,坚持燕大办校方针方面,则充分显示出他做人的原则性。这具体体现在他对燕大校训的制定与实施。

燕大校训:"因真理,得自由,以服务(Freedom through

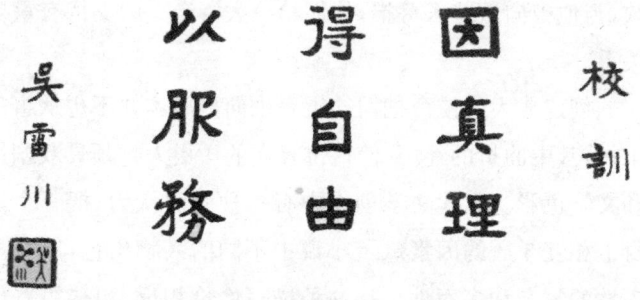

Truth for Service)",是司徒雷登来燕大几个月后制定的。司徒雷登回忆说,当时"查尔斯·科贝特、博晨光和我聚在一起,准备为学校制订一个校训。我们三个人都出生在中国,都认为教会大学应该既能够涵盖宗教信仰,又具有科学

的精神与方法,及大无畏的探索精神。他们两人当中,有一个主张采用圣经中的一句格言:'非以役人,乃役于人'做燕大校训。我则想起第三任美国总统托马斯·杰弗逊用希腊文镌刻在弗吉尼亚大学校门上方的一句话:'你必须明白真理,真理将给你自由。'这句名言同样也镌刻在1893年芝加哥博览会大门的正上方。在商谈中,突发的灵感,使我们把这两句伟大的格言结合在一起,得出了'因真理得自由以服务'这句至理名言"[①]。燕大校训不仅在学校出版物、校歌中占有显著位置,而且深入到燕大学生的精神世界,"他们立志将它付诸实践,并把它作为衡量周围人群的标准"。每逢说起校训,司徒雷登从不掩饰内心的自豪:"我的一些学生追随共产党后,回来兴奋地告诉我,他们如何忠诚地履行这一校训,为老百姓做好事。就我所知,还没有任何其他大学的校训,能对学生产生如此重大而深远的影响。"

燕大校训在燕大师生中得到热烈的响应,除了校训体现大学教育在培养现代人格精神方面的感召力,还在于五四时期的历史环境。1919年春天,燕大建校正值五四运动爆发。辛亥革命失败后几年,袁世凯复辟帝制,军阀混战连年不断,使中国知识分子陷入苦闷和彷徨,究竟"民主共和、自由平等"的理念能不能战胜封建主义的三纲五常?科学

[①] John Leighton Stuart, *Fifty Years In China—The Memories of John Leighton Stuart*, *Missionary and Ambassador*, Random House, New York, 1954, p. 75. 转引自郝平:《无奈的结局》,北京大学出版社2002年版,第166、167页。

与民主的思想能否成为社会共识？五四运动是在社会普遍迷茫状态之下，中国知识分子一次有力的思想爆发。陈独秀在《新青年》大声疾呼："欲建设西洋式之新国家，组织西洋式之新社会，以求适合今世之生存，则根本问题，不可不首先输入西洋式国家之基础，所谓平等人权之新信仰，对于与新社会新信仰不可相容之孔教不可不有彻底之觉悟，猛勇之决心。不塞不流，不止不行。"现代国家的建立有赖于人的思想和精神价值取向的彻底改观，燕大校训正顺应了这样的历史潮流。但如何在西学东渐潮流中，使中国"适合今世之生存"？五四先驱者提出的改革目标，需要具体的实践，特别是现代教育的实践才能完成。

育人者先受教育。燕大校训是司徒雷登办学的指导思想，也是对他"因真理"以"服务"社会，改革教会大学适应在中国生存发展、并在探索中逐步完善其教育理念的考验。燕大建立后，首先要做的工作就是重新组织教师队伍。司徒雷登上任不久，向设在美国的托事部要求给学校一定的自主权，由燕大自行聘任有资格能力、而不是传教士的中西籍教师，特别是聘请有影响的中国学者来学校任教。1922年燕大实行中西籍教师工资、待遇均等的规定。教授月薪360元，校长也是如此。至20年代末，"中国人出任校长月薪增加到500元时，担任校务长的司徒雷登和其他外籍教师一样，月薪仍然是360元"。当时"虽有国立、省立大学教师工资远远高于燕大，但由于军阀混战，政局动荡，国立大学欠薪严重；而燕京的教学改革和相对安定的教学研究环境具有相当的吸引力。所以有些著名学者陆续转来燕大工作，使得燕大的教学水平得到大大的提高"(《无奈的结局》，第93页)。与此同时,司徒雷登还改变了燕大合并初期保留的教会机构特点,那时学生多数来自基督教家庭或教会学校,学校办学目的主要培养教会神职人员,因此学生读书多数靠教会资助。"为此,燕大用广义的文理科,开展多种职业教育科目以吸收更多的学生报考燕大。同时,司徒雷登在留美归来任教的中国学者刘廷芳、洪业的推动和协助下,建立了一套严格的大学考试制度,加强了对学生质量的选择。"(《燕京大学史稿》,第8页)这些具体的改革措施,不仅为日后燕大的鼎盛期奠定基础,而且为燕大在中国收回教育权时期的顺利发展起了关键性作用。关于这一点,《燕京大学史稿》有明确记载:

他(指司徒雷登)认为:"(燕京大学)应牢牢地以中国生活为基础,与西方国家同中国签订的条约或任何别的外部因素都没有关系,仅享有中国人自己享有,或他们愿意同我们共同分享的权利。"因此,他对中国的教育非宗教化和收回教育权运动,采取了主动而积极的态度,在燕大实行了许多重大改革,从而构成了燕大不同于他校的许多特色。

为了获得美国的董事会的同意,司徒雷登多次写信提出建议,并于1927年12月亲往纽约说服董事会以积极态度对待中国收回教育权运动,他认为:"任何一个自尊的民族,都有权采取此种行动。"

燕京大学在中国政府立案成功,标志着明确接受中国教育部一切有关规定,在相当程度上摆脱了教会大学一切听命于美国托事部的从属地位,从而争得了

> 学校在行政管理上的自主权,有利于在校内贯彻实行中国化的办学方针,推进现代化的教学改革。
>
> ……司徒雷登一再向美国托事部建议,将托事部基金会化,而把校产管理、经济分配、人事任免的权力下放给北京董事会。同时校董事会也实行改组,使成员由21位中国人和13位外国人组成,中国人占了五分之三。燕大还增加了中国教职员所占的比例,由创办时期的很小比例,到1927年占三分之一,以后也大抵如此,甚至更多。(第10、11页)

经过司徒雷登与燕大同仁一系列改革,极大地激发了这所教会大学在中国的发展潜力,使燕京大学教育质量在中国乃至世界都名列前茅,并为中国社会培育了一大批自然科学与社会科学专家与精英人士。据1928年秋季开学后的统计,教育部举行14个私立大学特别考试,两名燕大学生得最高分。以一、二年级水平和不及格人数与其他大学相比较,"燕大处于最高水平"。而且评价燕大在行政工作方面,在建筑、设备、学术指导、行政系统方面,均达到高水准。同年美国加州大学对亚洲高等学校水平进行调查,"燕大被列为两所甲级基督教大学之一。其毕业生有资格直接进入美国的研究生院"(《燕京大学史稿》,第16页)。中华人民共和国成立后,燕大教授和毕业生有五十六人先后成为中国科学院院士、中国工程院院士和中国科学院哲学社会科学部委员,例如中国胶体和表面化学奠基人傅鹰,中国催化力学研究奠基人、光化学研究先驱蔡镏生,中国医学病毒学奠基人黄祯祥,中国无线电电子学事业奠基人孟昭英,中国两栖动物学奠基人刘承钊,中国胸腔外科奠基人黄家驷,中国昆虫学开拓者胡经甫,物理学家谢希德、王承书,土壤学家李连捷,分析化学家梁树权,遗传学家谈家桢,历史地理学家谭其骧、侯仁之,医学家和教育家吴阶平,历史和经济学家陈翰生,心理学和教育家陆志韦,中国现代文学家郑振铎,历史学家陈寅恪、翦伯赞,等等。

在一个社会动荡、思想纷乱、主义繁杂的时代,司徒雷登清醒地看到中华民族自觉精神的崛起,对中国现代化进程具有无比重要的意义。燕大校训意在为这一伟大的崛起引航。正像燕大校歌的副歌所唱的:"燕京,燕京,事业浩瀚,规模更恢宏,人才辈出,服务同群,为国效尽忠。"在《燕京大学史稿》第六章,"燕京人"的列表中,学校负责人(校领导)司徒雷登、吴雷川、周诒春、陆志韦、路思、梅贻宝,行政部门主要负责人高厚德、博晨光、刘廷芳、费宾闱臣、桑美德,还有各院系师生都表上有名,但排在这所有人前面的,是为争取民族独立和解放而牺牲的燕京大学"烈士名录":魏士毅、刘谦初、张采真、唐振庄等十七人,其中刘谦初、张采真等均为中国共产党早期党员。由此可见,燕京大学不是"两耳不闻窗外事,一心只读圣贤书"的所在,而是探求真理、锻造人格、切磋学问的熔炉。学校对学生的培养不是封闭的,对政治风波也不采取回避态度,而是鼓励学生积极投身民族解放、社会进步的潮流。司徒雷登在这一点上与其他教会大学领导人相比,的确独具眼光,见解超群。历史证明,他的这种教育思想并没有落空,时代变革的潮流极大地激发了燕大师生的聪明才智和学习热情,无论二战爆发前、还是在抗战最艰苦的岁月,燕大"良师益友,如琢如磨","踊跃奋进,探求真理",培养出名副其实的"因真理得自由以服务"的一代学人。

在这里,我想引述北京大学出版社 1997 年出版的《燕大文史资料》第十辑中,马绍强先生《回忆司徒雷登二三事》的一段,作为本篇收束:

> 笔者于 1930 年考入燕京大学,初攻历史,继读新闻。平时在校常听说司徒校务长最善于演说,燕大偌大一片建筑,在民国以来也算是中国一处出色的建筑群,都是靠司徒从美国募捐来的。可是,司徒究竟怎样善于言词,我当时还未领教过。1934 年北平学生反对蒋介石对日本军国主义不抵抗政策,纷纷南下请愿示威。燕大学生爱国向不后人,立即宣布罢课,南下请愿。因而引起校内外国教授们的激烈反对。中国教授初持中立态度,继也有人出头站在学生一边。校内闹得不可开交,南下请愿团照旧南下,留在校内的学生也坚持和那些外国教授对立,不准任何人开课。
>
> 出现这些情况,学校当局连电在美国募捐的司徒校务长,促他早日返华解决学潮。司徒返校之日,也是南下请愿团北上返校之时。当司徒到校之后,立即召开大会,全校学生和中外教授,齐集本校大礼堂,听司徒讲话。外国教授总以为司徒必然站在他们一边;学生也以为司徒毕竟是一位外国人,不会赞成罢课的。可是大出一般人意料之外,司徒此时站在讲台上,默不作声约二三分钟之久,才开口讲话。他说道:"我在上海下船,一登岸首先问来接我的人,燕京的学生可来南

京请愿了么？他们回答我说，燕京学生大部分都来了！我听了之后才放下心！如果燕京学生没有来请愿，那说明我办教育几十年完全失败了。"说这话时，脚尖一再踮起，态度真诚，声调恳切，眼中潮润着，泪水似乎就要掉下来。大家听后，无论中外教授和学生，无不为之动容。于是，满天乌云一风而散，次日学生照常上课，学生与教授之间，平静无事，一场风波就此平息。

……

2010年10月8日完稿,11月11日改定

司徒雷登：一处有力的历史标识（下）

燕京大学校史，不单是美国人司徒雷登所经历的中国历史，更是西学东渐以来，中国人经历的一部分。

在尘封多年的燕京大学旧档案中，我惊讶地得知我的父亲董秋斯[①]在宗教信仰一栏填写的是"Christianity"（基督教）。2010年，《世界文学》第5期刊载张黎先生的文章《不能忘记董秋斯老人》却记录了这样一段史实：十年前，他翻译德国老革命家回忆录《索尼娅的报告》(*Sonjas Rapport*)，后经出版社改名为《谍海忆旧》。该书记载这位被誉为"20世纪超级女间谍"为赢得二战胜利所建立的功勋，其中说到她在30年代初与左尔格在上海，"未指名地提到董秋斯"曾任共产国际情报员，那是一项不计名利、极端危险的工作。左尔格二战胜利前牺牲于日本；由于工作性质和保密原则，索尼亚在前东德不得不辞掉公职，"以半百的年

[①] 董秋斯（1899—1969），1926年毕业于燕京大学。

龄开始过职业作家的生活",直到70年代经党组织同意,才写成这本书,"向党组织和人民公开'报告'她流亡二十年的经历"。但董秋斯已于1969年底逝世于"文革"中,"未能活到公开向党组织汇报那段经历的时刻。作为一个老党员(曾参加北伐,后加入中国共产党,笔者注),他始终守口如瓶,连向自己的妻子孩子都未吐露过一个字"。

基督教和共产主义,两种截然不同的信仰竟然如此奇特、却又如此真实地存在于一个中国人的经历中。如何理解人类这种精神现象?如果不是源于一种极端的思维方式,将其看作水火不相容的两极;而从认识人类精神生活史的复杂性方面看信仰背后的知识链接,我以为后一种探索比冷战式的断然结论更有意义。基督教和共产主义作为19世纪末至20世纪初在中国广为流传的西方思想观念,正如马克思主义、无政府主义、女权主义等等,的确都不是本土产物。但一种外来的思想观念之所以能被另一种文化环境所接受,归根结底,还在于这里有适于它孳生繁衍的土壤。在皇权衰落、军阀混战、民不聊生、国将不国的历史境遇,西学东渐的思想潮流在中国知识分子中形成滥觞之势绝非偶然,这是历史悠久、古老的中华民族在现代世界格局中力求生存发展的必然结果。

但这只是问题一方面。另一方面,正如西方和苏俄的马克思主义在中国获得接受,必然演化为前面提到的、司徒雷登所说的"有中国特色的共产主义";基督教作为欧洲已有一千多年历史的宗教,特别是在近代以来西方历史进程中,也经历了无数的变革与改良。如果不是这样,燕大的成功,以及司徒雷登个人在中国取得的荣誉便完全不可思议。

1946年6月24日是司徒雷登70岁生日,中国各大报纸都刊登了燕大校友连士生的文章《司徒雷登——中国的友人》,文章从四个方面:"不顾艰苦,深信服务既人生"、"为了教育,向人低头"、"民主作风"、"银行存款仅一千六百元",通过许多鲜为人知的生活细节,展示了司徒雷登令人钦佩的为人。当时军调部中共代表叶剑英这一天来到司徒雷登的家,向他祝寿,表达中共对这位在华从事教育多年的老人的敬重;北平行辕主任李宗仁也派私人代表赶来祝寿;国内外各界人士的贺信、贺电如雪片飞来。国民政府主席蒋介石的贺词表彰他"陶铸群伦",国民政府的嘉奖令概述了他的功绩:

> 司徒雷登博士致力我国教育垂五十年,其所创办之燕京大学,为我国著名学府之一,历年以来,成材甚众,卢沟桥事变后,北平文化教育机关,尽陷敌手,司徒博士独任艰危,力维弦咏,不使中辍,直至太平洋军兴,身系囹圄而后已,临危不惧,守白不缁,其行谊殊难多觏等情,据此,查司徒博士热心教育,忠贞不贰,亮节高风,足资楷式,应予明另褒奖,用彰有德。

这位在殖民主义势力扩张背景下来中国的基督教传教士,外国私立大学校长,受到中国官方、不同党派、政要和普通民众由衷的信任和赞美。这其中固然有他出生于中国、谙熟中国文化的个人原因,却也不能不看到他是虔诚的基督徒这一方面的原因。特别是基督教自身对传统教义进行的一系列调整与改革,对司徒雷登有重要影响。而且其影响在当时的海外传教事业中,在辛亥革命和五四运动后的中国,必然与"有中国特色的共产主义"相遇并发生关联。因此无论从哪一方面,从基督教现代变革,或上世纪初各种思潮在中国政治舞台上风云会际、相互影响,司徒雷登和燕京大学都是参与者和见证人。

现代基督教变革伴随西方殖民主义势力扩张而逐步展开,其中美国扮演了不可忽视的重要角色。"19世纪后半期,基督教作为西方文化的核心,不但在与欧洲有着血缘关系的美国文化中得以保留,而且得到新的发展。美国独特的地理位置、社会环境和人们对精神生活的需求为基督教注入了重视个人力量,强调社会组织,个人通过日常生活中的德行获得灵魂的拯救,上帝通过世俗社会表现其威力的新的内容。美国基督教以其强烈的现世性和社会使命感,使教会不再是一般意义上的宗教场所,而成为占主导地位的社会和文化机构。"①美国是18世纪新兴国家,接受基督教始于本土现实需要,革新基督教也始于本土现实需要。而且如上所述,随着基督教在美国传播,基督教在原教义基础上已有所变革。其中明显的特点是它更强调宗教与世俗社会的关系,以及宗教的现世性内容。因此在19世纪的美国,与经济迅速发展相辅相成,基督教在国际和国内两方面事务中都发挥了重要的职能作用:对外,基督教传教事业成为显示国力、表现成就的重要手段;对内,则针对本土社会问题,针对与经济繁荣同时出现的拜金主义、肉欲横流。

---

① 郝平:《无奈的结局》,北京大学出版社2002年版,第7页。

1886年,美国长老会牧师阿瑟·皮尔逊撰写并出版了《传教的危机》(*The Crisis of Mission, or the Out of the Cloud*)一书,他提出美国的基督教徒需要精神上的复兴。皮尔逊在书中尖锐地批判当今世界正处于"拜金主义盛行、肉欲横流和强权外拓的帝国主义时代",基督教徒必须实行自我改造,解决自身和社会的危机。皮尔逊号召基督青年教徒与"尘世间的俗务、邪恶、唯物主义、自然主义、怀疑主义及无神论进行斗争",与人对物质贪婪的本性进行斗争,以挽救现代化带来的社会与人的精神颓势。这本书成为当年美国流行的"畅销书"。"书中的许多观点引起了读者的强烈共鸣,并在大学生中产生了巨大的感染力",美国基督教青年会就是受其影响并迅速发展起来的宗教组织,同时它也是鼓动并策划大学生赴海外传教非常有力的宗教组织。司徒雷登进入潘托普斯大学,正是基督教青年会在大学生中特别活跃时期,他随即成为这个组织积极的成员。

对于欧美而言,18世纪工业革命带来的不仅是经济进步,交通、军事和海外贸易迅速拓展,以及在殖民地扩张刺激下的冒险精神。与经济进步、海外拓展同时,传统基督教也面临新的挑战。皮尔逊的观点比较典型地代表了基督教在新形势下实现自我改造的发展趋势。特别是他对现代人性的反思,对现代社会无限扩张中人类精神状态的忧虑,矛头所向,直指早期殖民主义者和殖民主义政策,并与无限获取高额利润的社会价值观念构成实质上的紧张。司徒雷登此时投入教会怀抱,可以说是教会一些有识之士的非凡见解吸引了他,使他看到基督教在现代化进程中所具有的内在力量和思想价值。这也是他后来放弃留在美国当一名大学教师的个人愿望,毅然加入海外传教士行列、回到中国的重要原因。

19世纪以来,基督教内部一直有保守和自由主义、传统派与现代派之争,1910年后被统称为传统派和现代派。司徒雷登的父亲是美国基督教南长老会成员,以父母的传教士背景和他所在的教会而论,司徒雷登在感情上比较倾向于老成持重的保守派。但随着传教实践活动的展开,他赞赏自由主义、现代派的倾向便逐渐浮出水面,并有愈演愈烈之势,以致后来他成为某些保守派人物集中攻击的对象。当时传统派与现代派的分歧主要在以下几点:首先关于信仰的形式。与传统派对宗教形式一成不变的看法不同,现代派强调上帝的内在性,因此不同宗教或派别之间只要怀有共同的宗教感情,就可以相互理解和彼此相容,不应以信仰的外在形式决定一切。其次关于经济扩张、武力威胁与传教事业的关系。特别对于中国,保守派认为传教"正义的责任应该在强者一方,并通过他们将自己的意志施于弱者",使基督教成为列强侵略弱国的理论依据。现代派则认为,西方借助武力把文明引入东方,"显然违背了由此引进的这种文明的基本原则",并预言"西方早晚要为自己的压迫行为遭受惩罚"①。与司徒雷登直接有关的是对教育思想的分歧。传统派把传播福音、发展更多的人信奉基督教

---

① Henry C. King, *The Moral and Religious Challenge of Our Times*, *The Guiding Principle in Human Development: Reverence for personality*, New York, 1915, pp. 344—348. 引自郝平:《无奈的结局》,北京大学出版社2002年版,第30、31页。

当作教会首要任务,把传教视为开办教会学校唯一目的,认为宗教课程和做礼拜是学生的必修课,甚至把发展教徒数量多少作为衡量传教成绩的首要标准。而现代派认为,教会学校应注重培养学生的人道主义思想,培养公民社会的道德人格,以及他们为社会服务的技能(《无奈的结局》,第31页)。如果把司徒雷登办燕京大学视为基督教改革的一部分,视为一次思想上的破冰之旅;那么,现代派宗教观念对传统基督教的革新是这次旅行的起点。

正如基督教改革出于对西方殖民主义势力扩张的反思,是历史实践的结果,司徒雷登的宗教观念也带有强烈的实践色彩。在传教和办学过程中,司徒雷登始终想把西方的科学技术以及现代人文观念引入中国,使中国社会发展与现代文明接轨。这种做法本身即是对传统基督教教义的挑战。传统基督教派对宗教形式一成不变的看法,源于对现代科技进步的抵制,或者说是一种恐惧。人类近两个世纪在自然科学与社会科学研究方面所取得的巨大成果,使"上帝创造世界和人类"等基督教义遭遇到前所未有的冲击。能否正视现实,并根据不断发展的现实对传统教义作出新的阐释,这是基督教在现代社会所面临的生死存亡问题。所以当基督教现代转型尚未完成,司徒雷登加入海外传教士行列,必然有许多意想不到的情况在等着他,需要他根据具体情况具体加以解决。特别是当他1904年重返中国,如何对待这里即将发生的辛亥革命,以及其后的一系列革命运动?对此,他在美国宗教学院的教科书中是完全找不到答案的。但基督教改革派的观念使他认定,在中国大地发生的一系列革命,是中国建立民主共和、实现民族自强的必由之路。并且他以极大的热情参与了这一进程。

1911年武昌起义爆发时,司徒雷登正在辛亥革命中心城市南京,在金陵神学院教书。他马上向美国报道了这条消息,称辛亥革命是中国的"独立战争","我们国家的诞生,特别是我们进行革命的经历、所确立的制度和我们的华盛顿,都已成为今天中国革命要实现的理想"①。凭借流利的汉语,他向南京市民了解对时局的看法,并及时把"革命军占领南京"、"孙中山在上海靠岸"、孙中山被"推选为中华民国临时大总统"、"南京作为中华民国首都"的报道不断发往美国。司徒雷登的报道成为大洋彼岸、美国了解中国革命的重要途径。他也因此被美国联合通讯社聘请为该社的战地通讯记者,专门负责报道中国政局动态。这给了司徒雷登一个难得的机会,使他有机会接触中国政府高层。1912年4月1日下午,在孙中山召开的临时国民议会上,司徒雷登是唯一在场的外国人。正是在那次会上,孙中山正式宣布辞去临时大总统,让位于袁世凯。当时司徒雷登与美国政府都考虑到各国在华利益,不希望中国发生新的动乱,并以为袁世凯更了解国情,有利于稳定局面。于是他们不约而同地由支持孙中山转向支持袁世凯,司徒雷登对孙中山让位的举动还表示高度赞赏:"孙中山是革命现实主义的代表,孙中山牺牲个人利益的行为,是受西方教育所致,更是基督教精神在他身上的充分体现。"直到1915年12月13

---

① John Leighton Stuart, *The Missionary Survey*, March 1912, p.166. 引自郝平:《无奈的结局》,北京大学出版社2002年版,第43页。

日袁世凯宣布废除共和、复辟帝制,司徒雷登才如梦方醒,认为袁世凯称帝犯了一个绝大的错误,中国必须实现共和制。袁世凯称帝83天后,果然在国内外一片讨伐声中被迫取消帝制,14天后一命呜呼。

对于袁世凯称帝,司徒雷登早先未能察觉,但他在支持辛亥革命、废除封建的清王朝、建立国民政府这些基本问题上的观点和立场都十分明确,并努力使个人的现代宗教信仰在政治领域发挥作用。对于世界局势的看法,司徒雷登与当时同为虔诚的基督徒、美国总统威尔逊非常一致。他们都认为,基督教是改革与进步的同义词,神学理论应该更多地强调社会改革和社会服务。出于这样的角度,司徒雷登对辛亥革命的总结自有其深刻之处。关于孙中山和袁世凯,他评价说:

> 在当时的中国,并非所有的老百姓都能够理解什么是政治自由和民主权利。因此实现民主政府的条件还不成熟。
>
> 袁世凯和孙中山之间最大的区别就在于袁世凯是现实的,而孙中山是理想主义的。
>
> 袁世凯称帝的行为是犯了一个绝大的错误,这个错误将引发一场声讨他的风暴。
>
> 袁世凯是受了那些有私心的官员和他那个有野心的儿子的影响,不得已而为之,所以不应该让袁世凯一个人对这个错误负责。
>
> 我坚信孙逸仙先生那时是绝对真诚的,也毫无疑问是大公无私和爱国的,但是他因为离开中国的时间

太久而对中国的事情生疏了。但他的影响却使共和政体得以在内战期间保持下来。(《无奈的结局》,第51、56页)

对当时随复辟帝制而来的尊孔读经,以及复古运动能否改变中国命运的问题,司徒雷登认为:"儒学并非是挽救中国时局的灵丹妙药。"

> 中国的当权者想利用宗教的形式,通过加强儒家思想的宣传增强民族凝聚力,从而克服革命所引起的社会动荡和失控是不明智的;在中国,无论是政府的法令、仪式,还是教诲都不能"赋予这种古代哲学以足够的力量解决中国的国家问题"。(《无奈的结局》,第57页)

司徒雷登对儒学的上述看法,并不表示他对中国传统文化的排斥;而是面对国际强权势力无限扩张的现实,他认为,中国在新的世界格局中如何维护自身独立平等的权利,如何启发这个封建历史漫长的国家的现代意识,如何在广大民众中普及和传授适应现代生存的各种技能等等,这一系列重大问题上,除了尊重中国自身文化传统,为适应新的国际局势,还应该有新的文化选择和追求。从辛亥革命历史中,司徒雷登看到中国传统与现代剧烈的碰撞,中国走向现代是必然的,正如辛亥革命发生的历史必然性,但如果因此便认为现代化追求可以一意孤行,显然也行不通。通过总结历史教训,司徒雷登后来一直把传教和教会大学工作的重点放在尊重中国本土现实,包括现实选择中的历史因素;同时又改变传统基督教教义以介入和改变这个现实。或者说,使二者建立在更为合理的结合点上:

> 如果允许我谈个人的想法,我最大的梦想是在燕大建立一所宗教学院。在这里,越来越多的既谙熟本国崇高的文化遗产,又受过西方最好的神学院教育的中国籍教师向本国人民讲授真正的基督教。这种基督教根植于他们自己的宗教体验之上,与20世纪的知识和谐一致,符合中华民族的精神,清除了所有按西方历史环境所做的无用的解释。[①]

燕大成立后,司徒雷登在文学院专门设立了神学院,几年后又单独设立了燕京宗教学院(Yenching School of Religion),并聘请当时在美国纽约神学院教书的中国学者刘廷芳教授回国,出任燕大宗教学院院长。在这样的具体实践中,司徒雷登使基督教改革派的观念和理想更为丰富,也更为个性化和中国化了。

司徒雷登在华五十年,正是历史上两次世界大战期间。处在两次大战背景下的中国,司徒雷登以亲身经历,始终切实地履行了他和威尔逊总统作为基督教改革派在战争问题

[①] John Leighton, "The Future of Missionary Education in China", *The Chinese Students' Monthly*, Vol. XXI, No. 6, April 1926. 引自郝平:《无奈的结局》,北京大学出版社2002年版,第42页。

上的一致立场:一切军事扩张主义所导致的战争,都是向基督教宣战。具体意见如威尔逊在《十四点计划》的结束语所言:

> 在我所概述的整个方案里,贯穿着一个鲜明的原则。这就是公正对待所有人民和一切民族,确认他们不论强弱均有权在彼此平等的条件之上,享受自由和安全的生活的公平原则。除非这一原则成为国际主义的基础,否则国际主义的任何部分均不可能站得住脚。①

第一次世界大战爆发,正是中华民国建立不久,孙中山退位、袁世凯执政期间。当时在中国的西方列强分成两大阵营,对哪一方都惹不起的袁世凯只好宣布中立。因驻守胶州湾的德国军队已无暇顾及远东,又担心胶州湾被英国的同盟国日本占领,便有意把胶州湾还给中国。但日本政府垂涎中国领土已久,以袁世凯宣布中立为由,威胁中国政府不许收回自己的领土。1914年8月23日,日本对德宣战,封锁了胶州湾,以进攻青岛为名,一直打到济南,并于11月7日占领青岛。接着,日本又以解决中日之间的"悬案"为借口,向袁世凯提出一系列无理要求:不仅对中国东北三省、内蒙古和山东提出实施特殊权力和兼并要求,而且

---

① 常冬为编:《美国档案》,中国城市出版社1998年版,第474页。转引自郝平:《无奈的结局》,北京大学出版社2002年版,第59页。

还把侵略矛头指向湖北、江西、浙江、广东和福建等地。这些无理要求就是1915年1月18日由日本公使向袁世凯当面递交的《二十一条》。《二十一条》是袁世凯执政以来遇到的特别棘手的问题。其时,国内各阶层人民一致反对《二十一条》,抵制日货浪潮汹涌澎湃;袁世凯派出代表与日本公使进行秘密谈判,希望日方多少做一点妥协,但都被日方拒绝。直到1915年5月7日,日本政府限中国政府在48小时内就《二十一条》予以答复,袁世凯以中国积弱已久,无力抵御为由,最终接受这个丧权辱国的条款中几乎全部要求。这件事给正在金陵神学院执教的司徒雷登以很深的刺激,使他在袁世凯称帝之前,就对袁本人已深感失望。因为在此之前,为抵制日本侵略野心,司徒雷登曾专门向美国总统和国务卿进言,希望美国政府能出面抵制《二十一条》,甚至敦促美国政府应当尽一切可能帮助中国与日本抗衡。美国政府决策者当时是很欣赏司徒雷登的,威尔逊总统曾亲临现场听司徒雷登布道,并对海外传教士工作给予充分肯定。但出于种种政治考虑,他们对他的进言都没有回应。

虽然"开局不利",美国政治家的想法与司徒雷登不尽一致,但这丝毫没有减少或动摇他为争取中国走上独立、自由和平等的现代国家道路的热情和决心。而且这次事件也似乎成为先兆,预示司徒雷登今后的人生,其宗教信仰与政治之间不谋而合是暂时的,而分歧将会是永久的。司徒雷登生活在这样一个时代,现代化拉近了原来互不相干、彼此不相往来的国家之间的关系。日本侵略中国,直接涉及欧美在华及其远东利益,构成对欧美国家的威胁。从这一角度来看,司徒雷登帮助中国抵抗日本侵略者,的确有出于对美国利益的考虑。但是如果仅仅把他的行为解释为国家政治,是依附于美国利益,完全抛开个人情感、思想和信仰的因素,那么这种结论也许放在有些人身上合适,但对出生于中国、受现代基督教思想影响至深的司徒雷登却不符合事实。如果仅出于国家政治,便无法解释司徒雷登与美国政府在许多问题上,包括对中国共产党问题上不同的看法和做法。

下面是有关的一些历史记录:

1919年春夏,司徒雷登出任燕京大学校长时五四运动爆发,燕大一些学生因参加反帝爱国游行被捕,司徒雷登得知消息后,立即通过政府高层向总统徐世昌提出释放燕大学生的请求,并于第二天接见被释放的学生。三十多年后司徒雷登回想当年这件事,在回忆录《在华五十年》中写道:"第二天上午,当我真的与他们(指被释放的学生)相见时,我表示衷心同情他们的爱国行动。以后,在所有那些动荡不安的岁月里,每当学生们要去参加类似的示威游行时,他们对我的态度了如指掌。这是一种真诚的互相理解的关系。当时,这种关系对燕京大学的发展产生了深刻的影响。"

1925年5月30日,为抗议资本家枪杀纺织厂工人顾正红,中国共产党领导上海工人举行反帝大游行,英国巡捕朝游行队伍开枪,打死数十人,制造震惊中外的"五卅惨案"。消息传来,燕大学生救国会立即成立"五卅惨案后援会",在北京为死难工人募捐,斗争持续了三个月。当时司徒雷登正在美国为燕大募捐,两次写信对学生表示支持,并就此在美国霍普金斯大学发表演说:"此其民族自觉心理,潜兹蔓长,亦即有年,暨乎近岁,益郁积不可复遏。至本年五月卅日,上海惨杀事起,于是磅礴激荡,立诚如火如荼之势。察其组织,秩然有序,旗帜鲜明……"

1926年3月初,冯玉祥领导的国民军为阻止奉系军阀的海上进攻,在大沽口布置水雷,并对来往船只严加盘查。3月12日下午,两艘日本军舰因拒绝盘查而与国民军交火,日本公使次日提出外交抗议,并联合英、美、法、意、荷兰、希腊、比利时八国于3月16日向中国发出最后通牒,要求冯玉祥除去大沽口水雷,停止对外国轮船检查。3月18日,北京学生总会、国民党市党部和北京总工会等180个团体在天安门联合举行抗议集会,段祺瑞政府派出军警镇压,酿成打死47人,打伤三百多人的"三一八惨案"。燕京大学二年级女生魏士毅惨死在军警的枪弹和刺刀下。就在3月16日美国公使麦克默理向段祺瑞政府发出最后通牒当天,以司徒雷登为首的十八名美国传教士和教育工作者联名致信麦克默理,要求他阻止美国参与针对中国政府的军事行动。他们还以备忘录的形式将此信散发给在京的美国记者,引起美国舆论界关注,使麦克默理大为恼火。当时几乎所有在北京的英文报刊都支持麦克默理的做法,站在帝国主义强权势力一边,甚至诬蔑司徒雷登等传教士"与布尔什维克合作煽动中国舆论反对列强",指责司徒雷登等人才是"三一八惨案"的元凶。但司徒雷登对来自美国政府官员及媒体的谴责、诬蔑毫不妥协,继续做他认为该做的事。3月19日,司徒雷登派燕大男部主任博晨光教授亲自领回魏士毅烈士遗体,并在燕大校园举行全校教师员工参加的魏士毅追悼会。燕京大学迁入海淀新校址后,司徒雷登支持学生自治会在新址化学楼附近为魏士毅烈士立碑,以示永久纪念。北平沦陷后,日寇要求燕大将魏士毅烈士碑拆掉,被司徒雷登拒绝。

1931年日本军队强占东三省,"九一八事变"后,燕大180名学生参加北平学联组织的南下请愿团,于11月28日赴南京请愿。为支持学生抗日,燕大校方决定停课一周,举行"爱国行动周运动"。司徒雷登与吴雷川一道参加了12月燕大组织的抗日游行,亲自带领七八百名燕大学生和教职员工走出校园,在海淀镇和成府路街道上高呼"打倒日本帝国主义"的口号,使燕大学生备受鼓舞。此后,司徒雷登又顶住日本军队和国民党华北政府的压力,接受了五十多名东北流亡学生到燕京大学继续学业。这些学生基本上都是抗日积极分子,其中张兆麟和黄华成为后来著名的"一二·九运动"的主要领导人。

1935年12月9日,北平学联主要负责人黄华、张兆麟、陈翰伯、陈洁等组织北京大、中学校学生上街游行,黄华还把游行的消息告诉了当时在燕大新闻系任教的美国记者斯诺,斯诺又把这消息通报给一些外国驻北京的记者,使"一二·九学生运动"得到全程报道,使美国和世界都了解中国民众、特别是青年人的爱国热情,对侵略者毫不妥协的正义立场。斯诺多年后回忆这次运动中燕大学生的作用时说:"燕大是一所上等阶级的学校。一般说来其学生政治上往往是保守的,但是由于民族危机的加深,由于阶级之间的战争和日本对东北的征服,激进主义的浪潮在那里传播开来。到1935年燕大竟出人意料的成为学生运动的发源地,这一运动后来席卷了整个中国。"虽然"一二·九"运动真正的幕后指挥者是中共北平地下党,但假如没有燕大校方和司徒雷登对学生运动、共产党活动的支持,这场运动不会开展得如此顺利。对此,燕大校友、中共早期党员张放(原名刘进中)1995年回忆说:

> 由于燕大是美国教会创办的,政府不敢妄加干涉,军警也不敢进校骚扰,因此,共产党在校园内几乎能公开活动,从而反日爱国运动也蓬勃发展。学校当局对这些活动也从来不予阻挠。因此,燕大从来未发生过像其他大学那样,因校方干涉学生运动而举行罢课。反之,校方特别是司徒雷登校长,还表示支持学生运动。……在校方特别是司徒雷登校长的"保护伞"保护下,学校党支部的活动很少遭到破坏,党员也发展到五十多人,这可能是北京各大学党员最多的学校。(《燕大文史资料》第9辑,北京大学出版社1995年版)

1937年9月,华北沦陷,但燕京大学的迎新会照常举行。司徒雷登在会上说,"天下兴亡,匹夫有责",他决心要把学校办下去,能办多久就办多久。当时许多学生都很吃惊,因为在中国人国难当头的日子,这位美国人竟然与中国人共赴国难,有如此担当。事实也如此,"七七事变"后,燕大处境艰难,经常受日寇骚扰。太平洋战争爆发前夕,美日两国关系十分紧张,一天,二十多名日本宪兵来燕大校门前,扬言要抓一名共产党学生,司徒雷登得到报告,拒绝日本宪兵的要求。他说,燕大是美国人开办的学校,受治外法权保护,任何外国人要进校园搜捕学生必须先得到美国批生自治会在新址化学楼附近为魏士毅烈士立碑,以示永久纪念。北平沦陷后,日寇要求燕大将魏士毅烈士碑拆掉,被司徒雷登拒绝。

1931年日本军队强占东三省,"九一八事变"后,燕大180名学生参加北平学联组织的南下请愿团,于11月28日赴南京请愿。为支持学生抗日,燕大校方决定停课一周,举行"爱国行动周运动"。司徒雷登与吴雷川一道参加了12月燕大组织的抗日游行,亲自带领七八百名燕大学生和教职员工走出校园,在海淀镇和成府路街道上高呼"打倒日本帝国主义"的口号,使燕大学生备受鼓舞。此后,司徒雷登又顶住日本军队和国民党华北政府的压力,接受了五十多名东北流亡学生到燕京大学继续学业。这些学生基本上都是抗日积极分子,其中张兆麟和黄华成为后来著名的"一二·九运动"的主要领导人。

1935年12月9日,北平学联主要负责人黄华、张兆麟、陈翰伯、陈洁等组织北京大、中学校学生上街游行,黄华还把游行的消息告诉了当时在燕大新闻系任教的美国记者斯诺,斯诺又把这消息通报给一些外国驻北京的记者,使"一二·九学生运动"得到全程报道,使美国和世界都了解中国民众、特别是青年人的爱国热情,对侵略者毫不妥协的正义立场。斯诺多年后回忆这次运动中燕大学生的作用时说:"燕大是一所上等阶级的学校。一般说来其学生政治上往往是保守的,但是由于民族危机的加深,由于阶级之间的战争和日本对东北的征服,激进主义的浪潮在那里传播开来。到1935年燕大竟出人意料的成为学生运动的发源地,这一运动后来席卷了整个中国。"虽然"一二·九"运动真正的幕后指挥者是中共北平地下党,但假如没有燕大校方和司徒雷登对学生运动、共产党活动的支持,这场运动不会开展得如此顺利。对此,燕大校友、中共早期党员张放(原名刘进中)1995年回忆说:

> 由于燕大是美国教会创办的,政府不敢妄加干涉,军警也不敢进校骚扰,因此,共产党在校园内几乎能公开活动,从而反日爱国运动也蓬勃发展。学校当局对这些活动也从来不予阻挠。因此,燕大从来未发生过像其他大学那样,因校方干涉学生运动而举行罢课。反之,校方特别是司徒雷登校长,还表示支持学生运动。……在校方特别是司徒雷登校长的"保护伞"保护下,学校党支部的活动很少遭到破坏,党员也发展到五十多人,这可能是北京各大学党员最多的学校。(《燕大文史资料》第9辑,北京大学出版社1995年版)

1937年9月,华北沦陷,但燕京大学的迎新会照常举行。司徒雷登在会上说,"天下兴亡,匹夫有责",他决心要把学校办下去,能办多久就办多久。当时许多学生都很吃惊,因为在中国人国难当头的日子,这位美国人竟然与中国人共赴国难,有如此担当。事实也如此,"七七事变"后,燕大处境艰难,经常受日寇骚扰。太平洋战争爆发前夕,美日两国关系十分紧张,一天,二十多名日本宪兵来燕大校门前,扬言要抓一名共产党学生,司徒雷登得到报告,拒绝日本宪兵的要求。他说,燕大是美国人开办的学校,受治外法权保护,任何外国人要进校园搜捕学生必须先得到美国批准。但日本宪兵还是执意要进来抓人,这次司徒雷登不再与他们周旋,说他将立即向美国领事馆报告,要求美国政府向日本政府提出强烈的抗议。日本宪兵怕把事情闹大,只好放弃抓人,而且在了解司徒雷登寸步不让的立场后,一时不敢再到燕大找麻烦。司徒雷登就这样保护了许多进步学生和老师,使他们得以安然脱险,并顺利转移到大后方或根据地继续抗日斗争。燕大英籍教授林迈可对司徒雷登想方设法对付日本占领军的做法十分赞赏:

> 燕京大学校长司徒雷登和日本人打交道是很机智的。他在并不重要的枝节问题上是圆通的。为了阻止日本兵走进燕大校园,他张贴用日文写的布告说,这是美国的财产;而当日本人反对时,布告就改用英文、中文和日文。他在重要问题上立场坚定。他说他无法阻止日本人封闭这所大学,但是在原则问题上他宁可关门也决不妥协。(林迈克:《八路军抗日根据地见闻录》)

林迈克本人曾于1938年和1939年利用假期秘密到华北抗日根据地,当时他与司徒雷登一起住在临湖轩,司徒雷登对他的行踪了如指掌,也很支持,多次让林迈克借用他的小汽车为抗日根据地运送急需的通讯器材和药品。1941年12月太平洋战争爆发,林迈克夫妇用司徒雷登的校长汽车,取道山西逃往解放区。抗战胜利后他们回到英国,林迈克把在根据地所见所闻写成 *The Unknown War: North China* (1937—1943)(中译本名为《八路军抗日根据地见闻录》),"书中用大量事实回答了许多海外人士对中国共产党在抗日战争中是否真的抵抗过日本侵略军的疑问。该书在英国出版后,引起了很大的反响"(《无奈的结局》,第187页)。在燕大数学系任教的英籍教师赖朴吾先生也通过司徒雷登帮助离开燕大,经过解放区到成都组织"工业合作协会",支援抗日前线。北平沦陷后,司徒雷登交给大学生生活辅导委员会副主席侯仁之一项工作:"如果有学生要求学校帮助离开沦陷区,不是为了转学,而是为了参加抗日有关的工作,应该给予支持。"侯仁之说起当年情景,往事历历在目:"凡是要走的学生,无论是到大后方,还是到解放区,临行前他(指司徒雷登)都要在临湖轩设宴送行。我记得一次设宴送行的会上,他说他希望燕京大学学生,无论是到大后方,还是到解放区,都要在国民党和共产党之间起到桥梁作用,以加强合作,共同抗日。"[1]

1941年6月,燕大校园很快将被日寇查封,司徒雷登顶着压力,一如既往地为即将奔赴太行山抗日根据地的应届毕业生饯行。这一届燕大毕业生方大慈回忆:

> 临行时,司徒雷登校长为我们饯行,并谆谆叮嘱我们,"国民党腐败无能,抗日战争前途寄希望于中共。中共实行民主,美国政府支持中共抗日,你们到那里为我问候毛泽东先生。要是你们遇到什么困难,可以回来找我",又说:"我们到了太行山,边区政府主席杨秀

---

[1] 侯仁之:《燕京大学被封锁前后的片段回忆》,《燕大文史资料》(第三辑),北京大学出版社1990年版。

峰接见我们,形同父兄。左权、罗瑞卿、刘伯承、邓小平、彭德怀八路军豪杰,一一与我们相见。真是上上下下一律平等,个个艰苦朴素。"①

1941年12月7日日军偷袭美国珍珠港,就在美国对日宣战当天,日本宪兵队早八点闯入燕京大学校园,开始逮捕燕大校方领导、教授和学生。当时司徒雷登并不知情,他应天津校友会邀请,6日晚去天津度周末。2月9日司徒雷登在天津下榻处被日军逮捕,押回北京,开始三年零八个月的囚禁生活,直至1945年8月17日,日本天皇宣读《停战诏书》后的第三天才被释放。司徒雷登在被关押期间曾遭受日本宪兵四次长时间的严酷审问,其中一项重要内容,就是要他交代怎样把燕大学生送到大后方或根据地的,因为日本宪兵早就对燕大和司徒雷登有严密的监视,并对司徒雷登亲华、亲共的行为恨之入骨。司徒雷登对审问者并不回避自己的所作所为,而且他回答得非常坦然、镇定。他说,他非常同情那些无家可归的学生,自己有责任帮助他们到他们想去的任何地方。至于那些学生出走的原因和目的是什么,他从不过问。当日本人追问哪些中国人帮助过他这样做,司徒雷登拒绝说出他们的名字。"他对审问者说,中国人帮助他是对他的信任,如果他出卖了他们,不但有负

---

① 方大慈:《有待定论》,《燕京大学史稿》,人民中国出版社1999年版,第518页。司徒雷登曾于1937年躲过驻北平日军监视,秘密到太行山根据地考察的情况,参见郝平:《无奈的结局》,北京大学出版社2002年版,第192页。

于人家的信任,就连审问者也会因此而看不起他。"总而言之,自己"已经是个老人了,多活几天或少活几天没有太大的关系,听任日本人的处置,但自己决不做任何可能危及朋友性命的事情"。与燕大其他被关押、受刑讯的教职员工一样,司徒雷登真正实践了当初决定留在敌占区继续办学的承诺:决不让自己的行为使燕大蒙羞。不仅如此,司徒雷登在关押期间继续研究写作,出狱时,"随身带走的只有几包在囚禁期间撰写和翻译的书稿。其中有他的自传《平生自述》、《对于同观音之见解》、《第四福音小注》,以及吕新吾的《呻吟语》和《四字成语》的英译稿,《论语》的节译稿和附注等"(《无奈的结局》,第268、274页)。

监狱生活对这位年近七旬的老人是非常艰难的,但最艰难的时刻,还应该是在选择前思想上犹豫不定的阶段。1937年7月30日日军占领北平,此前虽然司徒雷登考虑过在不得已情况下把燕大迁往成都,但想到燕大这座美丽的校园,浸透了他和同仁们十几年奋斗的心血,如今却要把它拱手让给日本人,实在心有不甘!还有一个更重要的理由是北大、清华等全国一流大学都迁往内地,燕大作为基督教教会学校,应该为沦陷区人民受教育的需要服务。司徒雷登决定留下来,并采取了几项具体措施:首先强调燕大是一所美国学校,司徒雷登重新出任校长,把校园内中国国旗换成美国国旗,不准日军进入校园。另外找熟悉日语的燕大毕业生担当司徒雷登的秘书,专门经常款待日本军政官员,进行感情投资。甚至日本人后来几次找他与蒋介石、还有国民党各派政治势力联络,充当使者,他也不推辞,其实那只是表面应付,没任何实际进展。但只要日本人不对燕大大动干戈,能继续办学,他都耐心地与之周旋。即便如此,燕大还是有相当一部分师生对留在北平的决定表示强烈不满。1933年毕业于燕大社会学系的费孝通专门从伦敦致信司徒雷登,批评燕大不关闭,违背了中国政府关于阻止日本势力在华生根的原则,"日伪政权将会利用这件事宣传中日友好,从而断送了燕大的美名"(Fei Xiaotong to Stuart, April 28.1938,《无奈的结局》,第254页)。留在沦陷区,随时可能遭遇不测不说,还要面对校友们的指责和批评,这使司徒雷登很长一段时间非常犹豫,不知该如何是好。最后,他的好友兼同事高厚德帮助他终于下定决心。

如何看待燕大的去留,着眼点究竟应放在哪里?高厚德对司徒雷登说,创建燕大的最高理想是为中国人民谋福利,不仅仅是为某一政治势力或政府服务。"在人类生活中有许多基本的利益和要求,而政治关系只是其中的一个。"因此燕京大学必须留在北京,为华北的年轻人提供受教育的机会。高厚德认为就基督精神而言,真理和献身比自由更重要。基督当年没有设法逃脱罗马人的统治,而是在艰难和压迫中继续他的事业,这说明为人类献身比为国家献身更重要。司徒雷登请高厚德把这些观点提交董事会,并决意留在北京。事实证明,对于沦陷区想上大学、又拒绝接受日本奴化教育的青年,燕京大学比任何时候都更具吸引力,"燕大一日不亡,华北一日不亡"成为求学者的信念。据燕大档案记,1938年7月,1594名燕大考生有605人被录取,秋季开学时注册学生945人,比1937年几乎多了一倍。为保证教学质量,燕大新聘一批教授和讲师充实师资力量,使学校像战前一样正常运转,到1941年9月,燕大学生的注册人数达到创纪录的1128人。①

基督教、三民主义、共产主义就这样在中国现代史上发生了如此奇特、如此真实,而又如此自然的联系,并在维护民族独立、反抗侵略战争中共同推进了中国社会的现代转型。司徒雷登个人为此也付出沉重代价。1949年他回美国后,受麦卡锡主义和冷战时期政策影响,特别是严重中风后身体状况不佳,使他不得不辞去大使职务。由于他一生秉承助人为乐、勤勉俭朴的生活习惯,虽然在担任大使期间收入较高,但他每年圣诞节都拿出一大笔钱给燕大学生会餐,给教职员工的孩子买礼品,几乎没有积蓄。辞去大使就意味着他失去了生活来源。最后还是亚洲基督教高等教育联合理事会了解到司徒雷登的情况,每月发给司徒雷登600美元退休金,才基本解决了他与傅泾波一家的生活问题。但1952年司徒雷登在写给即将卸任的美国总统杜鲁门的辞职信中,对自己一生所奉献的事业无怨无悔:"由于我将我的一生全部献给学习和了解中国人民及其文化,以使增进美中两国人民之间的友谊和理解,我相信你定能理解此际的我,当我说我将不得不离开美中活动的现场了的时候,总统先生,我愿向你保证,如果我关于中国和中国人民的知识对你有用的话,我愿随时为你服务。"(*Stuart to Truman* 28,1952,《无奈的结局》,第414页)时任美国总统杜鲁门回信:

---

① 燕京研究院编:《燕京大学人物志·燕京大学概述》,北京大学出版社2001年版,第11页。引自郝平:《无奈的结局》,北京大学出版社2002年版,第255页。

亲爱的大使先生：

您11月28日寄来的请求辞去驻华大使职务的信收悉。在接受您辞呈的时候（它将于1952年12月31日起生效），我谨以我国政府和我个人的名义向您致敬，感谢您在极其艰难和悲剧性的情况下，无比卓越而忠诚地代表我国所完成的使命。

在出使中国期间，您不仅拥有毕生为该国青年教育服务而获得的对那个国家、它的人民及它的语言的非凡知识，而且满怀着对中国幸福和增进中美友谊的热切期望。为了完成肩负的重任，您毫无保留地奉献出了您渊博的学识，并倾注了全部的精力。我知道正因为如此，才使您在回国后不幸长期遭受疾病的折磨。

我对您因病而不能继续为政府效力而深表遗憾。同时我也真诚地期盼您康复后，能继续为中美两国之间的相互了解和友谊，做出您独特的贡献……

您最诚挚的：哈里·杜鲁门（签字）
1952年12月11日于白宫[1]

斯人已逝，然而历史谨存。司徒雷登和燕京大学所象征的一种理想精神，将长久地回旋于历史的天空，令人景仰、促人追求。

终篇于2010年11月18日

---

[1] John Leighton Stuart, *Fifty Years in China—The Memoirs of John Leighton Stuart*, *Missionary and Ambassador*, Random House, New York, 1954. 引自郝平：《无奈的结局》，北京大学出版社2002年版，第414、415页。

后　记

"其人虽已去,千古有余情。"(陶渊明五言诗《咏荆轲》)本书名中"余情"二字,即出于此。这里记述的人物多已作古,只因他们与我的生活有血脉亲缘、或者有如同血脉亲缘的关系,使我用"余情别叙"来表达对过去的一种认知,与诗中"君子死知已,提剑出燕京"的荆轲并无瓜葛。

历史是可以感知的。历史可以从某种符合学术规范的宣讲,转变为个人具体的、而非形而上意义的叙事。但接踵而来的问题:可以感知的历史将打破原有的逻辑,催生出新的叙述线索。历史究竟是具象的,还是逻辑的?鲁迅认为,出于一种先在逻辑论人说事,那是"很容易近乎说梦的"。他进一步说:"我也并非反对说梦,我只主张听者心里明白所听的是说梦。"只讲陶潜"采菊东篱",不讲他《咏荆轲》等诗的"金刚怒目",那是对这位"伟大的作者"的"缩小和凌迟"(鲁迅《且介亭杂文二集·"题未定"草六》)。如果不就事论事,单说以"静穆"概括陶潜的片面;而是通过鲁迅的话,看到历史人物具有多面性,历史具有多面性的特点,那么对于以往,可以感知的空间就不会被限制在一个狭窄的范围。

与20世纪众多恢弘的历史叙述相比,这里说的人和事,真是过于琐碎、边缘了。有的篇目是为朋友和家人随手写的,我在文中有所交待;有的是平时聊天,说到感兴趣的作家作品、人情世故,一些朋友极力督促我写出来的。2010年底,承蒙丁亚芳女士相邀,将这样一些文字汇集成册,作为南京师范大学出版社女学者散文随笔丛书《郁金香书系》之一种。虽无讲述历史的雄心,但我还是不揣冒昧,通过自己深感力不从心的文字,勾画出时代生活和人物的一些边边角角。关于宏大理念和细微末节、抽象逻辑与具体事例的关系,谁先谁后,孰优孰劣,一时也许说不清楚,但我深信一点:"删夷枝叶的人,决定得不到花果。"(鲁迅《且介亭杂文末编·"这也是生活"》)因此,为日后丰硕的"花果",无论它们是抽象还是具体,提供一些"枝叶",这个想法支持我最终完成了这本文集。

这里还要特别提到沈红女士,为书中写我父亲与沈从文先生上世纪20年代开始的友谊,她发给我1923年的沈从文照片;陆建德先生在杭州探亲时,特地帮我赶往司徒雷登故居拍摄照片;还有南京师范大学出版社诸位编辑同仁,从编校、装帧、修版到印刷,不惮其烦,为本书做出多方面努力。为大家付出的辛苦,我在此表示深挚的谢忱!

2011年7月28日

图书在版编目(CIP)数据

余情别叙/董之林著. —南京:南京师范大学出版社,2012.3
(郁金香书系)
ISBN 978-7-5651-0637-8

Ⅰ.① 余… Ⅱ.① 董… Ⅲ.① 散文集-中国-当代② 中国文学-文学评论-文集　Ⅳ.I267　I206-53

中国版本图书馆 CIP 数据核字(2011)第 277903 号

书　　名	余情别叙	
作　　者	董之林	
责任编辑	丁亚芳	
出版发行	南京师范大学出版社	
地　　址	江苏省南京市宁海路 122 号(邮编:210097)	
电　　话	(025)83598077(传真)　83598412(营销部)	
	83598297(邮购部)	
网　　址	http://www.njnup.com	
电子信箱	nspzbb@163.com	
照　　排	南京理工大学印刷照排中心	
印　　刷	江苏凤凰扬州鑫华印刷有限公司	
开　　本	850 毫米×1168 毫米　1/32	
印　　张	9	
字　　数	194 千	
版　　次	2012 年 3 月第 1 版　2012 年 3 月第 1 次印刷	
印　　数	1—3 600 册	
书　　号	ISBN 978-7-5651-0637-8	
定　　价	23.00 元	
出 版 人	彭志斌	

南京师大版图书若有印装问题请与销售商调换

版权所有　侵犯必究